千年學府文庫

駱鴻凱楚辭學論集

駱鴻凱 著

翟新明 整理

湖南大學出版社·長沙

内容簡介

駱鴻凱研治《楚辭》，宗王逸舊注，以訓詁、聲韻學之長，自成格局，以資後學者甚多。《駱鴻凱楚辭學論集》收入《離騷論文》《楚辭章句徵引楚語考》《楚辭書目》《楚辭通論》《楚辭連語釋例》《楚辭義類疏證》《楚辭舊注考》《楚辭文句集釋》《楚辭小學》共九種，經整理者據多種版本校勘，可稱善本。

圖書在版編目（CIP）數據

駱鴻凱楚辭學論集/駱鴻凱著；翟新明整理．—長沙：湖南大學出版社，2020.6

（千年學府文庫）

ISBN 978-7-5667-1870-9

Ⅰ．①駱…　Ⅱ．①駱…②翟…　Ⅲ．①楚辭研究—文集

Ⅳ．①I207.223-53

中國版本圖書館 CIP 數據核字（2019）第 279997 號

駱鴻凱楚辭學論集

LUOHONGKAI CHUCI XUE LUNJI

著　　者：駱鴻凱

整　　理：翟新明

責任編輯：熊志庭　李　婷　　責任印製：陳　燕

印　　裝：長沙超峰印刷有限公司

開　　本：787 mm×1092 mm　1/16　印張：15.25　字數：338 千

版　　次：2020 年 6 月第 1 版　印次：2020 年 6 月第 1 次印刷

書　　號：ISBN 978-7-5667-1870-9

定　　價：76.00 元

出 版 人：李文邦

出版發行：湖南大學出版社

社　　址：湖南·長沙·嶽麓山　郵　編：410082

電　　話：0731-88822559（發行部），88821594（編輯室），88821006（出版部）

傳　　真：0731-88649312（發行部），88822264（總編室）

網　　址：http://www.hnupress.com

電子郵箱：wanguia@126.com

ISBN 978-7-5667-1870-9

9 787566 718709 >

出版説明

湖南大學歷史上承嶽麓書院，書院肇建於公元九七六年，爲我國古代四大書院之一，歷經宋、元、明、清，朝代更迭，學脉綿延，弦歌不絶。一九〇三年，書院改制爲湖南高等學堂。清末民初，學制迭經變遷，黌宫數度更易。一九二六年定名爲湖南大學，一九三七年改歸國立。一九五三年全國高校院系調整，學校更名爲中南土木建築學院，一九五九年恢復湖南大學校名。享有千年學府之盛譽，承載着我國教育的發展歷程和厚重的文化積澱，是中國教育史、學術史、思想史、文化史的一個縮影。

惟楚有材，於斯爲盛。從嶽麓書院到湖南大學，一批批學者先賢在此教書育人、著書立説，人才之盛，達成之功，史有明徵，班班可考。爲表彰前賢之述作，昭示後生以軌範，開啓學海津梁，溝通中西文明，弘揚大學之道，傳承中華文化，值此嶽麓書院創建一千零四十周年暨湖南大學定名九十周年華誕之際，中共湖南大學委員會、湖南大學决定編纂出版《千年學府文庫》。兹謹述編纂原則如次：

一、以『成就人才，傳道濟民』爲主綫，以全面呈現千年學府發展歷程、辨學模式、師生成就、學術貢獻爲目標，收録反映千年學府學制變遷與文化傳承的學術著述。

二、選録人物係湖南大學及前嶽麓書院、時務學堂、湖南高等學堂、高等實業學堂、優級師範學堂、高等師範學校、公立工業專門學校、法政專門學校、商業專門學校、國立商學院、國立師範學院、省立克强學院、私立民國大學、省立音樂專科學校、中南土木建築學院、湖南工學院、湖南財經學院之卓有成效并具有重要影響之師生員工。已刊者選印，未刻者徵求，切忌貪多，惟期有用。

三、收録文獻，上起九七六年，下訖一九七六年，既合千年之數，更以人事皆需論定。

四、收録文獻，以學術著述、校史文獻、詩文日記爲主，旁及其他，力求精當，不務恢張。

五、收録文獻，有原刻者求原刻影印，無原刻者求善本精印，無善本者由本校校印。排版形式根據著述年代而定，古代著作采用繁體竪排；一九一九年至中華人民共和國成立前，原則上簡體横排，根據版本情況，亦可用繁體竪排，規範標點；中華人民共和國成立後的著作，用簡體横排。

六、文獻整理，只根據底本與參校本、參校資料等進行校勘標點，對底本文字之訛、奪、衍、倒作正、補、刪、乙，有需要説明的問題，則作出校記，一般不作注釋。

七、收録文獻，均由整理者撰寫前言一篇，簡述作者生平、是書主旨、學術價值、版本源流及所用底本等。

八、《千年學府文庫》圖書，尚待徵求選定，徵求所得，擬隨時付印，故暫無總目。

《千年學府文庫》卷帙浩繁，上下千載，疏漏缺失，在所難免，尚祈社會各界批評指正。

《千年學府文庫》編輯出版委員會謹識

前言

一、駱鴻凱簡介

馬積高先生所撰《駱鴻凱先生傳略》對駱鴻凱生平有過簡要的介紹，今移録於下：

駱鴻凱，一名蒼霖，字紹賓，號彦均，長沙沱市（今屬望城）人。生於一八九二年農曆十月二十八日。家世業商。他少年即發奮勤學，嫻習『四書五經』及古詩、文、詞。一九一四年考入北京高等師範學校英語部肄業。次年，入北京大學文科中國文學門，一九一八年畢業。

從一九二一年起，駱先生一直在高等學校任教。歷任南開大學教員，北京師範大學及北京女子師範大學講師，暨南大學、武漢大學、河北大學教授。一九三二年返湘，任湖南大學教授。一九四一年改任國立師範學院教授，還一度兼任過中山大學師範學院國文系主任。在國師，也兼過系主任。新中國建立后，國師併入湖大，他復任湖大教授。一九五三年院系調整，在原湖大文理科的基礎上建立湖南師範學院，他轉入該院任教。一九五五年元月逝世，

終年六十二歲，安葬在岳麓山。[一]

駱鴻凱生平大概，於此可見。此外，通過查閱湖南大學檔案館所存民國檔案可知，駱鴻凱於一九三二年十月到任，曾任中國文學系主任，其在湖南大學中國文學系開設的課程有『聲韻學』『訓詁學』『文字孳乳研究』『文選學』『楚辭』『文始研究』『尚書研究』『毛詩研究』等。

至於其治學，馬積高先生稱：『駱先生是近代著名古漢語文學專家黄侃（季剛）的高足弟子，又嘗從近代國學大師章炳麟（太炎）及經學專家劉師培（申叔）問學，在學術思想、治學方法上深受黄氏的影響，博涉經、子，兼及文、史，尤邃於古文字、聲韻、訓詁及《楚辭》《文選》之學。』[二]又稱：『先生治學門徑，大抵本於黄季剛先生。平生潛研經、子，博涉文、史，尤精於古文字、聲韻、訓詁及《楚辭》《文選》之學。早年治學特重家法，於文字宗許慎《説文解字》，聲韻宗本師黄君，訓詁宗《爾雅》及漢人經注，《楚辭》宗王逸，《文選》則崇昭明之旨趣而尊李善之詮注，倘非證據確切不移，不輕改易所尊各家之説。故早年著述，大抵以旁徵博引，發明古義爲主，立説創義，至爲矜慎。晚年盡力於聲韻文字之學，著述《語原》，始脱略舊範，自出機杼。』[三]大體而言，駱鴻凱專注於文字、

[一] 馬積高：《駱鴻凱先生傳略》，《望城文史》第四輯，1988年，第20頁。『四書五經』，馬氏原文作『《四書》《五經》』，據現行規範改。又引文中原阿拉伯數字，亦因體例改爲中文。下同。
[二] 馬積高：《駱鴻凱先生傳略》，第20頁。
[三] 馬積高：《後記》，駱鴻凱：《文選學》，中華書局，1989年，第576頁。

聲韻、訓詁等傳統小學方面的研究，早期側重於宗法前人説解，這一特點在其早年的著述中亦可窺見。

駱鴻凱所著書頗多，尤以《文選學》最著於世，自一九三七年由中華書局初版以來，屢次再版，在《文選》學研究中具有重要地位。另一部正式出版的是《爾雅論略》，原名《爾雅學》，有國立湖南大學一九四〇年石印本，後由岳麓書社一九八五年出版。這兩部書均由馬積高先生整理。其他曾刊行而一九四九年以後未獲正式出版的，還有《聲韻學》《初文彙編》《文始箋》〔一〕《語原》《駢文源流》等，多是高校作爲講義的印本；至於刊載在各種期刊上的論文亦多，與著作互有補充，不再贅述。

另外，在一些介紹中，還提到駱鴻凱著有《語法鈎沉》《辭賦源流》。前者有部分著作曾提及，但暫未能獲知其典藏信息；〔二〕後者如韓暉《隋及初盛唐賦風研究》、孫福軒《清代賦學研究》之《參考文獻》均列有駱鴻凱《辭賦源流》，稱『國立北京師範大學一九三三年排印本』〔三〕，彭丹華《駱鴻凱楚辭研究述評》亦稱『一九三三年國立北平師範大學出版《辭賦源流》』〔四〕，但無更多信息，且未標示館藏與來源。據《山西省圖書館普通綫裝書目録·文學門》，該館藏有駱鴻凱《辭賦史》，民國間鉛印本（156266）；駱鴻凱、王芑孫撰《辭賦源流參考》一卷、《辭賦源流》一卷、《辭賦源流選》一卷，

〔一〕《文始箋》已有趙乾男、王文暉整理本，載《傳統中國研究集刊》第十八輯，上海社會科學出版社，2018年。

〔二〕《湖南省志·人物志》（下册）（湖南出版社，1995年，第287頁），尋霖、龔篤清編著《湘人著述表》（岳麓書社，2010年，第839頁）等，均載駱鴻凱著有《語法鈎沉》。

〔三〕韓暉：《隋及初盛唐賦風研究》，廣西師範大學出版社，2002年，第285頁；孫福軒：《清代賦學研究》，浙江大學出版社，2008年，第363頁。

〔四〕彭丹華：《駱鴻凱楚辭研究述評》，《職大學報》2013年第2期，第5頁。

國立北平師範大學鉛印本（156269）。[一]但據浙江大學城市學院孫福軒教授聯繫山西省圖書館，確認此二書該館今未有藏。復查山東大學圖書館藏有《辭賦源流》（882／422），署『駱鴻凱』，據末頁版權頁，知爲北京聚魁堂裝訂講義書局出版，扉頁有墨筆寫『維　廿一年』，知當爲一九三二年裝訂本。此本版心下端鎸『國立北平師範大學』，每半葉十三行，行四十字，小字雙行，行五十一字，四周雙邊，單魚尾。前附《辭賦源流徵材》，復包括《辭賦源流》《辭賦源流選》《辭賦源流參考》三部分。從其前附《辭賦源流目》來看，第一篇包括『釋名』『導源』『審體』，第二篇包括『荀卿賦』『宋玉賦』『漢賦』『魏晉賦』『六朝賦』，第三篇包括『唐賦』『宋賦（附元明）』『清賦』『賦在中國文學史上之位置』，均涉及賦史。但正文實僅包括篇上、篇中，篇上内容與《目》同，篇中僅包括『荀卿賦』『宋玉賦』兩部分。其後附《辭賦源流選》，選録《文選》《古文苑》等所載荀卿《賦篇》《成相篇》、宋玉《笛賦》《大言賦》《小言賦》《諷賦》《釣賦》《風賦》《高唐賦》《神女賦》《登徒子好色賦》及其注文，又有賈生賦一首、枚叔賦八首，除徵引評論外，還包括賈誼《弔屈原賦》、枚乘《七發》兩篇賦作及注文。其後則爲《辭賦源流參考》，包括王芑孫《讀賦卮言》、劉熙載《賦概》，從紙張來看，與前《辭賦源流》《辭賦源流選》明顯不同，知爲兩本裝訂而成。從内容與《目》相比較，可知爲駱鴻凱未完之作。

[一] 山西省圖書館編：《山西省圖書館普通綫裝書目録》，北岳文藝出版社，1998年，第521頁。

另外，首都圖書館藏有一册駱鴻凱《辭賦史》（戊2517），每半葉十三行，行四十字，小字單行，行五十二字，四周雙邊，單黑魚尾，版心未刻出版方。此本前附《辭賦史徵材》《辭賦史參考·楚辭書目》，其目次分爲『楚辭之部』與『賦之部』，『楚辭之部』即《離騷論文》《楚辭通論》之合刊；『賦之部』實即源於《辭賦源流》，目次分上下篇，上篇有『釋名』『溯源』『徵派』『析體』『用韻』，下篇有『荀卿賦』『宋玉賦』『漢賦家徵略』『魏晋賦家徵略』『齊梁迄陳隋賦家徵略』『唐賦徵略』，後附『附編』。但此本前缺十三葉（《離騷論文》部分），實際上也並不存『賦之部』的内容，僅從目次而言，與《辭賦源流》互有詳略，後又附《辭賦史參考》，包括《雅論》《荀卿賦》《宋玉賦》《賈誼賦》《讀賦卮言》《賦概》等相關内容。其中《荀卿賦》《宋玉賦》《賈誼賦》與《辭賦源流》互有詳略，又較《辭賦源流參考》多出《雅論》。此本無刊刻時間及刊刻機構，從内容上來看，其《離騷論文》《楚辭通論》均源於國立北平師範大學鉛印本；賦史部分也源於國立北平師範大學鉛印本《辭賦源流》而有所增删，則此本應該是全部源於國立北平師範大學本，很可能是直接剪裁自北師大本講義而重新編次裝訂者，略有顛倒，可以説是《辭賦源流》的升級版。其賦史部分之缺失尤爲遺憾，幸而尚有《辭賦源流》存世，可使讀者得以略窺駱鴻凱在辭賦研究領域的部分成果。

二、駱鴻凱楚辭學論著概述

在《文選學》《爾雅論略》《聲韻學》《辭賦源流》等著作之外，駱鴻凱楚辭學研究亦自成體系。

有關駱鴻凱楚辭學研究著作，前人所述已多，然均有不完善之處。[二] 今據所見，略以其最早出版時間爲序，復述駱鴻凱見存楚辭學論著及版本情況如下，並説明本書整理所采用的底本與參校本。

（一）《楚辭論文》（《離騷論文》）

《楚辭論文》，有民國間國立北京師範大學校鉛印本，中國科學院國家科學圖書館藏，署『駱鴻凱輯』。此本每半葉十三行，行四十字，小注雙行，四周雙邊，單魚尾，版心上刻『楚辭論文』，下刻『國立北京師範大學校』，復有墨筆校改，查當爲駱鴻凱筆迹。黄靈庚主編《楚辭文獻叢刊》第七十册據以影印。國立北京師範大學校之名於一九二三至一九二七年間存在，當即駱鴻凱在此任教時之講義。又駱鴻凱《楚辭義類疏證》序稱：『丁卯之歲，侍師北平。時方涉《楚辭》以教，泛濫衆家，無所宗主也。燕閒之暇，執本以問，乃知斯學綱領，昭若發矇。』丁卯即民國十六年（一九二七年），則駱鴻凱涉獵楚辭研究即在此年，《楚辭論文》之作，當即在此年。

國立北京師範大學校本《楚辭論文》實僅録及《離騷》，故後來再版即改稱《離騷論文》。山東大學圖書館所藏國立北平師範大學鉛印本《楚辭》[三]（832.17/422），行格同國立北京師範大學校本。此

〔二〕 除姜亮夫《楚辭書目五種》、崔富章《楚辭書目五種續編》外，如彭丹華《駱鴻凱楚辭研究述評》、鄧盼《駱鴻凱〈楚辭義類疏證〉考辨》（陳代湘主編：《湘學》第六輯，湘潭大學出版社，2014年）、鄧盼《駱鴻凱音韻學研究探賾》（廣西師範大學2016年碩士學位論文）、孫夢菲《駱鴻凱與〈楚辭〉研究》（浙江師範大學2016年碩士學位論文）等均對駱鴻凱楚辭學論著有過介紹。

〔三〕 此本山東大學圖書館著録作『楚辭論文』，封面題同，然實爲四種合訂本，前三種版心上刻『楚辭』，内頁亦題『楚辭』，故徑稱『《楚辭》本』。

本包括《楚辭書目》《離騷論文》《楚辭通論》三部分，後附《駢文源流》（附《駢文源流附録》），前三種版心上刻『楚辭』，下刻『國立北平師範大學』。據末頁版權頁，知爲北京聚魁堂裝訂講義書局出版，係將四種合訂。國立北平師範大學於一九二九年八月定名，直至一九三七年因抗戰而組合爲西北臨時大學，則其刊刻時間亦在此間。此本扉頁原有墨筆署時間，但復爲墨點塗抹去，從背葉看，似爲『維　廿一年』，當與同機構所裝訂的《辭賦源流》（見前）爲同期裝訂出版，即一九三二年版。從内容上看，其《離騷論文》部分多與後來的國立湖南大學本《離騷論文》相同，少部分同於國立北京師範大學校本，知是在國立北京師範大學校本基礎上修訂，復爲國立湖南大學本吸收，是處於國立北京師範大學校本與國立湖南大學本之間的修訂本。首都圖書館藏駱鴻凱《辭賦史》亦收録《離騷論文》，因有殘缺，僅存《〈離騷〉之辭與義》『抒情』第八、九條，《〈離騷〉本音》和《〈離騷〉評論》，其中《〈離騷〉評論》末有沈德潛二條，爲國立北平師範大學本、國立湖南大學本所有而國立北京師範大學校本所無者，文字復與國立北平師範大學本同而與國立湖南大學本略有差異，知即源自國立北平師範大學本《離騷論文》。

湖南圖書館復藏有國立湖南大學鉛印本《離騷論文》（42／25），每半葉十二行，行三十七字，小注雙行，四周雙邊，單魚尾，版心上刻『離騷論文』，下刻『國立湖南大學』。此本既稱『國立』，則爲一九三七年七月湖南大學改稱『國立』以後所刊，駱鴻凱於一九四一年轉至國立師範學院任教，則此本即刊刻於一九三七至一九四一年間。中國人民大學圖書館亦藏有《離騷論文》（PG42／1–2），未見，當與湖南圖書館本同。《離騷論文》較國立北京師範大學校本《楚辭論文》、國立北平師範大學本《離騷論文》復增删頗多，知此本乃最後之定本。

今以湖南圖書館藏國立湖南大學鉛印本爲底本，以山東大學圖書館藏國立北平師範大學鉛印本、中國科學院國家科學圖書館藏國立北京師範大學校鉛印本參校。

（二）**《楚辭章句徵引楚語考》**

此文僅載北平國立師範大學國文學會《師大國學叢刊》第一卷第二期（一九三一年五月十五日出版），署『駱鴻凱』。《楚辭文獻叢刊》第七十册據以影印，然將出版時間誤録爲一九三二年。

今據《師大國學叢刊》本整理。

（三）**《楚辭書目》**

此是駱鴻凱彙集《楚辭》相關研究書目，見載於山東大學圖書館藏國立北平師範大學一九三二年本《楚辭》、國立北平師範大學鉛印本《楚辭通論》附録、首都圖書館藏《辭賦史》前附。《楚辭書目》未署作者，但其序稱：『此編舉易知而可求者，其史志已佚及存目、《四庫》不易見之本不録。』駱鴻凱《選學書箸録》末亦稱『已上箸録，皆舉易知而可求者，其史志已佚及存目、《四庫》不易見之本不録』[一] 基本相同，知《楚辭書目》亦駱鴻凱所作。《辭賦史》本較《楚辭》本、《楚辭通論》本改正訛誤，復略有增删，知此本當爲最後之定本。

今以首都圖書館藏《辭賦史》本爲底本，以國立北平師範大學《楚辭通論》本、山東大學圖書館藏國立北平師範大學《楚辭》本參校。

（四）《楚辭通論》

此著有國立北平師範大學排印本，北京師範大學圖書館有藏（832.17／420），吉林大學圖書館亦藏一册（集0063K），每半葉十三行，行四十字，黑口，四周雙邊。此二本因故均暫未獲見。《楚辭要籍選刊》（北京燕山出版社，二〇〇八年）第十六册影印國立北平師範大學本《楚辭通論》，然未作説明，亦缺藏書印鑒，不知影印自何處館藏。此本目次包括『《楚辭》釋名』『《楚辭》體裁原始』『《楚辭》之體式』『《楚辭》之句法』『《楚辭》之字例』『《楚辭》之韻式』『《楚辭》之名物訓詁』『《楚辭》之編輯及注家』『《楚辭》之評騭』『《楚辭》之模擬者』十部分，但正文僅及前六部分。後附《楚辭參考》，包括陳瑒《屈子生卒年月考》、司馬相如《大人賦》、揚雄《反離騷》、駱鴻凱《楚辭書目》四種。

駱鴻凱《辭賦史》亦收録《楚辭通論》，署『駱鴻凱述』。此本包括『《楚辭》釋名』『《楚辭》

[一] 駱鴻凱《選學書箸録》，第8頁，《制言》第十一期，1936年。『易知』，《文選學》改爲『見存』。

體裁原始』『《楚辭》之體式』『《楚辭》之句法』『《楚辭》之字例』『《楚辭》之韻式』六部分，較《目次》尚缺『《楚辭》之名物訓詁』『《楚辭》之編輯及注家』兩部分。其中，『《楚辭》之句法』『《楚辭》之字例』『《楚辭》之韻式』復與《楚辭文句集釋》《楚辭連語釋例》《離騷論文》多有相同之處，復有删改，其中與《離騷論文》相同者，乃糅合國立北京師範大學校本《楚辭論文》與國立北平師範大學本《離騷論文》，復較《制言》本《楚辭文句集釋》增删内容。案《員輻》本《楚辭文句集釋》跋稱：『曩居北平，講授《楚辭》，（民國十九、二十年間。）有《楚辭句例》之釋，編入《楚辭通論講疏》中。頃加整比，勒爲是編，設文立例，大致與前同也。』知《制言》本《楚辭文句集釋》乃據《楚辭通論》而加删改。是則《辭賦史》本之《楚辭通論》，其整理時間應在國立北平師範大學本《離騷論文》之後，亦即一九三二年後。

山東大學圖書館藏國立北平師範大學一九三二年鉛印本《楚辭》中亦收録《楚辭通論》，行格同前，版心下刻『國立北平師範大學』，然内容較國立北平師範大學增删頗多，而更近於湖南大學本，知爲改訂本。此本有『上篇目次』，包括『《楚辭》釋名』『《楚辭》體裁原始』『《楚辭》之體式』『《楚辭》之句法』『《楚辭》之字例』『《楚辭》之韻式』六部分，然正文有大片誤脱處，亦僅録至第四部分之『同篇兩見』。

南京圖書館藏有湖南大學鉛印本《楚辭通論》（GJ／82048），署『長沙駱鴻凱述』。此本每半葉十二行，行三十七字，小注雙行，行四十八字，四周雙邊，單魚尾，版心下刻『湖南大學』，其末稱

『國立』，則在一九三七年七月湖南大學改稱『國立』之前刊印。此本第五部分『《楚辭》之字例』多與《湖南大學期刊》本《楚辭連語釋例》（一九三三年四月）同，略有變易，則或又在一九三三年以後。在民國二十二年（一九三三年）出版的《湖南大學一覽》中，駱鴻凱開設『楚辭』課程之内容爲：『本課程教授取材，以王逸《楚辭章句》爲主，别撰《通論》，於《楚辭》之源流，及其體式、句法、字例、韻式、訓詁、名物，一一爲之疏通證明，以備研討。』可知即此後駱鴻凱所開設課程之教材。此本較國立北平師範大學本多末附之『《楚辭》韻讀』，係在《離騷論文》之《離騷本音》基礎上復增入《楚辭》其他篇章之韻部。知此本爲最後之定本。

從内容上來看，湖南大學本《楚辭通論》與《楚辭》本内容相近而有所增補改易，《辭賦史》本與國立北平師範大學本相近，湖南大學本復較國立北平師範大學本增删頗多。今以南京圖書館藏湖南大學鉛印本爲底本，以國立北平師範大學本、首都圖書館藏《辭賦史》本參校。

（五）《楚辭連語釋例附楚辭雙聲疊韻疊字譜》

此文僅載湖南大學學生自治會編纂委員會《湖南大學期刊》第八期（一九三三年四月出版），署『駱紹賓』。《楚辭文獻叢刊》第七十册據以影印。此刊目録題《楚辭連語釋例附楚辭雙聲疊韻疊字譜》，正文標題則脱去『疊字』之『疊』，從後文所附録之標題及内容來看，應以有『疊』字爲是，故徑補，下不再説明。

今據《湖南大學期刊》本整理。

（六）《楚辭義類疏證》

此著有上海圖書館藏駱鴻凱稿本，署『駱鴻凱』，末有潘景鄭二跋。《楚辭文獻叢刊》第七十册據以影印。又載章氏國學講習會《制言》第十九期（一九三六年六月十六日出版）、湖南大學中國文學會《員輻》第一期（一九三六年七月一日出版），均題『駱鴻凱』。《制言》本同稿本，間有稿本不誤而《制言》本致誤處，《員輻》本則多有改正並增補損益。上海圖書館所藏《員輻》第一期，封面題『尊兄先生，紹賓寄奉』，知爲駱鴻凱寄贈者，上復有駱氏校改筆迹數處，訂正訛誤，則爲《員輻》出版後駱氏復加訂正而寄示他人，爲最後定本。

今以上海圖書館藏《員輻》本爲底本，以上海圖書館藏稿本參校。

（七）《楚辭舊注考》

此文作於一九三六年十二月，載《員輻》第二集（一九三七年一月一日出版），又載《制言》第三十四期（一九三七年二月一日出版），均署『駱鴻凱』。《楚辭文獻叢刊》第七十册據《制言》本影印，然將出版時間誤録爲一九三四年。二本出版時間相近，文字偶有差異。

今以《制言》本爲底本，以《員輻》本參校。

（八）《楚辭文句集釋》

此著先載《員輻》第二集（一九三七年一月一日出版）。後有湖南圖書館藏湖南大學鉛印本（42／12），行格版式同《離騷論文》，版心上刻『楚辭文句集釋』，下刻『湖南大學』，前附目録。或稱此本刊刻時間爲一九三六年（如湖南圖書館著録），殆據其版心之『湖南大學』，在改稱『國立』之前。然湖南大學改稱『國立』在一九三七年七月，此本駱鴻凱序稱『民國廿五年（一九三六年）十二月』，其内容更近於《制言》本而非《員輻》本，是處於《員輻》本至《制言》本中間的改訂本。《員輻》本出版時間在一九三七年一月一日，則湖南大學本的刊刻時間在一九三七年一月至七月之間。《叙》復載《制言》第三十四期（一九三七年二月一日出版），正文復載《制言》第四十四期（一九三七年七月一日出版）。《員輻》本文末附有《補遺》，湖南大學本、《制言》本移入正文中；《員輻》本又有《正誤》，湖南大學本、《制言》本據删，復删他文較多。又《員輻》本文末附有駱鴻凱跋文，湖南大學本、《制言》本未載。《楚辭文獻叢刊》第七十册據《制言》本影印，然將出版時間誤録爲一九三四年。

今以《制言》本爲底本，以湖南圖書館藏湖南大學鉛印本、《員輻》本參校。

（九）《楚辭小學》

此文原刊國立師範學院國文學會《危言》一九四三年創刊號，録至『初既與余成言兮』之釋文；

復載國立師範學院學生自治會學術部編纂委員會《師聲》創刊號（一九四七年六月二十日出版），署『駱鴻凱』，較《卮言》本有所增改，前復有駱鴻凱序稱作於一九四五年十一月。《楚辭文獻叢刊》第七十册據《師聲》本影印。

今以《師聲》本爲底本，以《卮言》本參校。

以上九種，即目前所能見及的駱鴻凱楚辭學論著。除《楚辭章句徵引楚語考》《楚辭連語釋例》僅發表過一次外，其他論著均多次發表（《楚辭連語釋例》亦出現於《楚辭通論》中），且每次再版，駱鴻凱均對之進行一定程度的修訂，或許是因在授課過程中講授而隨時增減。九種之中，《楚辭論文》《楚辭章句徵引楚語考》《楚辭通論》《楚辭書目》均是在國立北平師範大學任教時的講義，在駱鴻凱於一九三二年任教湖南大學後，《楚辭論文》《楚辭通論》復有修訂再版；其他五種則首次發表於駱鴻凱在湖南大學、國立師範學院任教期間。亦即是説，其中的七種論著都是駱鴻凱在湖南任教時最終定稿的。駱鴻凱目前所存楚辭學論著，最早爲一九二七年的《楚辭論文》，最晚爲一九四七年的《楚辭小學》，前後延續達二十年，這也是駱鴻凱作爲湖南學者對楚辭學研究作出的貢獻。

據駱鴻凱於一九四一年七月所填《國立湖南大學連續在校服務滿七年以上專任教授報告表》（湖南省檔案館藏），其『服務期間研究成績』有：『編著《文選學》一部，又著有《楚辭漢學》十種……均經本校先後排印講義。』此十種不包括《楚辭小學》在内，相校本書所收八種外，尚有兩種。

根據駱鴻凱行文所述，其尚有《楚辭義類》《楚辭音》《沾補釋人》等作。《楚辭義類疏證》即對

《楚辭義類》之疏證，其稱『得《釋詁》《釋言》二篇而止』（《楚辭小學》序），今僅存《釋詁》上；《楚辭音》或與《離騷論文》中的《離騷本音》、《楚辭通論》中的《楚辭韻讀》相關；《沾補釋人》則不知何所作，其自稱『用俞蔭甫氏《楚辭釋人》成稿』（《楚辭義類疏證》序），殆指俞樾《楚辭人名考》，則駱鴻凱此稿應爲對俞樾文的進一步補充考釋。外如《楚辭廎》六種，僅見於《湖南省志·人物志》《湘人著述表》等記載，前者稱『《解詁》詮釋詞義，頗有發明；《連語疊字譜》《文句集釋》及《通論》中的《論句法》，從辭彙學、語法學的角度對楚辭作了綜合研究，尤足資研治楚辭及古漢語的參考』[一]，應是駱鴻凱六種論著的合集，或許便是將駱鴻凱六種著作加以裝訂而成。然上述諸書，今終均未見，尚留待日後的文獻發現。

三、駱鴻凱楚辭學研究述論

駱鴻凱之楚辭學研究，向未引起學術界重視。目前所見論及者，僅學位論文兩篇、期刊論文四篇、會議論文一篇。最早論及駱鴻凱楚辭學研究者爲彭丹華，其於《職大學報》二〇一三年第二期發表的《駱鴻凱楚辭研究述評》，對駱鴻凱著作及學術史價值進行了簡要概述與評價，尤其注意到了張縱逸《屈原與楚辭》對駱鴻凱《楚辭文句集釋》的引用。其次是鄧盼發表於《雲夢學刊》二〇一三年第六

[一]《湖南省志·人物志》（下册），第288頁。

期和二〇一六年第二期的《駱鴻凱楚辭學平議》《駱鴻凱〈楚辭〉學中的音韻研究探賾》，從音韻學視角考察駱鴻凱的楚辭學研究成果。這些内容最終成爲鄧盼於二〇一六年提交給廣西師範大學的碩士學位論文《駱鴻凱音韻學研究探賾》的一部分。鄧盼另一篇學術論文《駱鴻凱〈楚辭義類疏證〉考辨》刊於《湘學》第六輯，則針對駱鴻凱《楚辭義類疏證》，考察其寫作背景與版本，並注意到了《制言》本對稿本的因襲與《員輻》本對稿本的增改。目前所見最系統的研究爲孫夢菲於二〇一六年提交給浙江師範大學的碩士學位論文《駱鴻凱與〈楚辭〉研究》，對其所見駱鴻凱七種楚辭學論著進行了介紹與研究，但仍存在部分缺漏，且未能論及見存的《楚辭通論》《楚辭書目》。此外，鄧盼提交二〇一七年湖南省屈原學會第四届年會暨全國屈原學發展創新論壇的會議論文《駱鴻凱〈楚辭論文〉〈楚辭通論〉探微》，又注意到張縱逸《屈原與楚辭》對《楚辭通論》的引用，但仍未見此書，亦未知此書版本與館藏情況，尤其是早在二〇〇八年即已被《楚辭要籍選刊》影印收入的國立北平師範大學本《楚辭通論》亦未能獲知，可稱遺憾。事實上，除張縱逸《屈原與楚辭》（吉林人民出版社，一九五七年）對《楚辭通論》有所引用外，吕相康《楚辭語法特點摭議》（《黄石教育學院學報》二〇〇六年第一期）亦略引四條，未注出处，而皆見於張縱逸《屈原與楚辭》所引，恐即源於張書而非實見《楚辭通論》。值得注意的是，常威、周建忠發表在《聯大學報》二〇一三年第六期的《民國〈天問〉研究要著四種平議》，論及駱鴻凱楚辭學論著五種，且首次注意到《楚辭要籍選刊》收録了《楚辭通論》，然未能引起學術界的關注。

研究的不足，實際上與駱鴻凱論著的出版情況相關。如前所述，駱鴻凱楚辭學論著九種，有三種（《楚辭論文》《楚辭通論》《楚辭書目》）僅有高校排印本，其他六種雖曾刊發在《制言》《員輻》《師大國學叢刊》《湖南大學期刊》《師聲》等刊物上，然其中流傳較廣、影響較大而能引起學術界注意的只有《制言》一刊，刊於《制言》上的論著復僅三篇。另一方面，駱鴻凱楚辭學論著多爲論文形式，且囿於早期『大抵以旁徵博引，發明古義爲主，立説創義，至爲矜慎』[一]的著述習慣，也不能引起研究者的注意。更進一步，除《楚辭通論》以『通論』冠名外，其他論著，篇幅既小，多僅論及《離騷》，亦未能如《文選學》結集出版，而數十年來，學界多只知駱鴻凱著有《楚辭通論》而未見其書，對於這一部系統闡釋其楚辭學研究成果的著作也就無從了解，則駱鴻凱的楚辭學研究未能引起世人關注，也就更在情理之中。故其在中國楚辭學研究界，略無聲名可言，與其在《文選》學研究界中的地位形成鮮明對比。故如黄靈庚《中國大陸〈楚辭〉文獻學百年回顧》（《漢學研究》一九九七年第二期）、黄震雲《二十世紀楚辭學研究述評》（《文學評論》二〇〇〇年第二期）等對二十世紀楚辭學研究進行綜述類的文章，對駱鴻凱均是隻字未提。

總體來説，駱鴻凱的楚辭學研究並未能引起學術界應有的重視。其原因自然有多方面，最重要者，仍在於其楚辭學論著未能進行整理出版，尤其是《楚辭通論》一著，在駱氏楚辭學研究中最爲系統，乃綜合此前數篇論文再加增删改易而成，學術界多聞其名而未見其書，《楚辭要籍選刊》的聲名不顯

[一] 馬積高：《後記》，駱鴻凱：《文選學》，第576頁。

也使得學術界未能注意到其在十餘年前已將國立北平師範大學本《楚辭通論》加以影印；至於《楚辭書目》，則學術界亦未知駱氏曾作有此著，而賴《楚辭》《辭賦史》《楚辭通論》等得以保存。駱氏其他作品，再刊時多有改易，復可考察其學術演變之痕迹。故今將所見駱鴻凱楚辭學論著九種彙輯，詳考版本，擇定底本與參校本，加以校勘，庶使學術界能夠藉以相對全面、完整地了解駱鴻凱楚辭學研究的成果與貢獻，這也是本書整理與出版的價值所在。

本書整理過程中，孫福軒教授惠示首都圖書館藏《辭賦史》，崇文書局陶永躍編輯告知多處館藏信息及駱氏其他著作信息，本院吴欽根助理教授代爲查閲南京圖書館藏湖南大學鉛印本《楚辭通論》。在部分文字識别、筆迹鑒定上，曾得到本院王先云助理教授、中南民族大學文學與新聞傳播學院講師黨永輝的指正，特此致謝。在收集、查閲版本與校勘過程中，整理者曾至湖南圖書館、南京圖書館、山東大學圖書館等館古籍部查閲相關論著，並得到了各館工作人員的幫助，亦一併致謝。

限於時間精力，本書僅收集駱鴻凱楚辭學研究著作九種，點校過程中的文字錯訛、標點不當亦在所難免，惟祈讀者原宥。其有不足之處，容待再版時修訂。

翟新明　於湖南大學中國語言文學學院

二〇一九年十一月

整理凡例

一、本書彙輯駱鴻凱楚辭學論著九種，略以最早出版時間爲序，各篇復以最後出版者爲底本，以此前出版者爲參校本，並廣泛參考其徵引文獻進行點校。

二、底本明顯之訛脱衍倒，徑加訂正，不再出校。

三、底本與參校本、所徵引文獻不同者，定其是非，底本有誤者則加改正，並參酌出校加以説明；底本不誤而參校本誤者不再出校。

四、底本或有已添加標點者，今據新式標點再加修正，或與底本不同，亦不再説明。

五、駱鴻凱論著，後出本往往增删前本較多，本書既以後出本爲底本，其增删處亦不再説明。駱鴻凱早期楚辭學研究論著多已影印出版，讀者一覽可知。

六、駱鴻凱所引《楚辭》文字，或徑據《楚辭釋文》『一作某』之説，與通行本有所不同，此類不據通行本校改，亦不出校。

七、駱鴻凱引文中常見之混用字，如『吾』『余』『予』，『鮌』『鯀』，『芙蓉』『夫容』，『懸』『縣』，『脩』『修』，『侘』『佗』等，均據《楚辭》原文徑改，不再出校。其他如『楚辭』『楚詞』之可通者，亦略作統一。

八、部分異體字，根據國家規範，稍作統一。涉及人名、地名、書名，及可能産生疑義者，則一仍其舊。

九、文末别附《參校書目》，庶使讀者知校改之依據。

目録

離騷論文

以國立湖南大學鉛印本《離騷論文》爲底本，以國立北平師範大學鉛印本《離騷論文》、國立北京師範大學校鉛印本《楚辭論文》參校

一、《離騷》解題

司馬遷曰：『離騷者，猶離憂也。』

案：此於離字初未明下注脚，應劭訓離爲遭，用班説也。《九歌·山鬼》篇：『思公子兮徒離憂。』遷之言出此。

班固曰：『離猶遭也。騷，憂也。明己遭憂作辭也。』

王逸曰：『離，别也。騷，愁也。言己放逐離别，中心愁思。』

案：此篇有『余既不難夫離别兮』之句，則離騷者，離别之憂也。

項安世曰：『《楚語》：「伍舉曰：『德義不行，則邇者騷離，而遠者距違。』」韋昭注〔二〕：「騷，愁也；離，畔也。」蓋楚人之語自古如此。屈原《離騷》，必是以離畔爲愁而賦之。』《項氏家説》王應麟曰：『伍舉所謂「騷離」，屈平所謂「離騷」，皆楚言也。揚雄爲《畔牢愁》，與《楚〔三〕語》注合。』《困學紀聞》

〔二〕項安世《項氏家説》後有『曰』。

〔三〕『楚』，原訛作『攜』，據《困學紀聞》、國立北平師範大學、國立北京師範大學校本改。

案：項、王兩家訓離騷爲楚語，亦得。惟項氏以『離畔爲愁』釋之，仍未免望文生義。竊謂離騷或爲聯綿字，音小變則爲牢愁。離、牢雙聲，騷、愁雙聲。揚雄《畔牢愁》，即彼所謂〔二〕《反離騷》之意，畔猶反也。

（附）《離騷》稱經

王逸曰：『經，徑也。言依道徑以風諫君也。』

洪興祖曰：『古人引《離騷》未有言經者，蓋後世之士祖述其辭，尊之爲經耳，非屈原意也。逸説非是。』

案：《離騷》稱經，始於劉安。王逸《楚辭叙》云：『（漢武帝）使淮南王安作《離騷經章句》。』

《離騷》稱賦

班固《漢書·藝文志》：『屈原賦二十五篇。』又《賈誼傳》：『屈原，楚賢臣也。被讒放逐，作《離騷賦》。』又《司馬遷傳》：『屈原放逐，乃賦《離騷》。』又《揚雄傳》：『賦莫深於《離騷》。』

案：《史記·屈賈列傳》云：『乃作《懷沙》之賦。』知漢初於屈子所作，皆名曰賦。

二、屈子所處之時代與《離騷》之指趣

司馬遷曰：『屈原者，名平，楚之同姓也。爲楚懷王左徒。博聞彊志，明於治亂，嫻於辭令。入則與王圖議國事，以出號令；出則接遇賓客，應對諸侯。王甚任之。上官大夫與之同列，爭寵而心害其能。懷王使屈原造爲憲令，屈平屬草稿未定。上官大夫見而欲奪之，屈平不與，因讒之曰：「王使屈平爲令，衆莫不知。每一令出，平伐其功，曰以爲『非我莫能爲』也。」王怒而疏屈平。屈平疾王聽之不聰也，讒諂之蔽明也，邪曲之害公也，方正之不容也，故憂愁幽思而作《離騷》。五句言《離騷》之所由作。離騷者，猶離憂也。釋名篇。夫天者，人之始也；父母者，人之本也。人窮則反本，故勞苦倦極，未嘗不呼天也；疾痛慘怛，未嘗不呼父母也。從上離憂意推出人情。屈平正道直行，竭忠盡智以事其君，讒人間之，可謂窮矣。信而見疑，忠而被謗，能無怨乎？屈平之作《離騷》，蓋自怨生也。此言《離騷》之作，是人情之不能自已者。《國風》好色而不淫，《小雅》怨誹而不亂。若《離騷》者，可謂兼之矣。詩道性情，皆人所不能自已者，故以《離騷》

〔二〕『謂』，國立北平師範大學、國立北京師範大學校本均作『爲』，似於義爲長。

擬之。上稱帝嚳，下道齊桓，中述湯、武，以刺世事。明道德之廣崇，治亂之條貫，靡不畢見。此舉《離騷》之文，徵〔一〕屈子之所學。其文約，其辭微，其托辭於比物，多不明言直致，故曰約、曰微。其志絜，其行廉，此表其爲人。其稱文小而其指極大，舉類邇而見義遠。此表其爲文。其志絜，故其稱物芳；其行廉，故死而不容。此因其人以表其文。自疏濯淖污泥之中〔二〕，以浮游塵埃之外，不獲世之滋垢，皭然泥而不滓者也。此因其文，如見其人。推此志也，雖與日月争光可也。此句論斷。屈平既絀，其後秦欲伐齊，齊與楚從親，惠王患之。乃令張儀詳去秦，厚幣委質事楚，曰：「秦甚憎齊，齊與楚從親，楚誠能絶齊，秦願獻商、於之地六百里。」楚懷王貪而信張儀，遂絶齊，使使如秦受地。張儀詐之曰：「儀與王約六里，不聞六百里。」楚使怒去，歸告懷王。懷王怒，大興師伐秦。秦發兵擊之，大破楚師於丹、淅，斬首八萬，虜楚將屈匄，遂取楚之漢中地。懷王乃悉發國中兵以深入擊秦，戰於藍田。魏聞之，襲楚，至鄧。楚兵懼，自秦歸。而齊竟怒不救楚，楚大困。明年，秦割漢中地與楚以和。楚王曰：「不願得地，願得張儀而甘心焉。」張儀聞，乃曰：「以一儀而當漢中地，臣請往如楚。」如楚，又因厚幣用事者臣靳尚，而設詭辯於懷王之寵姬鄭袖。懷王竟聽鄭袖，復釋去張儀。是時屈平既疏，不復在位，使於齊，顧反，諫懷王曰：「何不殺張儀？」懷王悔，追張儀不及。其後諸侯共擊楚，大敗〔三〕之，殺其將唐眛。時秦昭王與楚婚，欲與懷王會。懷王欲行，屈平曰：「秦虎狼之國，不可信，不如無行。」懷王稚子子蘭勸王行：「奈何絶秦歡？」懷王卒行。入武關，秦伏兵絶其後，因留懷王，以求割地。懷王怒，不聽。亡走趙，趙不内。復之秦，竟死於秦而歸葬。長子頃襄王立，以其弟子蘭爲令尹。楚人既咎子蘭以勸懷王入秦而不反也。屈平既嫉之，雖放流，睠顧楚國，繫心懷王，不忘欲反，冀幸君之一悟，俗之一改也。其存君興國而欲反覆之，一篇之中三致志焉。此仍從《離騷》文中推出。然終無可奈何，故不可以反，卒以此見懷王之終不悟也。……令尹子蘭聞之，大怒，卒使上官大夫短屈原於頃襄王，頃襄王怒而遷之。』下略。

案：張儀相秦，據《史記·六國表》及《楚世家》，當懷王十六年。楚師與秦師戰於丹、淅，當懷十七年，事並見《史記·秦本紀》及《張儀傳》。屈子使齊及諫殺張儀，據《楚世家》，當懷十八年，事並見《張儀傳》。諸侯共擊楚，據《楚世家》，當懷王二十八年。懷王入武關，據《楚世家》，當懷三十年。

《新序·節士篇》曰：『屈原者名平，楚之同姓大夫，有博通之知，清潔之行，懷王用之。秦欲吞滅諸侯，並兼天下，屈原爲楚東

〔一〕國立北平師範大學本前有『以』。
〔二〕《史記·屈原賈生列傳》後有『蟬蜕於濁穢』。
〔三〕『敗』，《史記·屈原賈生列傳》作『破』。

使於齊，以結强黨。秦國患之，使張儀之楚，貨楚貴臣上官大夫、靳尚之屬，上及令尹子蘭、司馬子椒，内賂夫人鄭袖，共譖屈原。屈原遂放於外，乃作《離騷》。張儀因使楚絶齊，許謝地六百里。懷王信左右之奸謀，聽張儀之邪説，遂絶强齊之大輔。楚既絶齊，而秦欺以六里，懷王大怒，舉兵伐秦，大戰者數。秦兵大敗楚師，斬首數萬級。秦使人願以漢中地謝，懷王不聽，願得張儀而甘心焉。張儀曰：「以一儀而易漢中地，何愛。」儀請行，遂至楚。楚囚之，上官大夫之屬共言之王，王歸之。是時懷王悔不用屈原之策，以至於此，於是復用屈原。屈原使齊還，聞張儀已去，大爲王言張儀之罪，懷王使人追之，不及。後秦嫁女於楚，與懷王歡，爲藍田之會。屈原以爲秦不可信，願勿會。群臣皆以爲可會，懷王遂會。果得囚拘，客死於秦，爲天下笑。懷王子頃襄王亦知群臣諂誤懷王，不察其罪，反聽群讒之口，復放屈原。屈原疾闇王亂俗，汶汶嘿嘿，以是爲非，以清爲濁，不忍見於世，將自投於淵。漁父止之，屈原曰：「世皆醉我獨醒，世皆濁我獨清。吾獨聞之，新浴者必振衣，新沐者必彈冠，又惡能以其泠泠更事世之嘿嘿者哉！吾寧投淵而死。」遂自投湘水汨羅之中而死。」

附　屈子生卒年月考 陳瑒子瑺

王逸注《楚辭》『攝提貞於孟陬兮，惟庚寅吾以降』曰：『太歲在寅曰攝提格，正月爲陬，庚寅，日也。』《爾雅》所謂正月，準以歲名起寅之例，當是夏正之正月。當以甄鸞《五經算術》所載周曆法，自楚懷王以前，上推威王九年庚寅，及宣王十五年丙寅，此二年中，建寅之月皆無庚寅之日。威王庚寅年建寅月庚申朔，宣王丙寅年建寅月己酉朔。惟宣王二十七年戊寅建寅之月己巳朔，庚寅爲月之二十二日，屈子殆以是年生乎？算術附録於左。

周　上元丁巳至楚宣王二十七年戊寅，積二百七十六萬八十一，算外，元法四千五百六十，章閏七，章月二百三十五，章法十九，蔀日二萬七千七百五十九，蔀月九百四十。

求閏餘　置上元以來積算滿元法去之，不盡一千二百八十一，爲積年。以章月乘積年，滿章法而一，所得一萬五千八百四十三，爲積月。不盡十八，爲閏餘。閏餘在十二以上，其年應有閏。

求閏月所在　以閏餘減章法，所餘以十二乘之，滿章閏而一，滿四以上亦收爲一，共得二。自〔二〕建子月起算，知是年閏月在建丑月以後。

求天正朔日　置積月，以蔀日乘之，滿蔀月而一，所得四十六萬七千八百五十七，爲積日。不盡二百五十七，爲小餘。又置積日，

〔二〕『自』，原作『百』，據陳瑒《屈子生卒年月考》改。

滿六十去之，不盡三十七，爲大餘。大餘起甲子，算外，即知是年天正之朔日爲辛丑。小餘在四百四十一以下，知其月小。

求次日朔日　　置前月大餘，加二十九，滿六十去之。又置前月小餘，加四百九十九，滿蔀月而一。上從大餘，如前命之。小餘在四百四十一以上，則月大。遞加十二次，得終歲十二月之朔。

建子月小	辛丑朔	
建丑月大	庚午朔	
閏月小	庚子朔	
建寅月大	己巳朔	二十二日庚寅
建卯月小	己亥朔	
建辰月大	戊辰朔	
建巳月小	戊戌朔	
建午月大	丁卯朔	
建未月大	丁酉朔	
建申月小	丁卯朔	
建酉月大	丙申朔	
建戌月小	丙寅朔	
建亥月大	乙未朔	

懷王六年，昭陽伐魏，取八邑，移兵臨齊，齊震其威，使陳軫説昭陽，以止其軍。八年，齊封田嬰於薛，幾因楚怒而中輟。十一年，五國伐秦，而楚爲從長。十六年，齊助楚取秦曲沃，而秦患之。懷王初政，爲四國所畏服，概可想見。《惜往日》篇所謂『奉先功以照下〔一〕，明法度之嫌疑。國富强而法立，屬貞臣而日娭』，揆之此時情事，頗覺吻合。屈子仕爲左徒，當必在此十年之内。

史稱屈子爲懷王左徒，而屈子自述爲三閭大夫。案：楚官有令尹、大司馬、莫敖、太師、太宰、右宰、右尹、左尹、右司馬、左司

〔一〕『下』，原作『時』，據《九章·惜往日》、陳瑒《屈子生卒年月考》改。

馬、右領、大閽、司徒、大僕、正僕、太史、左史、連尹、箴尹、寢尹、宫廄尹、中廄尹、環列尹、僕馬尹、工尹、卜尹、樂尹、泠人[二]、縣公、縣尹、郊尹、封人，見《左傳》；上柱國、通侯、將軍、小令尹、典令、五大夫、中射士、小臣、謁者、嗇夫，見《國策》。鮑彪以新造盩及登徒爲楚官，非是。惟左徒及三閭大夫，二書皆未之及。王注謂：『三閭大夫掌王族三姓，曰屈、景、昭，序其譜屬，率其賢良，以厲國士。』案：《周禮》：『諸子掌國子之倅，其位爲下大夫。』三閭大夫，殆即諸子之職，晉之公族大夫，亦是官也。《史記》謂屈子：『爲左徒，入則與王圖議國事，以出號令；出則接遇賓客，應對諸侯。』案：《周禮》：『内史掌書王命，而大行人掌賓客。』其位皆中大夫。左徒殆兼二職之事，春申君亦嘗爲左徒，後由左徒而爲令尹，則左徒距令尹止一階耳。以是知三閭大夫爲屈子始仕之官，左徒乃其升擢之官也。

懷、襄之世，屈、景、昭三族之知名者，昭陽、景翠皆仕至上柱國，昭常仕至大司馬，昭鼠仕爲宛公，昭獻相韓以爲楚，屈蓋相秦以爲楚，昭雎、景鯉、屈署皆嘗爲使，昭應、景陽、景痤皆嘗爲將。或云景痤即景翠。而昭陽建功於懷王初年，人稱賢相；昭雎獻策於懷王末年，卒奠嗣君；景陽用兵最精；景鯉賢勞最久，尤卓卓一時。他如昭過善用衆，景差善屬文，景缺、屈匄能死事，昭魚、昭蓋、昭忠、昭衍皆能謀，濟濟人才，於斯爲盛。雖諸人年齒較屈子孰長孰幼，不能悉考，要之屈子所甄陶拔擢之士，必多厠其中。『滋蘭九畹』『樹蕙百畝』，豈虚語哉！

屈子失位，而張儀詐楚。張儀詐楚，據《史記·年表》，知是懷王十六年事，則屈子之絀，必當此年。《離騷》之作，必在此年之後。本傳只言屈子不復在位，而《新序》則言懷王悔而復用屈子。案：懷王聽靳尚、鄭袖之言，不殺張儀，屈子使齊反諫，而張儀以去，爲十八年事。出使似非失位者所爲，則是時屈子必復在位。洪興祖謂屈子以十六年見絀，十八年復用，誠不易之論也。自此以後，屈子無事可見。迨懷王三十年，王將入秦，屈子又諫，足見此十餘年間，屈子未嘗一日不在朝。但懷王聽讒已深，嫌隙久開，不復如前此信任耳。懷王時讒屈子者，《史記》止載上官大夫一人，王逸注則謂同列上官大夫、靳尚妒害其能，共譖毁之；《新序》又謂張儀賄上官、靳尚、子蘭、子椒，内及鄭袖，同譖屈子。案：《離騷》云『蘭無實而容長』『椒專佞以慢慆』，直指蘭、椒之名以斥其罪，則《新序》之言，必有所據也。靳尚進讒後二年，即爲張旄所殺，懷王十八年。而上官至頃襄時獨存，又爲子蘭所使，以致屈子放江南。天生此兩人，若專爲譖屈子設者，亦奇。

頃襄王立而屈子放於江南，蓋周赧王十七年事也。《九歌》《天問》《九章》《遠游》《卜居》《漁父》，皆作於此年之後。其年月可

[二] 『泠人』，原作『伶尹』，據陳瑒《屈子生卒年月考》改。

考者，《卜居》云『三年不得復見』，則《卜居》必作於頃襄王之三年。《哀郢》云『至今九年而不復』，則《九章》必作於頃襄王之九年。屈子自投汨羅，或亦當在是年，時屈子年五十四矣。

屈子先世爲楚貴戚之卿，見諸載籍者，如屈瑕、屈重、屈到、屈蕩、屈生，皆爲莫敖；屈建、屈春，皆爲令尹。屈春見《説苑》，蓋春秋以後人，餘皆見《左傳》。其他貴而失載者，當復不少。屈子之義，本無可去，無可去則死之而已。迨楚宗既覆，秦祚隨亡，漢遷屈、昭、景於關中，屈氏子孫亦不能守其墳墓。屈子之憂楚，無異於微子之憂殷，休戚相關，故言之痛切耳。史遷怪屈子『以彼其才游諸侯，何國不容，而自令若是』，班固、顔之推皆譏其『露才揚己』，豈知屈子之心者哉！

《荆楚歲時記》謂[一]五月初五競渡，爲楚人閔屈子投水，故並命舟楫以拯之。吴均《續齊諧記》云：『屈子五月五日投汨羅水，楚人哀之，至此日，以竹筒貯米投水中以祭之。』宗懔《荆楚歲時記》亦言：『屈子以五月五日投汨羅，故楚人以此日作競渡以招之。』然《琴操》謂介子推抱木燔死，文公哀之，令人五月五日不得舉火；《曹娥碑》謂娥之父盱以五月五日祀伍君，婆娑樂神，隊水而死。則五月五日有吊介推者，有吊伍胥者，不獨吊屈子矣。唐時競渡，多在春月，《舊唐書・敬宗紀》寶曆三[二]年三月，幸魚藻宫，觀競渡。《穆宗紀》九月，觀競渡於魚藻宫。《新唐書・杜亞傳》爲淮南節度使，方春，南民好爲競渡戲。文文山《指南集・元夕詩》云：『南海觀元夕，兹游古未會。人間大競渡，水上小燒燈。』是競渡有在三月、九月及元夕者，不獨午日也。沈佺期《三月三日驩州詩》云：『誰念招魂節，翻爲禦魅囚。』王績《三月三日賦》亦云：『新開避忌之席，更作招魂之所。』則吊屈子又在三月三日，不徒五月五日矣。小[三]傳短書，難爲確證。屈子之死，究不能定其何日也。

劉師培《古曆管窺》云：『《離騷經》云：「攝提貞於孟陬兮，惟庚寅吾以降。」王逸注云：「太歲在寅曰攝提格，正月爲陬，庚寅，日也。」近江寧陳氏瑒作《屈子生卒年月考》，以周曆推之，謂楚宣王二十七年戊寅，其建寅之月朔[四]己巳，二十二日爲庚寅。今以夏曆推之，楚宣王二十七年戊寅，距入乙卯蔀四十九年，積月六百零六，閏餘一，積日一萬七千八百九十五，小餘六百五十四，大餘十五，得庚午爲正月朔，庚寅爲正月二十一日，屈子之生當在是年。』

凱案：如劉氏之説，屈子既生於楚宣王二十七年正月二十一日，案《六國表》，則頃襄王元年，屈子年正四十有五，其沈汨羅，當

[一]「《荆楚歲時記》謂」，原作「梁宗懔《荆楚歲時記》」，據陳瑒《屈子生卒年月考》改。
[二]「三」，原作「二」，據《新唐書・敬宗紀》、陳瑒《屈子生卒年月考》改。
[三]「小」，原作「該」，據陳瑒《屈子生卒年月考》、國立北平師範大學本改。
[四]劉師培《古曆管窺》下卷後有「日」。

在是年以後，然不能確指爲何年也。

又案：史公序論《離騷》之作，最能得其指趣。自「《國風》好色而不淫」以下至「與日月争光」數語，取淮南王安叙《離騷傳》之文。班固、王逸並有論列之詞，具見於《序》及《贊序》，兹不録。

三、《離騷》章法

《離騷》一篇，凡二千四百餘言，爲句三百七十有三。自古鉅文，此爲第一。雖作者因憂愁幽思，溯涄出之，若江河之流，初未必有意於文；然細爲尋繹，悉其篇章結構，脉絡分明，意緒雖紛，至賾而不可亂，所謂文成而法立也。兹先述昔人於《離騷》章法之探討，而附鄙見於末焉。

有以不能分章節爲説者

王世貞曰：「騷詞所以總雜重複、興寄不一者，大抵忠臣怨夫惻怛深至，不暇致詮，故[一]亂其序，使同聲者自尋，修隙者難摘耳，今若明白條易，便乖厥體。」《藝苑卮言》

錢飲光曰：「以屈子之幽思悲憤，詰曲莫伸，發而有言，不自知其爲文也。重複顛倒，錯亂無次，而必欲以後世文章開合承接之法求之，豈可與論屈子哉！吾嘗謂其文如寡婦夜哭，前後訴述，不過此語，而一訴再訴，蓋不再訴不足以盡其痛也。必謂後之所訴異於前訴，爲之循其次序、别其條理者，謬矣。故因朱子之《集注》，更加詳釋[二]，不立意見，但事詁釋。則見其情緒之感觸，有無端而生者，有相因而起者，意之所至，忽然有詞，詞同而意固不同，則亦未嘗無次序、無條理也。」《莊屈合詁》

有分三大段者

「帝高陽之苗裔」至「豈余心之可懲」爲第一段，「女嬃之嬋媛」以下爲第二段，「索藑茅以筳篿」以下盡篇末爲第三段。朱駿聲《離

[一] 王世貞《藝苑卮言》卷一「故」前有「亦」。
[二] 「釋」，《莊屈合詁》作「繹」。

騷約〔二〕注》及王邦采《離騷彙訂》

有以一二字爲綱領而穿〔三〕穴通篇者

蔣驥曰：『（《離騷》）通篇，以好脩爲綱領，以從彭咸爲結穴。自篇首至「衆芳蕪穢」，序其以好脩而獲罪也。自「衆皆競進」至「前聖所厚」，序獲罪而不改其脩也。提出「依彭咸」句爲主，大意皆以死自誓，然語各有次第。「衆皆競進」以下，本得罪之始言，故第曰「顑頷」。「長太息」以下，舉其中言，以「多艱」爲目，故曰「九死」。「怨靈脩」以下，要其終言，以「終不察」爲目，故曰「溘死流亡」。自「悔相道」以下，又以徒死無益而轉生一念，欲求君四荒〔三〕，開下半篇之局，然好脩終不改也。女嬃一段，緊承「往觀」句說入，重「並舉好朋」句，言欲相君四方，除是改其好脩。「陳辭」一段，對照女嬃言發議，最〔四〕重「量鑿正枘」句，言但當擇君而事，而好脩終不可改，所謂中正也。中間「求索〔五〕」二段，承「鑿圓〔六〕正枘」之言，而遍觀上下，乃真似好脩之難合，故以「世溷濁」二句結之，以證合「並舉好朋」之言。皆意中遥度之詞，非實求之而不合也。「閨中」四句，因四方無好脩者，而返〔七〕觀楚國，去住兩難，所謂狐疑也。哲王指楚懷言。靈氛一段，極〔八〕言好脩之必合，而深勸其去楚以釋其疑。「世幽昧」以下，證楚之不可留，以實靈氛之言也。「巫咸」一段，極言好脩作合之易，而深著戀楚不往之害，以速其行。「何瓊佩」以下，證行之不可緩，以實巫咸之言也。「惟兹佩」以下，決意遠行，非復爲前此觀望之舉，以是結往觀之局，以是盡好脩之用。半幅縈迴〔九〕，專爲此舉。然行車未周，忽然中止，則終不忍舍楚而去也。「亂曰」以下，楚不可留，終歸於爲彭咸以誓死也。』

又曰：『始以脩能事君，而取嫉於衆，章首至「衆芳蕪穢」。然所脩屢困益堅，惟甘爲彭咸以誓死而已。「衆皆競進」至「前聖所厚」。即或不

〔二〕『約』，當作『補』。案：倫明《辛亥以來藏書紀事詩》『朱師轍』條載朱駿聲（豐芑）著有《離騷約注》，然朱駿聲所作實爲《離騷補注》，清光緒八年（1882）臨嘯閣刊《朱氏群書》目即作《離騷補注》。

〔三〕國立北平師範大學本作『貫』。

〔三〕『荒』，《楚辭餘論》作『方』。下同。

〔四〕《楚辭餘論》無『最』。

〔五〕《楚辭餘論》『求索』前有『上下』。

〔六〕『鑿圓』，《楚辭餘論》作『量鑿』。

〔七〕『返』，原作『反』，據《楚辭餘論》、國立北平師範大學本改。

〔八〕《楚辭餘論》無『極』。

〔九〕『迴』，《楚辭餘論》作『洄』。

爲彭咸之死，而觀君四方，亦卒不改其好脩也。「悔相道」至「余心可懲」。女嬃謂世無用好脩者，往觀奚益。「女嬃嬋媛」至「不余聽」。及正之重華，而知好脩必非無用，在能擇君而事耳。「依前聖」至「浪浪」。乃試往觀焉，則覺四方之嫉惡好脩，誠〔一〕有如女嬃言者。「跪敷衽」至「稱惡」。去留靡決，心轉狐疑。「閨中」四句。卜之靈氛，則云去必有合也，楚不可留也。「索藑茅」至「故宇」。返觀而其説信然。「世幽昧」至「申椒不芳」。又卜之巫咸，則云去則作合甚易，留則禍至無期。「欲從靈氛」至「百草不芳」。再觀而勢益急。「何瓊珮」至「江離」。於是知女嬃之言不足信，重華之正果可憑，決計遠行，立見好脩之有用矣。然豈真能一往而忘楚哉！「惟兹佩」至「不行」。則仍爲彭咸誓死而已。「亂曰」以下。此一章大指也。』《楚辭餘論》

有分三大節十三小節而以亂辭總一篇之大旨者

龔景瀚曰：『《離騷》一篇，凡二千四百餘言，而其大要則亂之數語盡之。自篇首至「霑余襟之浪浪」爲首一大節，皆言「國無人莫我知也」，而其中又分七小節：「帝高陽之苗裔」至「夕攬洲之宿莽」，言己立身之本末可知之實也；「日月忽其不淹」至「傷靈脩之數化」，言己盡忠於君而君不知之也；「余既滋蘭之九畹」至「願依彭咸之遺則」，言善類皆化於黨人，楚朝之上無一人知己也；「長太息以掩涕」至「固前聖之所厚」，言人心風俗因而敗壞，楚國之中無一人知己也；〔二〕「悔相道之不察」至「豈余心之可懲」，言君終不能知之，而己之節不可變也；「女嬃之嬋媛兮」至「何煢獨而不余聽」，言其姊亦不知之，而其餘可知矣；「依前聖以節中」至「霑余襟之浪浪」，言知之者惟重華，而今人可知矣。此一大節正言之也，詩人所謂「賦」也，敷陳其事而義自見，其心猶有所望也，故其辭哀而憤。自「跪敷衽以陳辭」至「余焉能忍與此終古」爲中一大節，皆言「莫足與爲美政」也，而其中又分三小節：「敷衽陳辭」至「好蔽美而嫉妒」，言讒諂蔽明，君之不足與爲美政也；「朝吾將濟於白水」至「好蔽美而稱惡」，言賢才遺佚，臣之莫足與爲美政也；「閨中」四句互結之，言其終莫足與爲美政也。此一大節放言之也，詩人所謂「比」也，引彼以例此也，其心已無所望而猶庶幾於萬一也，故其辭哀而思。自「索藑茅以筳篿」至末爲末〔三〕一大節，皆言「何懷乎故都」而「將從彭咸之所居」也，而其中又分三小節：「索藑茅以筳篿」至「謂申椒其不芳」，假靈氛之言〔四〕而言是非倒置，故都之不可懷如此也；「欲從靈氛之吉占」至「又況揭車與江

〔一〕『誠』，原訛作『語』，據《楚辭餘論》改。
〔二〕『長太息』以下原脱，據龔景瀚《離騷箋》補。
〔三〕『末』原脱，據《離騷箋》、國立北平師範大學本補。
〔四〕『言』，原訛作『精』，據《離騷箋》改。

離」，假巫咸之言而言時俗變化，故都不可懷又如此也；「惟茲佩之可貴」至「蜷局顧而不行」，言故都不可懷而又不可去，則惟從彭咸之所居而已。此一大節假言之也，詩人所謂「興」也，有其言而無其事也，其望已絶矣，故其言哀而咽。「又何懷乎故都」，即「將從彭咸之所居」矣，義本相承，而分屬之。「國無人莫我知」及「莫足與爲美政」之下者，非故[一]錯綜其文，亦理當如是也。人莫我知，不過一身之不用而已，使宗社無恙，則去可也，留亦可也；惟其[二]莫足與爲美政，而宗社將亡，則留既不能，去又安忍，故必出於死而後已。通篇大旨，亂之數語盡之，亦猶《詩》之小序也。讀者熟讀而深思之，文義曉然矣。」《離騷箋》

有分十段者

自『帝高陽之苗裔』至『反信讒而齌怒』爲第一段，自叙生平大略，而終於君之信讒。後四段，乃反復推明之。自『予固知謇謇之爲患』至『願依彭咸之遺則』爲第二段，申言被讒之故，而因自明其志如此。自『長太息以掩涕』至『固前聖之所厚』爲第三段，言君信讒之故，而已終不隨流俗，以申前意也。自『悔相道之不察』至『豈予心之可懲』爲第四段，設爲退隱之思，言事君雖不得，而好脩不變，亦以申前意。自『女嬃之嬋媛』至『霑余襟之浪浪』爲第五段，借女嬃之言而因之陳辭，言熟觀古今治亂，得其中正之道如是，此所以與世不合之端，已必不可變者也，申前未盡之義。自『跪敷衽以陳辭』至『好蔽美而嫉妒』爲第六段，托言往見古先哲王之在天者以自廣，卒沮隔於飄風、雲蜺，欲進不遂，因以嘆溷濁之世大致如斯。自『朝吾將濟於白水』至『好蔽美而稱惡』爲第七段，托言欲求淑女以自廣，故歷往賢妃所産之地，冀或一[三]遇於今日，而無良媒以通己志，因言世之溷濁，無所往而可者。自『閨中既以邃遠』至『謂申椒其不芳』爲第八段，命靈氛爲卜其行，而因念世之棄賢如此。自『欲從靈氛之吉占』至『芬至今猶未沬』爲第九段，既又聞吉占之故，而復審之於己，言不獨世棄賢，曏所稱賢者，亦往往因之自棄，惟己則不隨流俗遷改，惟[四]有去此而已。自『和調度以自娛』至『蜷局顧而不行』爲第十段，托言遠逝所至，憂思不解，志在睠顧楚國。終焉。戴震《屈原賦注》[五]

就右列諸説觀之，或謂《離騷》總雜重複，條理難尋；或則以爲蹊徑分明，爲之詳加離析。竊謂《騷》辭筋節，隱而不露，故章法有似難尋，然不得謂無條理。至如蔣、龔、戴三君之所尋求，則又不免强古人以就我。今爲便於講説，依王邦采、朱駿聲之言，略分

[一]「故」，《離騷箋》作「獨」。
[二]「其」，《離騷箋》作「是」。
[三]「一」，原作「者」，據戴震《屈原賦注》改。
[四]「惟」，戴震《屈原賦注》作「計」。
[五] 案：戴震原文各在所分十段之後，各節中「自」至「爲」者，爲駱氏所增。

全篇爲三大段，而前後斷續之際，仍自藕斷絲連，不可不知。第二段之末『閨中邃遠』四語結上文也，即以起下意。至各段之中，含意雖多，細審之則層次分明，文義相引如貫珠，故知《離騷》組織細密，一片説去，不可截然劃斷。今雖爲分析，讀者宜弗拘焉。

一二三段文意甚明，不煩箋釋。今惟就第一段用意分疏如次。參看王逸注。

『字余曰靈均』已上：世系，生日，名字。

『夕攬洲之宿莽』已上：素志。

『夫惟捷徑以窘步』已上：格君。

『反信讒而齋怒』已上：遇讒。

『傷靈脩之數化』已上：言傷君悔遁，非爲己私。

『哀衆芳之蕪穢』已上：言己身斥退，衆賢亦沮。

『恐脩名之不立』已上：志與衆殊。

『願依彭咸之遺則』已上：引古自厲。

『雖九死其猶未悔』已上：言守死不悔。

『夫孰異道而相安』已上：言忠邪異路，而邪終不可爲。

『及行迷之未遠』已上：思復歸正〔二〕國。

『唯昭質其猶未虧』已上：言復退保身。

『豈余心之可懲』已上：言欲之四荒求君，而素志不變。

《離騷》之文，組織細密，非特見之於章法也，即用字之微，亦無不有著落。如『退將復脩吾初服』，一服字該下衣裳冠佩諸項，而『佩繽紛其繁飾兮』，一佩字又總上衣〔三〕裳冠佩而言。又『來吾道夫先路』，提出一路字，此下道字、路字及捷徑、窘步、險隘、皇輿、奔走、踵武等字，皆與相應。

〔二〕『正』，國立北京師範大學校本作『故』。

〔三〕『衣』，原訛作『見』，據國立北平師範大學本、國立北京師範大學校本改。

四、《離騷》之辭與義

（一）命意

《離騷》一篇，或抒情，或述志，或叙事，或説理，文繁指富，所陳非一。然總其要歸，無過二端，一曰爲國，二曰明己。玆略徵引其辭以明焉。

甲、爲國

1 爲王言者

『惟草木之零落兮，恐美人之遲暮。』懷王年行已暮，而道德不脩，功業未遂，此屈子之所憂懼而急欲引君於當道也。

『荃不察余之中情兮，反信讒而齌怒。』屈子奔走先後，冀與國圖治，而懷王不察，信讒疏斥，此屈子所以冤結也。

『初既與余成言兮，後悔遁而有他。余既不難夫離别兮，傷靈脩之數化。』懷王始信終疏，變操不常，無任賢圖治之略，屈子於此，蓋不勝傷惜之情也。

『怨靈脩之浩蕩兮，終不察夫民心。』懷王昏闇，不省群情，致忠賢被擯，邪佞盈朝，此屈子之所不能無怨也。

『閨中既以邃遠兮，哲王又不寤。』此《史記》所謂『卒以此見懷王之終不寤也』。

2 通王與國言之者

『豈余身之憚殃兮，恐皇輿之敗績。』屈子憂國之危，故出而奔走先後，非爲一身利害計也。

『欲少留此靈瑣兮，日忽忽其將暮。』『忽反顧以流涕兮，哀高丘之無女。』屈子雖遠去，意不能已，故至懸圃矣，忽言靈瑣，王注：『楚王省閣也。』登閬風矣，顧[二]高丘，（王注：『楚有高丘之山。』）五里一徘徊，蓋不忍輕去其國也。

『陟升皇之赫曦兮，忽臨睨乎舊鄉。』屈子雖設去世離俗，陟升天庭，不足解憂，猶顧念楚國，愁且思也。

[二] 國立北平師範大學本前有『忽』。

3 斥楚臣言之者

『惟黨人之偷樂兮，路幽昧以險隘。』『衆皆競進以貪婪兮，憑不厭乎求索。羌内恕己以量人兮，各興心而嫉妒。』『衆女嫉余之蛾眉兮，謡諑謂余以善淫。』『固時俗之工巧兮，偭規矩而改錯。背繩墨以追曲兮，競周容以爲度。』『衆不可户説兮，孰云察余之中情。世並舉而好朋兮，夫何煢獨而不予聽。』『世溷濁而不分兮，好蔽美而嫉妒。』『世溷濁而嫉賢兮，好蔽美而稱惡。』『世幽昧以眩曜兮，孰云察余之善惡。民好惡其不同兮，惟此黨人其獨異。』『何瓊佩之偃蹇兮，衆薆然而蔽之。惟此黨人之不諒兮，恐嫉妒而折之。』已上曰偷樂、曰貪婪、曰嫉妒、曰謡諑、曰周容、曰好朋、曰溷濁、曰蔽美稱惡、曰幽昧、曰眩曜、曰不察、曰不諒，皆屈子詈黨人妨賢病國之詞。『時繽紛其變易兮，又何可以淹留。蘭茝[一]變而不芳兮，荃蕙化而爲茅。……覽椒蘭其若茲兮，又况揭車與江離。』已上屈子傷楚臣之晚節不終者。

乙、明己

『汩余若將不及兮，恐年歲之不吾與。』明幼年進德之勤。『老冉冉其將至兮，恐脩名之不立。』明脩名之切。『忽奔走以先後兮，及前王之踵武。』明致君之殷。『余固知謇謇之爲患兮，忍而不能舍也。』明被罪而不忘忠諫。『紛吾既有此内美兮，又重之以脩能。』『苟余情其信姱以練要兮，長顑頷亦何傷。』『不吾知其亦已兮，苟余情其信芳。』『芳與澤其雜糅兮，唯昭質其猶未虧。』『民生各有所樂兮，余獨好脩以爲常。』『紛獨有此姱節。』『夫何煢獨而不予聽。』『耿吾既得此中正。』『苟中情其好脩兮。』『芳菲菲而難虧兮，芬至今尤未沫。』已上曰内美、曰信姱練要、曰信芳、曰昭質、曰好脩、曰姱節、曰煢獨、曰中正、曰芳難虧、曰芬未沫，並

[一] 『茝』，《楚辭》各本作『芷』。此爲駱氏之誤，下同。

明己志行之芳潔，與夫居困境、處濁世，而其操守不變而彌勵。

『謇吾法夫前脩兮。』『願依彭咸之遺則。』『伏清白以死直兮，固前聖之所厚。』『依前聖以節中兮。』『不量鑿以正枘兮，固前脩以菹醢。』已上曰法前脩、曰依遺則、曰依前賢，並明己法古以自勵。

『悔相道之不察兮，延佇乎吾將反。回朕車以復路兮，及行迷之未遠。』明己遭放以後，初欲長往不反，而復以爲不可。

『進不入以離尤兮，退將復脩吾初服。』明反國不可，則思退隱。

『吾將上下而求索。』『覽相觀於四極兮，周流乎天余乃下。』明退隱以後，猶欲爲國求賢。

『吾將遠逝以自疏。』明求賢不得，則思遠逝绝俗。

『吾將從彭咸之所居。』明遠逝卒亦不忍，則死，從彭咸焉而已也。

合而觀之，凡屈子憂國之忱，與立身之道，皆可於斯一篇得之矣。

（二）屬辭

《離騷》屬辭之法，有正言之者，有喻言之者，有設言之者。於彼於此，變幻不常，此讀者所以難驟了也。兹别白之如下。

甲、正言之者

『帝高陽之苗裔兮』至『字余曰靈均』。例多不悉舉。

乙、喻言之者 **有以喻代正者，有以正明喻者，有正、喻夾寫者。**

『扈江離與辟芷兮，紉秋蘭以爲佩。』王注：『謂博采衆善，以自約束也。』〇此以喻代正。

『朝搴阰之木蘭兮，夕攬洲之宿莽。』王注：『木蘭去皮不死，宿莽過冬不枯，以喻讒人雖欲困己，己受天性，終不可變易也。』〇此以喻代正。

『余既滋蘭之九畹兮』至『哀衆芳之蕪穢』。喻樹德之日滋也，蘭、蕙、留夷、揭車、杜衡言德非一類，九畹、百畝、畦言類非一德。竢時將刈，謂凡若此者，將效用於國家，非以獨善其身也。衆芳喻衆賢也。蕪穢，王注云：『使衆賢[一]失其所也。』〇此節以喻代正。

〔一〕王逸《章句》『衆賢』後有『志士』。

『朝飲木蘭之墜露兮』至『長顑頷亦何傷』。承上所急非彼，所恐在此，言衆人苟欲飽於財利，己獨欲飽於仁義也。顑頷，正與貪婪相對。○此以正明喻。『朝飲』二句喻言，『苟余情』二句正言。

『擥木根以結茝兮』至『願依彭咸之遺則』。前云『扈芷』，而此更曰『擥木根』，益之以薜荔而貫之。蕙，蘭屬也，前言『佩蘭』，而此更曰『矯菌桂』，益之以胡繩而索之。《騷》辭每説到窮處，便加一倍精神，以寫其不回之操。○此以正明喻。『擥木根』四句喻言，『謇吾法夫』四句正言。

『既替余以蕙纕兮』至『雖九死其猶未悔』。以蕙纕替，以擥茝申，不以替而改服，有加無已也，非有加於蕙纕，只明其至死不變之志耳。説到『顑頷』，則申之曰『擥木根』『矯菌桂』，説到『替余』，則申之曰『擥茝』，所謂每到窮處，即加一倍精神也。○此以正明喻。上二句喻言，下二句正言。

『衆女嫉余之蛾眉兮，謡諑謂余以善淫。』此以喻代正。

『固時俗之工巧兮』至『余不忍爲此態也』。此以『時俗之工巧』喻小人之周旋容悦。此時指時俗也，此態指周容爲度也。上四句喻言，下四正言。此以正明喻。

『鷙鳥之不群兮』至『夫孰異道而相安』。四句申上獨困之由。上三句喻言，下一句正言。『方圓』根上『規矩繩墨』來。○此以正明喻。

『製芰荷以爲衣兮』至『惟昭質其猶未虧』。承上『復脩初服』言。謂衣裳冠佩芳澤雜糅，惟昭質未虧，則余情信芳，不吾知其亦已也。八句文法頗參錯。○此節正喻夾寫。

『不量鑿以正枘兮。』即前『何方圜能周』意。彼喻君子小人不能相容，此喻臣之賢者不宜與闇主圖治。○此以喻代正。

『户服艾以盈要兮』至『謂申椒其不芳』。此節承上『好惡不同』而言。○此以喻代正。

『恐鵜鴂之先鳴兮，使夫百草爲之不芳。』王注：『喻讒言先至，使忠直之士蒙罪過。』○此以喻代正。

『時繽紛其變易兮』至『又況揭車與江離』。『蘭芷變而不芳』十八句，所以申上變易也。○此節正喻夾寫。

《楚辭》取喻之詞，全書自成條貫，其例明白可尋。今爲舉其大者，以本篇爲限。餘依叔師之説求之。《離騷序》云：『《離騷》之文，依《詩》取興，引類譬喻，故善鳥香草，以配忠貞；惡禽臭物，以比讒佞；靈脩美人，以媲於君；宓妃佚女，以譬賢臣；虯龍鸞鳳〔二〕，以托君子；飄風雲霓，以爲小人。』

一曰芳

芳草取譬蓋廣，上喻君，次喻衆賢，下屈子自喻。

『荃不察余之中情兮。』荃喻懷王。『何所獨無芳草兮。』芳草泛喻賢君。

『昔三后之純粹兮，固衆芳之所在。雜申椒與菌桂兮，豈維紉夫蕙茝。』衆芳喻衆賢，下同。○申椒、菌桂、蕙茝，喻賢無小大，皆在所用。『哀衆芳之蕪穢。』

〔二〕『鸞鳳』，原作『鳳皇』，據王逸《章句》改。

『蘭茝變而不芳兮，荃蕙化而爲茅。何昔日之芳草兮，今直爲此蕭艾也。……余以蘭爲可恃兮，羌無實而容長。委厥美以從俗兮，苟得列乎衆芳。椒專佞以慢慆兮，榝又欲充夫佩幃。既干進而務入兮，又何芳之能祗。……覽椒蘭其若茲兮，又況揭車與江離。』案：依王注，椒蘭特有所斥，茝、荃、蕙、榝、揭車、江離則泛謂衆賢之晚節不終者。○顧炎武《日知録》曰：「《詩》之爲教，雖主於温柔敦厚，然亦有直斥其人而不諱者。如曰：「赫赫師尹，不平謂何。」如曰：「赫赫宗周，褒姒滅之。」如曰：「皇父[一]卿士，番維司[二]徒，家伯維宰，仲允膳夫，聚子内史，蹶維趣馬，楀維師氏，豔妻煽方處。」如曰：「伊誰云從，維暴之云。」則皆直斥其官族名字，古人不以爲嫌也。《離騷》[三]：「余以蘭爲可恃兮，羌無實而容長。」王逸《章句》謂懷王少弟、司馬子蘭；「椒專佞以慢慆兮。」《章句》謂楚大夫子椒。洪興祖《補注》：「《古今人表》有令尹子椒。」……近於《十月之交》詩人之義矣。」

『謂幽蘭其不芳。』『謂申椒其不芳。』『謂幽蘭其不可佩。』已上三語，泛以芳喻賢者。

『扈江離與辟芷兮，紉秋蘭以爲佩。』王注：『博采衆善，以自約束也。』案：江離、辟芷、秋蘭並以草之芳喻德之美，扈、紉喻脩習之也。○此以芳草爲佩帶，下舉三例意同。『擥木根以結茝兮……索胡繩之纚纚。』『既替余以蕙纕兮，又申之以擥茝。』『結幽蘭以延佇。』

『製芰荷以爲衣兮，集芙蓉以爲裳。』此服芳。

『朝搴阰之木蘭兮，夕擥洲之宿莽。』此采芳。

『余既滋蘭之九畹兮……願俟時乎吾將刈。』此種芳。

『朝飲木蘭之墜露兮，夕餐秋菊之落英。』此餐芳。

『步余馬於蘭皋兮，馳椒丘且焉止息。』此依芳草而行息。

『擥茹蕙以掩涕兮。』此擥芳草以掩涕。○自『扈江離』以下，皆屈子自喻。

《離騷》一篇，稱蘭者十，稱蕙者五，稱江離者二，稱芷茝者四，芷即茝之草變。申椒二，菌桂二，揭車一，衆芳三，芳草二。有物同而所喻不同者，如蘭茝之類或喻衆賢、或自喻是也。有物異而所喻同者，如同喻衆賢而或曰申椒、或曰幽蘭、或曰菌桂是也。有物同、所喻同而異其用者，如蕙一物也，而或樹之，或纕之，或擥之以掩涕，此則運用之不同也。《九歌》又以芳草爲舟車，運用之法又一變矣。有是三者，所以一篇之中，芳草雜陳，而讀者但覺其意之變，而忘其詞之複也。

[一]『父』，原作『甫』，據《日知録》改。
[二]『司』，原訛作『師』，據《日知録》改。
[三]《日知録》『離騷』前有『楚辭』。

二曰玉

《離騷》言玉，亦屈自喻其芳潔也。《禮記·玉藻》曰：『君子於玉比德焉。』此其義。

『覽察草木其猶未得兮，豈珵美之能當。』此以玉自比。玩辭意，玉重於芳。

『何瓊佩之偃蹇兮。』此以玉爲佩，下同。『折瓊枝以繼佩。』

『折瓊枝以爲羞兮，精瓊靡以爲粻。』此以玉爲食。

『雜瑤象以爲車。』此以玉爲車駕，下同。『鳴玉鸞之啾啾。』『齊玉軑而並馳。』『駟玉虬以乘鷖兮。』

『索藑茅以筳篿兮。』此以玉爲靈草。

三曰女

《離騷》言女，皆以喻臣。王注：『女，陰也，無專擅之義，猶君動而臣隨也，故以喻臣。』

『衆女疾余之蛾眉兮。』『豈唯是有其女。』此喻臣。

『哀高丘之無女。』『相下女之可詒。』『求宓妃之所在。』

『見有娀之佚女。』『留有虞之二姚。』『聊浮游而求女。』已上並喻賢臣。

四曰路

《離騷》言路以喻治道。

『乘騏驥以馳騁兮，來吾道夫先路。』『彼堯舜之耿介兮，既遵道而得路。』『惟黨人之偷樂兮，路幽昧以險隘。』

丙、設言之者

假設言之也。其與喻言異者，蓋彼所陳，皆由實有其事而借喻以達之，例如『扈江離與辟芷兮，紉秋蘭以爲佩』，此喻言也，而其所指者，則在博采衆善以自約束也，是詞虛而意則實之。設言則初無是事，凡所云云，第爲意境之結撰，此則詞之與意，俱虛設耳。故曰『吾將上下而求索』，曰『巫咸將夕降』，將者，虛擬之詞也；曰『吾令羲和弭節』，曰『命靈氛爲予占之』，令者、命者，懸想之詞也；曰『溘吾游此春宮』，曰『忽吾行此流沙』，溘者、忽者，有不知不覺意也。皆非實有其事也。兹分二端述之。一曰設事，二曰設詞。

1 設事

『濟沅湘以南征兮，就重華而陳詞。』王注：『言己依聖王法而行，不容於世，故欲渡沅湘[一]南行，就舜陳詞自説，……冀聞秘要，自開悟也。』

『駟玉虬以乘鷖兮』至『好蔽美而稱惡』。王注：『言己陳詞既畢[二]，精合真人，神與化游，故設乘雲駕龍，周歷天下，以慰己情也。』○此寫上征也。前節以『朝發蒼梧』起，以『蔽美嫉妒』結；此節以『朝濟白水』起，以『蔽美稱惡』結。曰『上下求索』，曰『求女』，皆設言求賢臣也；曰『蔽美嫉妒』，曰『蔽美稱惡』，則求賢不遂，忽然觸動其憤慨，而發此言也。

『歷吉日乎吾將行』至『蜷局顧而不行』。此寫遠逝也。『歷吉日吾將行』以下七句，治任[三]；『邅吾道夫崑崙』以下言行。○此節設言覩君臣之賢，欲往就之。與上二節相較，擇吉、贏糧，與陳詞畢而率然上征者異；鳴鸞、齊軑，與先驅奔屬、行色匆遽者異；宛轉西行、窮極微渺，與東西上下、隨去輒回者異。

上征、遠逝，本寫神游，故忽彼忽此，不嫌奇幻。就上征二節言之，曰蒼梧，曰懸圃，曰咸池，扶桑，曰若木。蒼梧在南；懸圃在崑崙之上，屬西北；咸池、扶桑在東；若木又在西。朝發蒼梧，則夕至懸圃。曰朝發、曰夕至，言其行程之速，蓋坐而心馳，真有如此情理也。既至懸圃，又浴馬咸池，總轡扶桑，由西之東；『折若木以拂日』，又由東之西，奇幻至於如此。白水出於崑崙，則又屬西北；春宮，青帝之舍，爲東方，由西北以游東也。就遠逝一節言之，曰崑崙，在西北；曰天津，在東極箕、斗之間，是由西北之東也；曰西極，則又由東入乎西。然後遵流沙、赤水，過不周而指西海焉。方言倏遠周流，忽言朝發夕至，則難易之頓殊也；方言『鳴玉鸞之啾啾』，又曰『麾蛟龍以梁津』，又舟車之忽異也。所謂忽彼忽此也。

2 設詞

『啓《九辯》與《九歌》兮』至『霑余襟之浪浪』。右屈子陳重華之詞。

『曰兩美其必合兮』至『豈唯是有其女』。『曰更端詞也。勉遠逝而無狐疑兮』至『爾何懷乎故宇』。『孰求美而釋女』，此女猶爾也。古者匹夫匹婦相爾女，己是男，對己者是女，故即以男女之女爲爾女之女。○右靈氛之詞，洪興祖曰：『再舉靈氛之言者，甚言其可去也。』

『曰勉升降以上下兮』至『又何必用夫行媒』。『行媒』句將上文令蹇脩、令鴆鳥、鳳皇及理弱媒拙等語一掃都盡。○右巫咸之言，靈氛只勸其遠逝，而巫咸則更言遠逝之必有合也。

陸時雍《楚辭疏》曰：『《離騷》之遠游求女，蓋托詞也。[四]意有所不可，則托而逃之以自解也。愠托而喜，憂托而豫，知其不可而無奈，姑托之以自解也。……故曰：「道思作頌，聊自救兮。」不救，則病甚矣。』

[一] 王逸《章句》後有『之水』。
[二] 王逸《章句》無『陳詞既畢』，殆駱氏以意概之。
[三] 『治任』，國立北平師範大學本、國立北京師範大學校本作『預備行』。
[四] 『《離騷》之遠游求女，蓋托詞也』，陸時雍《楚辭疏·讀楚辭語》作：『其爲遠游求女也，奈何？曰：此托也。』

（三）措語

《離騷》全篇措語，或屈折生姿，或優柔綏節，是知《騷》辭之所以纏綿悱惻、怨而不怒者，固由作者之用意肫摯，亦其善於抒寫，故能臻斯绝境也。玆略舉以明吾説。

1 屈折者著意雖、寧、固、苟、猶、非、既、又等字。

『余固知謇謇之爲患兮，忍而不能舍也。』合下二語，與《易·蹇》六二『王臣蹇蹇，匪躬之故』相較，彼直而此婉。『既替余以蕙纕兮，又申之以攬茝。亦余心之所善兮，雖九死其猶未悔。』以蕙纕替，仍以攬茝申，替謂僅失官爵耳。九死未悔，死且不顧，何有於官爵。『鷙鳥之不群兮，自前世而固然。』承上『不忍爲此態』來。固然不爲，一層。何方圜之能周兮，然亦何能爲也，一層。夫孰異道而相安。』夫亦孰肯爲者，一層。

雖 『雖體解吾猶未變兮，豈余心之可懲。』

寧 『寧溘死以流亡兮，余不忍爲此態也。』

固 『昔三后之純粹兮，固衆芳之所在。』『伏清白以死直兮，固前聖之所厚。』『固時俗之從流兮，又孰能無變化。』

苟 『不吾知其亦已兮，苟余情其信芳。』『苟中情其好脩兮，何必用夫行媒。』

猶 『阽余身而危死兮，覽余初其猶未悔。』『覽察草木其猶未得兮，豈珵美之能當。』『及年歲之未晏兮，時亦猶其未央。』

非 『忽馳騖以追逐兮，非余心之所急。』

既 『初既與余成言兮，後悔遁而有他。』『耿吾既得此中正。』

既又 『紛吾既有此内美兮，又重之以脩能。』『閨中既以邃遠兮，哲王又不寤。』

又 『羿淫游以佚畋兮，又好射夫封狐。固亂流其鮮終兮，浞又貪夫厥家。』

劉熙載《賦概》曰：『頓挫莫善於《離騷》，自一篇以至一章及一兩句，皆有之。此傳所謂「反復致意」者。』又曰：『屈子之辭，沈痛常在轉處，「氣繚轉而自締」，《悲回風》篇語可以借評。』

2 優柔者著意何、孰、豈、焉、况疑問詞。

何 『撫壯而棄穢兮，何不改乎此度。』『汝何博謇而好脩兮，紛獨有此姱節。』『何所獨無芳草兮，爾何懷乎故宇。』

執　『衆不可户説兮，孰云察余之中情。』『勉遠逝而無狐疑兮，孰求美而釋女。』『兩美其必合兮，孰信脩而慕之。』

豈　『雜申椒與菌桂兮，豈惟紉夫蕙茝。』『豈余身之憚殃兮，恐皇輿之敗績。』『思九州之博大兮，豈唯是有其女。』

焉　『懷朕情而不發兮，余焉能忍與此終古。』

況　『覽椒蘭其若茲兮，又況揭車與江離。』

曹丕《典論》曰：『優游案衍，屈原尚之。……其意周旋，綽有餘度。』

劉熙載曰：『蘇老泉謂「詩人優柔，騷人清深」，其實清深中正復有優柔意。』

（四）抒情

《離騷》抒情，有纏綿懇摯者一，有顧影汲汲者二，有牢落自傷者三，有孤介自喜者四，有惋惜不勝者五，有憤悶難任者六，又有方自傷忽自意得者七，有方自傷忽自信忽又勉自屈抑者八，有方自信忽自反忽又自傷者九。此蓋因屈子心煩意亂，故其中情之轉變極速，哀樂無端也。

1

『撫壯而棄穢兮，何不改乎此度。』此屈子欲君及時遷善進德，望之殷，故言之婉而切也。

『余固知謇謇之爲患兮，忍而不能舍也。』承上『信讒齌怒』來，言君之怒己，黨人故也，黨人怒己，謇謇故也。謇謇爲患，己非愚不及知，然己忍受患而不能舍謇謇。《九章·思美人》篇：『知前轍之不遂兮，未改此度。』意同此。此見屈子之見疑愈信，被謗愈忠也。『指九天以爲正兮，正謂正其忠策也。《惜誦》篇：『所非忠而言之兮，指蒼天以爲正。』意同此。夫唯靈脩之故也。』

『余既不難夫離別兮，傷靈脩之數化。』離別亦人所時有，而唯靈脩之數化，敗於爾躬，非所以保令則而貽遠猷也。詘其身，苟有利於君者，人固甘心爲之，而豈知其忠遠而禍逮[二]乎？

『鮌婞直以亡身兮，終然夭乎羽之野。汝何博謇而好脩兮，紛獨有此姱節。薋菉葹以盈室兮，判獨離而不服。』此女嬃責屈子之嫉惡過嚴，以致取忌賈禍。若詈之，實深痛之也。

[二]『逮』，國立北平師範大學本作『速』。

2 『汩余若將不及兮，恐年歲之不吾與。朝搴阰之木蘭兮，夕攬洲之宿莽。』自言。『日月忽其不淹兮，春與秋其代序。惟草木之零落兮，恐美人之遲暮。』因己而及君也。

3 『老冉冉其將至兮，恐脩名之不立。』『及年歲之未晏兮，時亦猶其未央。恐鵜鴂之先鳴兮，使夫百草爲之不芳。』

『忳鬱邑余侘傺兮，吾獨窮困乎此時也。』忳鬱邑、侘傺，許多字面，極寫獨困之狀，顧影自憐，歔欷欲绝。《涉江》篇：『吾不能變心而從俗兮，固將愁苦而終窮。』即此意。

4 **著意惟字、獨字、猶字**

『製芰荷以爲衣兮，集芙蓉以爲裳。』至『雖體解吾猶未變兮，豈余心之可懲。』『惟茲佩之可貴兮，委厥美而歷茲。芳菲菲而難虧兮，芬至今猶未沬。』

5 『何昔日之芳草兮，今直爲此蕭艾也。豈其有他故兮，莫好脩之害也。……覽椒蘭其若茲兮，又況揭車與江離。』也字用於句末，聲調綿邈，愈見其惋惜不盡之情。

6 『閨中既以邃遠兮，哲王又不寤。懷朕情而不發兮，余焉能忍與此終古。』

7 『長太息以掩涕兮，哀民生之多艱。』民生即人生，屈子自謂也。『余雖脩姱以鞿羈兮，謇朝誶而夕替。』此替字承『民生多艱』來，極寫傷心。以下四語又反若出以得意。『既替余以蕙纕兮，又申之以攬茝。亦余心之所善兮，雖九死其猶未悔。』

8 『忳鬱邑余侘傺兮，吾獨窮困乎此時也。』自傷。『寧溘死以流亡兮，余不忍爲此態也。』『鷙鳥之不群兮，自前世而固然。何方圜之能周兮，夫孰異道而相安。』自信。『屈心而抑志兮，忍尤而攘詬。』上文所謂不察者，且自受；所謂謡諑者，且自忍。

9

『阽余身而危死兮，覽余初其猶未悔。承上非義可用、非善可服來。○始自信。不量鑿以正枘兮，固前脩以菹醢。既自反。曾歔欷余鬱邑兮，哀朕時之不當。攬茹蕙以掩涕兮，霑余襟之浪浪。』終自傷，泫然不知涕之〔一〕無從也。

五、《離騷》本音

庯影東降匣冬○東與冬通　○名明青均見先○青與先通　○能泥咍佩並咍　○與影模莽明模序心模暮與莽同度定模路來模　○在從咍茝透咍

○路見上步並鐸，與模爲平入　○隘影錫績精錫　○武明模怒泥模舍透〔二〕模故見模　○他透歌化曉歌　○畝明咍芷端咍　○刈疑曷穢影曷

○索心鐸妒定鐸急見鐸立來鐸　○英影唐傷透唐　○蕊泥歌纚心歌　○服並德則精德　○艱見痕音透没○从囟聲，在没部。痕、没爲平入，故得爲韻。

○茝見上悔曉咍　○心心覃淫影覃〔三〕　○錯清鐸度見上○模與鐸爲平入　○時定咍態透咍　○然泥寒安影寒　○詬見侯厚匣侯　○反邦寒遠影寒

○息心德服見上　○常定唐芳滂唐　○離來曷○轉來歌虧溪歌　○荒曉唐章端唐　○常當作恒，漢人避文帝諱改〔四〕。匣登懲定登　○予影模

野影模　○節精德服見上　○情從青聽透青　○兹精咍詞心咍　○縱精東巷匣冬　○狐匣模家見模　○忍泥痕隕影灰○轉影痕　○殃影唐

長定唐　○差清歌頗滂歌　○輔邦模土透模　○極見德服見上　○悔曉咍醢曉咍　○當端唐浪來唐　○正端青征端青　○圃邦模暮明模

○迫滂鐸索心鐸　○桑心唐羊影唐　○屬端屋具溪侯　○夜影鐸御疑模下匣模予見上〔五〕伫定模妒定模馬明模女泥模　○佩見上詒影咍在見上理來咍

○還清寒盤並寒　○游影蕭求溪蕭　○下見上女見上　○好曉蕭巧溪蕭　○可溪歌我疑歌　○遥影〔六〕蕭姚影豪○豪轉蕭〔七〕

〔一〕『之』，原作『也』，據國立北平師範大學本、國立北京師範大學校本改。

〔二〕『透』，國立北平師範大學本、國立北京師範大學校本作『心』。

〔三〕國立北平師範大學本、國立北京師範大學校本無『心』『淫』二則。

〔四〕『當』以下原爲正文，據《楚辭通論》之《楚辭韻讀》當爲注文，故改。

〔五〕國立北京師範大學校本無『予見上』。

〔六〕國立北平師範大學本作『疑』。

〔七〕『豪轉蕭』，國立北京師範大學校本作『轉影蕭』。

○固見模惡影鐸寤疑模古見模　○之端哈之見上　○女見上女見上宇影〔一〕模惡見上　○異影哈佩見上　○當端唐芳滂唐　○疑疑灰○轉疑哈之端哈

○迎讀若迓○疑模故〔二〕見模　○同定東調定蕭○蕭與東對轉爲韻　○媒明哈疑見上　○擧見模輔邦模　○央影唐芳見上　○蔽並曷折端曷

○留來蕭茅明蕭　○艾疑曷害匣曷　○長見上芳見上　○幃影灰祇端灰　○化曉歌離來歌〔三〕　○茲見上未明没○轉與茲爲韻　○女見上下見上

○行匣唐粻〔四〕端唐　○車見模疏心模　○流來蕭〔五〕啾精蕭〔六〕　○極見上翼影德　○與影模予見上　○待定哈期溪哈　○馳定歌蛇影歌

○邈明沃樂來沃　○鄉曉唐行見上　○都端模居見模

六、《離騷》評論

宋祁曰：『《離騷》爲辭賦之祖，……後人爲之，如至方不能加矩，至圓不能過規矣。』

祝堯曰：『晦翁云：「《詩》之興多而比、賦少，《騷》則興少而比、賦多，要必辨此，而後辭義可尋。」然其游春宫、求宓妃之屬，又兼風之義；述堯舜、言桀紂之類，又兼雅之義。故淮南王安曰：「《國風》好色而不淫，《小雅》怨誹而不亂，若《離騷》者，可謂兼之矣。」讀者誠能體原之心而知其情，味〔七〕原之行而知其理，則自有感動興起省悟處。孟軻氏論説《詩》曰：「不以文害辭，不以辭害意。以意逆志，是爲得之。」凡賦人之賦與賦己之賦，皆當於此體會，則其情油然而生，粲然而見，決不爲文辭之所害矣。』

莊天合曰：『《離騷》者，忠義之肝脾，文章之林府也。情迫則諷喻不得不深，才多則聲貌不得不廣。諷喻深，故其旨多婉轉惆悵，反覆循環，能使讀者動色悽心，低徊〔八〕而不勝其怲怛；聲貌廣，故其詞多窮天極地，探幽入微，能使讀者蒐眼湏〔九〕耳，斟酌而莫得其

〔一〕國立北平師範大學本作『疑』。

〔二〕『故』，原作『○』，據國立北京師範大學校本改。

〔三〕國立北京師範大學校本『來歌』前有『來曷○轉』，國立北平師範大學本『來歌』作『來歌來曷歌』。

〔四〕『粻』，原作『○』，國立據北京師範大學校本改。

〔五〕國立北平師範大學本作『模』。

〔六〕國立北平師範大學本作『模』。

〔七〕『味』，原訛作『昧』，據祝堯《古賦辨體》、國立北平師範大學本、國立北京師範大學校本改。

〔八〕『徊』，《楚辭集注》明萬曆二十五年（1597）吉府刊本莊天合《序》作『回』。

〔九〕『湏』，原訛作『傾』，據莊天合《序》、國立北平師範大學本、國立北京師範大學校本改。

盈虛。」

馮覲曰：「《離騷經》斷如復斷，亂如復亂，而綿邈曲折，讀者莫得尋其聲而繹其緒，又未嘗斷、未嘗亂也。至其才情艷[一]發，則龍矯鴻逸，志意悱惻，則啼猩嘯鬼，濃至慘黯，並臻其妙，蓋由獨創，自異規仿耳。」

陳繼儒曰：「《騷》不難讀，惟自其怨慕無已，反覆再四處求之，即情境在我，而襟亦欲沾矣。其不倫不理，忽鬼忽人，蓋乃作者之欲藏其情，而擬之者令易窺尋，便乖厥旨。」

蔣之翹曰：「《離騷經》以複弄奇，以亂呈妙，直是[二]龍文蜃霧，令人不可擬着。其驚策處，語語[三]石破天驚，鬼泣神嘯。」

王世貞曰：「《離騷》每令人覽之裴回循咀，且感且疑，再反之，沈吟歔欷，又三復之，涕泣俱下，情事欲绝。」

嚴羽曰：「讀《騷[四]》之久，方識真味。須歌之抑揚，涕淚滿襟，然後爲識《離騷》，否則如戞釜撞甕耳。」

陸時雍曰：「詩道雍容，騷人悽惋。讀其詞如逐客放臣，羈人嫠婦，當新秋革序，荒榻[五]幽燈，坐冷風凄雨中，隱隱令人腸斷。昔人謂痛飲讀《離騷》，酒以敵愁，《騷》以起思，温涼並服，差足當耳。」

又曰：「《離騷》者，其秦青之曼聲乎？長歌而却奏，故婉而多變也；悠柔之音，慘於激烈矣。舉其聲，若不任其衷焉；攬其詞，若不欲有其生焉；循其情，真嗚咽流涕而莫之白焉。《騷》弗被之於樂也，《騷》而被之於樂也，一哀而不可止矣。以是明其亡國之音也。」

劉熙載曰：「屈子《離騷》之旨，只「百爾所思，不如我所之」二語足以括之。百爾，如女嬃、靈氛、巫咸皆是。」

又曰：「太史公《屈原傳贊》曰「悲其志」，又曰「未嘗不垂涕，想見其爲人」。志也、爲人也，論屈子辭者，其斯爲觀其深哉。」

又曰：「文麗用寡，揚雄以之稱相如，然不可以之稱屈原。蓋屈之辭能使讀者興起盡忠疾邪之意，便是用不寡也。」

又曰：「國手置棋，觀者迷離，置者明白。《離騷》之文似之，不善讀者疑爲於彼於此，恍惚無定，不知只由自己眼低[六]。」

㈠「艷」，周拱辰《離騷草木史》卷一引馮覲語作「濃」。
㈡「直是」，蔣之翹《七十二家評楚辭》卷一作「果如」。
㈢「語語」，蔣之翹《七十二家評楚辭》卷一作「足令」。
㈣「騷」前原衍「離」，據《滄浪詩話》、國立北平師範大學本、國立北京師範大學校本删。
㈤「榻」，原訛作「楊」，據陸時雍《楚辭疏》、國立北京師範大學校本改。
㈥「低」，原訛作「底」，據劉熙載《藝概》改。

沈德潛曰：『《離騷》者，《詩》之苗裔也。第《詩》分正、變，而《離騷》所際獨雙[二]，故有侘傺噫鬱之音，無和平廣大之響。讀其詞，審其音，如赤子婉戀於父母側而不忍去，要其顯忠斥佞，愛君憂國，足以持人道之窮矣。尊之爲經，烏得爲過。』又曰：『《楚辭》托陳引喻，點染幽芬，於煩亂瞀憂之中，令人得其悃款悱惻之旨。司馬子長云：「一篇之中，三致意焉。」深有取於辭之重、節之複也。後人穿鑿注解，撰出[三]提挈、照應等法，殊乖其意。』

《離騷論文》終

[二] 國立北平師範大學本作『變』。
[三] 『出』，原作『分』，據沈德潛《説詩晬語》改。

楚辭章句徵引楚語考

以《師大國學叢刊》第一卷第二期本爲底本

扈

《離騷經》：「扈江離與辟芷兮。」《章句》云：「扈，被也。楚人名被爲扈。」案：扈本國名。《説文》：「扈，夏后同姓，所封戰於甘者。」扈，被之義，乃帍字之假也。《説文》：「帍，覆也。」覆、被義同。《唐韻》：「扈，胡古切。」匣紐。「帍，荒烏切。」曉紐。古音同在模部。

宿莽

《離騷經》：「夕攬洲之宿莽。」《章句》云：「草冬生不死者，楚人名曰宿莽。」《九章·思美人》：「搴長洲之宿莽。」《章句》云：「楚人名冬生草曰宿莽。」案：莽正作茻，《説文》：「茻，衆艸也。」宿讀如宿麥、宿草之宿，訓「久也」、《小爾雅·廣詁》。「留也」。《廣雅·釋言》。草經冬不枯，即久與留之義，故曰宿莽。《爾雅·釋草》：「卷施草拔心不死。」郭注：「宿莽也，《離騷》云。」《類聚》八十一引沈懷遠《南越志》云：「寧鄉縣草多卷施，拔心不死，江淮間謂之宿莽。」又引郭氏《贊》云：「卷施之草，拔心不死。屈平嘉之，諷詠以此。取類雖邇，興有遠旨。」此則宿莽乃卷施之異名，故此文以與木蘭對舉[二]。「拔心不死」，正《章句》「冬生」之説也。

羌

《離騷經》：「羌内恕己以量人兮。」《章句》云：「羌，楚人語詞也。猶言卿，何爲也。」案：卿何爲者，漢人語也，以今釋古語，故云猶。毛《傳》：「糾糾，猶繚繚也。」「綢繆，猶纏綿也。」《説文》：「麗爾，猶靡麗也。」[三]正此例。羌本爲轉捩之詞，故《九章·惜誦》：「紛逢尤以離謗兮，謇不可釋。」《章句》又云：「羌，然詞也。」《廣雅·釋言》云：「羌，乃也。」羌或變言謇，《九歌·湘君》：「謇誰留兮中洲。」或變言蹇，揚雄《反離騷》：「慶夭悴而喪榮。」皆楚語也。其本字當作其，《史

[二] 「與」後原衍「下」，「對」原訛作「到」，據駱鴻凱《楚辭小學》删改。

[三] 案：「麗爾猶靡麗也」，見《説文》艸部薾字段玉裁注，非許慎《説文》原文。引文前原衍「爾」字，據段玉裁注、《楚辭小學》删。

記・高祖本紀》，《集解》引《風俗通》：『沛人語初發聲好言其。』是也。其又當作𠃊，《説文》鉤識者謂之𠃊。其、𠃊一聲之轉，古書中其、厥通用，厥本𠃊之借。本別事之詞，引申以爲語詞。

侘傺

《離騷經》：『忳鬱邑余侘傺兮。』《章句》云：『侘傺，失志貌。侘，猶堂堂，立貌；傺，住也，楚人名住曰傺。』《九章・惜誦》：『心鬱邑余侘傺兮。』《章句》云：『傺，住也。楚人謂失志悵然住立爲侘傺也。』《九辯》：『然欲傺而沈藏。』《章句》云：『楚人謂住曰傺也。』案：《説文》人部無侘、傺字，依住立之義，當爲躇峙之轉語。《説文》：『峙，躇也。』『躇，峙躇不前也。』〔一〕正與《章句》訓同。《唐韻》：『躇，直魚切。』『峙，直離切。』古定紐字。《類篇》：『侘，丑亞切。』『傺，丑例切。』古透紐字，聲近得轉。與此同語者有趑趄、蹇箸、庤儲諸文，其語根皆原於止，亦由彳亍而變。

篿

《離騷經》：『索藑茅以筳篿兮。』《章句》云：『楚人名結草折竹以卜曰篿。』案：《説文》：『篿，圜竹器也。』與《章句》訓別。此文篿當爲𣪠之轉語。《説文》：『楚人謂卜問吉凶曰𣪠。从又持祟，讀若贅。』《唐韻》：『𣪠，之芮切。』『篿，職緣切。』〔二〕古音一在曷部端紐，一在寒部端紐，寒、曷又爲平入，故得通轉。又，《説文》：『筮，《易》卦用蓍也。』《唐韻》『時〔三〕制切』，古曷部定紐字，亦得與篿轉。

憑

《離騷經》：『憑不厭乎求索。』《章句》云：『楚人名滿曰憑。』案：《説文》：『馮，馬行疾也。』字亦作憑。憑，滿之義，當爲畐之聲轉。《説文》：『畐，滿也。』古音畐在德部，憑在登部，登、德平入通轉。下文『喟憑心而歷茲』，《九章・思美人》『羌憑心猶未化』，又『揚厥馮而不竢』，《九辯》『馮鬱鬱其何極』，《章句》皆以憤懣爲訓。則畐，滿之引申義也。《方言》二：『馮，怒也。楚曰馮。』郭注：『恚盛貌。《楚辭》曰：「康回馮怒。」』案：『怒也』之訓，亦滿義之引申。

邅

《離騷經》：『邅吾道夫崑崙兮。』《章句》云：『邅，轉也。楚人名轉曰邅。』案：《説文》無邅字，人部：『儃，回〔四〕也。』本書《惜誓》：『固儃回而不息。』《章句》云：『儃回，運轉也。』則邅或爲儃之別體。然其字實當作展，《説

〔一〕原訛作『躇，峙也。』『躇，躇峙不前也。』據《説文》改。
〔二〕案：《唐韻》卷一『篿』訓『度官切』，訓『職緣切』者爲『叀』『專』『嫥』『顓』四字，駱氏誤。
〔三〕『時』，原訛作『特』，据《唐韻》改。
〔四〕『回』，《説文》作『何』，段玉裁疑當作『回』，駱氏殆據此徑改。

文》：『展，轉也。』邅同訓同音。皆在古寒部端紐。

潭　《九章・抽思》：『亂曰：長瀨湍流，泝江潭兮。』《章句》云：『潭，淵也。楚人名淵曰潭。』案：潭，水名，出武陵。此文潭當爲潯之轉。《說文》：『潯，旁深也。』『淵，回水也。』二義相比。覃、尋古音同在覃部。《唐韻》：『尋，徐林切。』『覃，徒含切。』然燂字从覃，讀『徐鹽切』，是二字聲類亦通。从尋、从覃之字本相通。若《說文》：『燂，火熟也。』《儀禮・聘禮》注：『惟燖者有膚。』則以燖爲燂矣。潯之轉爲潭，猶燂之轉爲燖也。

鋏　《九章・涉江》：『帶長鋏之陸離兮。』《章句》云：『長鋏，劍名也。其所握長劍，楚人名曰長鋏。』案：鋏無劍義，《說文》：『鋏，可以持冶器鑄鎔者也。』此鋏即劍之聲轉也。古音劍在添部，鋏在帖部，添、帖本爲平入。從夾聲者有翜，《唐韻》：『山洽切。』讀齒音。是劍、鋏聲類亦通。

泭　《九章・惜往日》：『乘氾泭以下流兮。』《章句》云：『編竹木以渡，楚人曰泭。』〔一〕案：《說文》：『泭，編木以渡也。』不曰楚言，是許以爲通語，與《章句》異也。許君爲楚人，故《說文》中多引楚言，如云：『東楚名缶曰甾。』『南楚謂盼〔二〕曰睇。』『楚人謂女弟曰媦。』與泭同語者有箄，有筏。《方言》九：『泭謂之箄，箄謂之筏。筏，秦晉之通語也。』又有橃，《說文》：『橃，海中大船也。』泭之言比附，箄之言排比，橃之言址，從止止相背。筏之言浮。《記・投壺》『若是者浮』鄭注云：『浮，罰也。』筏之爲浮，猶罰之爲浮矣。此皆方語有殊，別製一字，其聲與義俱相近。

閈　《招魂》：『去君之恒幹，何爲四方些？』《章句》云：『或曰：「去君之恒閈。」閈，里也。楚人名里曰閈。』案：《說文》：『閈，門也，汝南平輿里門曰閈。』平輿於戰國爲楚地，《史記・始皇本紀》：『王翦至平輿，虜荊王。』《正義》：『（閈）淮北之地。』〔三〕許君所引，與《章句》同。《文選・述韓英彭〔四〕盧吴傳贊》注引應劭亦云：『南楚汝沛名里門曰〔五〕閈。』然閈與閻一語。《說文》閻訓里門，《唐韻》：『閻，余廉切。』『閈，侯旰切。』添、寒通轉之證。若箔『讀若錢』，《說文》竹部。《詩・節南山》『憂心

〔一〕『編竹木以渡，楚人曰泭』，王逸《章句》作：『編竹木曰泭，楚人曰柎，秦人曰橃也。』
〔二〕『盼』，《說文》作『眄』。
〔三〕案：《史記・秦始皇本紀》：『（王翦）取陳以南至平輿，虜荊王。』張守節《史記正義》：『楚淮北之地，盡入於秦。』未涉及『閈』。駱氏殆融合《說文》《史記正義》而概稱。
〔四〕『英彭』，《漢書》作『彭英』，《文選》引誤。
〔五〕『名』『曰』原脱，據《文選》補。

如惔』，《說文》引作『如炎』，火部。皆是。

爽　《招魂》：『露鷄臛蠵，厲而不爽些。』《章句》云：『爽，敗也。楚人名羹敗曰爽。』案：《說文》：『爽，大[一]明也。』羹，敗之義，當爲刅之聲轉。《說文》：『刅，傷也。』重文作創。刅、爽古音皆在唐部，聲類亦同，刅在清紐，爽在心紐。敗與傷義一也。《老子》『五味令人口爽』，亦刅之借。

夢　《招魂》：『與王趨夢兮課後先。』《章句》云：『夢，澤中也。楚人名澤中爲夢中。』案：夢者，湄之轉語也。《爾雅·釋水》：『水草交曰[二]湄。』《説文》用此文。夢、湄同聲，明紐。古音夢在登部，湄在灰部，登、灰之轉，若《説文》『巹』本从丞聲，而云：『讀若《詩》云[三]「赤舄几几」。』是其證也。

瀛　《招魂》：『倚沼畦瀛兮遥望博。』《章句》云：『瀛，池中也。楚人名池澤中曰瀛。』案：《説文》無瀛，蓋即洼字：『洼，深池也。』《唐韻》：『洼，於瓜切。』『瀛，以成切。』齊、青對轉，如烓[四]，《説文》：『讀若同。』故洼字變作瀛。又案：劉逵《蜀都賦注》引《楚辭》『倚沼畦瀛』：『王逸云：「瀛，澤中也。」班固以爲畦。』是《楚辭》本作『倚沼瀛』，而孟堅解之爲『畦』，畦者，古字假借以畦爲洼。録者並書『畦瀛』，遂至文不比類。此則瀛本作洼，乃可與畦通借，明矣。

[一] 《説文》無『大』。
[二] 『曰』，《爾雅》作『爲』。
[三] 『若』，原訛作『能』，『云』原脱，據《説文》改補。
[四] 『烓』，原訛作『炷』，據《説文》改。

楚辭書目

以《辭賦史》本爲底本，以國立北平師範大學鉛印本《楚辭》、《楚辭通論》本參校

此編舉易知而可求者，其史志已佚及存目、《四庫》不易見之本不録。

《楚辭章句》十七卷。明王孫夫容館重刊宋本最精。大小雅堂刻本。《湖北叢書》本。

漢王逸撰。

《楚辭補注》十九卷。汲古閣本。《惜陰軒叢書》本。金陵書局重刊汲古閣本。

宋洪興祖撰。原本卷後附《考異》一卷，今散入各句下。

《楚辭集注》八卷、《辨證》二卷、《後語》六卷。明成化吴氏刻本。汲古閣本。《古逸叢書》本。姚培謙《楚辭集注》六卷、《叶音》一卷刻甚精。

宋朱熹撰。以屈原所著二十五篇爲『離騷』，宋玉以下十六篇爲『續離騷』，隨文詮釋，每章各係以『興』『比』『賦』字。其訂正舊注之謬誤者，别爲《辨證》二卷。又刊定晁補之續《楚辭》《離騷》二書，録荀卿至吕大臨凡五十二篇，爲《楚辭後語》六卷，所注簡略疏漏，不若他書。

《離騷草木疏》四卷。《龍威秘書》本。《知不足齋叢書》本。湖北崇文書局本。

宋吴仁傑撰。所疏止二十五篇，甚精，可補劉杳《草木疏》之逸。

《天問天對解》一卷。《豫章叢書》本。《四庫》存目。

宋楊萬里撰。取屈原《天問》、柳宗元《天對》，比附貫綴，而爲之解。

《離騷集傳》一卷。《隨菴叢書》本。《知不足齋》本。《龍威》本。崇文局刊本。

宋錢杲之撰。

《楚辭集解》八卷、《蒙引》二卷、《考異》一卷。明刻本。《四庫》存目。

明汪瑗撰。《集解》止注屈原諸賦，《蒙引》辨證文義，《考異》則以王逸、洪興祖、朱子三本互校其字句也，説多新創。

《屈宋古音義》三卷。《陳一齋全書》本。《學津討源》本。

明陳第撰。取屈原《離騷》等二十四篇（除《天問》一篇）及宋玉《九辯》《招魂》，益以《高唐賦》《神女賦》《風賦》《登徒子好色賦》四篇，韻與今殊者二百三十四字，各推其本音，爲一卷。後二卷則箋注也。

《楚辭疏》八卷。明刻本。

明陸時雍撰。

《楚辭聽直》八卷、《合論》一卷。崇禎刊本。《四庫》存目。

明黄文焕撰。文焕坐黄道周黨下獄，在獄中著此書，因取《惜誦》篇中『皋陶聽直』語，爲以名書，成於崇禎癸未。至丁酉，成《合論》，而明社已空矣。牢騷恣肆，不必盡得本意。

《離騷草木史》十卷、《離騷拾細》一卷。嘉慶翻刻本。

明周拱辰撰。亦分章詮釋，惟草木較詳耳。

《楚詞通釋》十四卷附一卷。《船山遺書》本。

明王夫之撰。自屈原二十五篇及宋玉《九辯》《招魂》、景差《大招》、賈生《惜誓》、淮南王《招隱士》、江淹《山中楚辭》《愛遠山》，而以己作《九昭》附卷末。釋《遠游》至引鉛汞、龍虎、煉丹、鑄劍、三花、五炁之説，亦奇創矣。

《騷筏》一卷。道光《水田居叢書》本。

明賀貽孫撰。

《山帶閣注楚辭》六卷、《楚辭餘論》二卷、《楚辭説韻》一卷。康熙癸巳刻本甚精。《四庫》本。

清蔣驥撰。考據事迹、時地，合處頗多。惟《説韻》攻顧炎武、毛奇齡，説殊謬。

《楚辭燈》四卷。自刻本。《四庫》存目。

清林雲銘撰。

《離騷辯》一卷。自刻本。

清朱冀撰。專攻駁林雲銘之説。

《天問補注》一卷。《西河合集》本。《四庫》存目。

清毛奇齡撰。意在補朱子《集注》之闕。

《離騷經注》一卷、《九歌注》一卷。《四庫》存目。

清李光地撰。頗簡要。

《楚辭屈詁》無卷數。原刻《莊屈合詁》本。

清錢澄之撰。悉遵朱注，謂：『《集注》之善，在遵王逸之《章句》，逐句解釋，不爲通篇貫串，以失於牽强也。以屈子之憂思悲憤，詰曲莫伸，發而有言，不自知其爲文也。重復顛倒，錯亂無次，而必欲以後世文章開合承接之法求之，豈可與讀[一]屈子哉。』此論極允。

《離騷正義》一卷。《抗希堂全集》本。

清方苞撰。簡潔如其文。

《離騷經解》一卷。附《集虚齋學古文》後。《四庫》存目。

清方楘如撰。

《離騷彙訂》無卷數、《屈子雜文》無卷數。乾隆九年刊本。廣雅書局翻刻本。

清王邦采撰。不爲穿鑿，優於他家。

《楚辭新注》八卷附一卷。乾隆戊午刊本（《昭代叢書》刻《天問補注》一卷）。《四庫》存目。

清屈復撰。采合舊注，自以新意疏解之。

《離騷草木疏辨證》四卷。乾隆己亥刊本。

清祝德麟撰。

《楚辭詳解》十五卷。乾隆九年刊本。

清奚禄詒解。頗詳於名物音韻。

[一]『讀』，錢澄之《莊屈合詁》作『論』。

《楚辭評注》十卷。乾隆三十五年刊本。

清王萌解。其侄聞遠爲之考音。

《屈辭精義》六卷。嘉慶裛露軒刊本。掃葉山房石印本。

清陳本禮解。謂騷有賦序，持論特創。

《離騷章句義疏》一卷。嘉慶刊本。

清張象津疏。

《屈原賦注》七卷、《通釋》二卷、《音義》三卷。乾隆汪氏刊本。廣雅書局翻本。[一]

《注》及《通釋》，清戴震疏；《音義》，汪梧鳳疏。盧文弨序稱是書『指博而辭約，義創而理確』。卷後有汪梧鳳序，粵刻本削之，非是。

《楚辭達》無卷數。嘉慶刊本。

清魯筆撰。總論最佳，論釋亦多妙義。所釋只《離騷》，自謂《離騷》一篇，包舉《楚辭》全部，一達則無不達云。

《離騷注[二]》一卷。《梅莊遺書》本。

清謝濟世撰。

《離騷箋》二卷。《濟靜齋全書》本。湖北書局翻刻本。

清龔景瀚撰。止箋大義。

《離騷賦補注》一卷。家刻本。

清朱駿聲撰。補王叔師之注也。序謂《文選》汲古本，凡世字、民字，依唐本避諱，多以時字、人字易之，讀《楚辭》者不可不知也。

《屈子正音》三卷。道光刊本。

方績撰。鄧廷積訂正刊行。

[一]《楚辭》本後有『湖北先正遺書本』。

[二]『注』，《楚辭》本作『解』，《梅莊遺書》本作《楚辭解》。

《楚辭釋》十一卷。光緒儀徵李氏刊本。《湘綺樓全書》本。

王闓運撰。多新義，釋《高唐賦》，謂屈子志在聯齊而不成，其徒哀之作此賦。

《楚辭辨韻》一卷。《嶺南遺書》本。《賜書堂集》本題《楚辭音義》一卷。

陳昌齊撰。

《離騷經注》一卷。《文莫堂叢書》本。

王樹枏撰。此與朱駿聲《補注》皆爲補叔師注而作。〔二〕

《屈賦微》二卷。集虚草堂刻本。

馬其昶撰。

《屈宋方言考》一卷。新刊本。

李翹撰。屈宋辭多楚語，王叔師作注，又爲楚人，所釋楚人之語凡二十一則，依類區分，得六十八字，一一爲之考訂。

《屈子生卒年月考》一卷。〔三〕

清陳瑒撰。據王逸注《楚辭》『太歲在寅曰攝提格，正月爲陬，庚寅，日也』，以甄鸞《五經算術》推之，屈子蓋生於宣王二十七年正月二十二日，其投汨羅當在頃襄王九年，年五十四云。

《九歌圖》。舊刻附《楚辭集注》中。

明陳洪綬撰。案：《離騷》圖創自仇賓父，而未鐫板。洪綬所繪，止《九歌》九圖。初印本寫鐫俱精绝。

《離騷圖》一卷。清初精刊本。

清蕭雲從撰。較洪綬圖加多三閭大夫、鄭詹尹、漁父合一圖，《九歌》九圖，《天問》五十四圖。鐫刻亦精。

《欽定補繪離騷全圖》二卷。《四庫》本。

乾隆四十七年，以雲從所繪圖尚多罣漏，特令内廷參訂補繪《離騷》三十二圖、《九章》九圖、《九辯》九圖、《招魂》十三圖、《大招》七圖、香草十六圖。《四庫》有模寫本。

〔二〕《楚辭》本後有『而此編尤詳贍』。

〔三〕《楚辭通論》本後有『附瑞本採所刊《楚辭》後』，『瑞本採』爲『端木埰』之訛。

《楚辭評林》八卷。《四庫》存目。

明沈雲翔撰。

《楚辭述注》五卷。明刊本。

明來欽撰。

《楚辭協韻》十卷、**《讀騷大旨》**一卷。《四庫》存目。

明屠本畯撰。

《屈辭洗髓》五卷。刊本。

清徐煥龍撰。

《離騷解》一卷、**《楚辭九歌解》**一卷、**《讀騷別論》**一卷。《四庫》存目。

清顧天成撰。

《屈騷心印》五卷。《四庫》存目。[一]

清夏大霖撰。

《楚辭章句》七卷。《四庫》存目。

清劉夢鵬撰。

《楚辭中正》無卷數。《四庫》存目。

清林仲懿撰。

《楚辭貫》一卷。刊本。

清董國英撰。

《楚辭天問箋》。廣雅書局翻刊本。

清丁晏撰。仿鄭《箋》申《毛》之例，依叔師《章句》而爲《箋》。

[一] 《楚辭》本後有『乾隆刊本』。

《屈騷指掌》四[一]**卷。**

清胡文英撰。

《讀騷論世》二卷。民國四年湖南官書報局排印本。

曹耀湘撰。

《讀騷大例》一卷。文字同盟社排印本。

郭焯瑩撰。

《離騷九歌釋》。光緒十八年補學齋刊本。

畢大琛撰。

《屈子説志》八[二]**卷。**刊本。

清陳遠新撰。

《點定離騷》一卷。光緒戊戌夢鷗鴣樓刊本。

清田硯池撰。

《楚辭疏》八卷。

清吴世尚撰。

《離騷釋韻》一卷。《蔣侑石遺書》本。[三]

清蔣曰豫撰。

《離騷節解》一卷。

清張德純撰。

《楚辭韻讀》不分卷。《音學十書》本。

[一]「四」原缺，據《屈騷指掌》、《楚辭》本補。

[二]「八」原缺，據《屈子説志》補。

[三]《楚辭》本後有「光緒三年蓮池書局本」，即所刊《蔣侑石遺書》本。

清江有誥撰。

《九歌》一卷。《辛敬堂全集》本。

清辛紹業撰。

《楚辭釋文》十七卷。

清張鑑撰。見《清史列傳》。

《楚辭疑異釋證》八卷。

清陸增祥撰。見《清史列傳》。

《楚辭人名考》。《春在堂全書》本。

清俞樾撰。

楚辭通論

以湖南大學鉛印本爲底本，以國立北平師範大學鉛印本、《辭賦史》本參校

一、《楚辭》釋名

《說文》云：『詞，意内而言外也。从司言。』此言詞之正字，假借之，乃作辭。《說文》：『辭，說也。從𤔔辛。𤔔辛猶理辜也。』案：此爲辭訟之正字。義界遷移，廣狹隨人而異。約而言之，凡言語之有修飾者謂之辭。

《詩·板》篇：『辭之懌矣，民之莫矣。』案：懌，《釋文》作繹。《說苑·善說》篇：『子貢曰：「出言陳辭，身之得失，國之安危也。」《詩》云：「辭之懌[一]矣，民之莫矣。」夫辭者，人之所以自進[二]也。主父偃曰：「人而無辭，安所定矣[三]。」昔子產修其辭，而趙武致其敬；……蒯通陳其說，而身得以全。夫辭者，所以尊君、重身、安國、全性者也。故辭不可不修，而說不可不善。』

《左》襄三十一年《傳》：『仲尼曰：「子產有辭，諸侯賴之。」叔向曰：「辭之不可以已也如是夫。」』案：《論語·憲問》篇：『子曰：「爲命，裨諶草創之，世叔討論之，行人子羽修飾之，東里子產潤色之。」』

此以辭目詞令，非施於一切言語，辭之用於狹義者也。凡文詞之成文者謂之辭：

《荀子·正名》篇：『辭合於說。』楊注：『成文爲辭。』

凡文詞之有修飾者亦謂之辭：

〔一〕『懌』，《說苑》作『繹』。
〔二〕『進』，《說苑》作『通』。
〔三〕『定矣』，《說苑》作『用之』。

《孟子・萬章》篇：『故説《詩》者，不以文害辭。』趙注：『辭，詩人所歌詠之辭。』案：此以辭稱《詩》。

《史記・屈原賈生列傳》：『屈原既死之後，楚有宋玉、唐勒、景差之徒者，皆好辭而以賦見稱。』案：此以辭統賦，辭爲大名，賦爲小名。

《漢書・司馬相如傳》：『會景帝不好辭賦。』又《王褒傳》：『上曰：辭賦大者與古詩同義，小者辯麗可喜。』案：此以辭賦連舉。

又《揚雄傳》：『賦莫深於《離騷》，……辭莫麗於相如。』案：此以辭賦互稱，辭亦爲賦，賦亦爲辭。

此以辭目一切文詞，或單指詩賦。由言詞之義，擴而充之，施於文章，辭之用於廣義者也。『楚辭』云者，蓋謂文辭之至有修辭而作者如屈、宋諸子，又皆楚産，故得斯名。《漢書・朱買臣傳》云：『嚴助……薦買臣，説《春秋》，言楚辭。』又《王褒傳》云：『宣帝……修武帝故事，……徵能爲楚辭者[二]，……（褒與）高材劉向、張子僑、華龍、柳褒，並[三]待詔金馬門。』皆其證也。此云楚辭，皆單指屈、宋之作品言之。自屈宋以降，爰逮漢興，學士詞人，高屈子之行義，而瑋其文采，舒肆妙慮，祖述其體。則有賈誼、淮南小山、東方朔、嚴忌、王褒之流，後先繼軌，斐然有作。劉向校理秘文，以此諸人，雖非楚産，而其文則楚，其旨則楚，故裒次屈、宋遺集，即以諸人之作並列於篇，復附以己作，而總題其書曰《楚辭》。王逸本劉書作《章句》，又自爲一篇，叙而注之，洪興祖謂：『逸不應自爲注，恐其子延壽之徒爲之。』都十七卷。蓋向、逸所作，文詞旨趣，不離乎楚，故得與賈誼諸人相次而並厠於《楚辭》之林也。自餘司馬相如、揚雄之徒，頗有模擬屈子體制之作。今所纂述，但據叔師舊本，故亦無得而論焉。

《楚辭》與《離騷》互受通稱，故王逸《楚辭章句》，《離騷》至《漁父》下大題皆曰『離騷』，《九辯》盡篇末大題皆曰『楚辭』。又『楚辭』二字之解釋，至《九辯》篇乃見。由此言之，昔人通稱《楚辭》曰《騷》，未爲不可。

《楚辭》實總集耳，然與泛選詞賦者不同，入選之文，必須同於屈子之文辭，而又同其志趣，同其口吻。故《高唐》《神女》，宋玉賦之工者，不在《楚辭》；揚雄《反騷》，意雖吊屈，詞與屈違，亦不在此中；賈生《吊屈》，志趣遠合靈均，然辭氣則賈之自喻也，亦不入此中。知此，則後之增删《楚辭》者，其爲妄，可不煩説矣。

[二]《漢書・王褒傳》無『者』。
[三]『並』，《漢書・王褒傳》作『等』。

二、《楚辭》體裁原始

文體之成，必有所昉。歷代異才傑出命世，抽前人之遺緒，自鑄偉辭，而新聲於焉成立。後之人觀彼遺篇，疑爲創作，而不知所從來者，亦已遠矣。《楚辭》體制，成於屈子，奇文鬱起，昔賢所嘆。然推其原始，蓋亦受體於詩歌，而又旁本謡諺。其間源流遷變之迹，論次如下。

甲、《楚辭》與詩歌

上古詩篇，多就湮没，舊籍所載，真僞雜糅。其較然可信者，則有虞舜《南風》《卿雲》二歌：

《南風》歌曰：『南風之薰兮，可以解吾民之愠兮。南風之時兮，可以阜吾民之財兮。』《孔子家語·樂篇》，又見《尸子·綽子篇》。《家語》出自王肅依托，久經論定。然《尸子》亦載此歌，則非肅所僞撰明矣。

《卿雲》歌曰：『卿雲爛兮，糺縵縵兮。日月光華，旦復旦兮。』《尚書大傳》一

詳此二歌，語助餘聲，例用兮字。或每句用之，或隔句一用。古詩兮字成句，始見於此。嗣則商、周人詩，見於《三百篇》者，核其文體，風人之作，往往句末加兮。其隔句用者，如：

《螽斯》曰：『螽斯羽，詵詵兮。宜爾子孫，振振兮。』《周南》

《摽有梅》曰：『摽有梅，其實七兮。求我庶士，迨其吉兮。』《召南》

此與《卿雲》歌末二語同體。徵諸《楚辭》，數見不鮮。如：

《九章·涉江》之亂曰：『鸞鳥鳳皇，日以遠兮。燕雀烏鵲，巢堂壇兮。……懷信侘傺，忽乎吾將行兮。』《抽思》《懷沙》亂辭並與此同體。

又《橘頌》曰：『后皇嘉樹，橘徠服兮。受命不遷，生南國兮。』全篇用此體。

至於隔句用兮，而位在上句之末，此體在《楚辭》至爲[一]溥遍。上觀古之詩歌，特稍變其式耳。劉彦和云：『詩人以兮字入於句

[一]『至爲』，原倒作『爲至』，據國立北平師範大學本、《辭賦史》本乙。

限，《楚辭》用之，字出句外。』《文心・章句》篇。入於句限者，以兮字入句，始成四言也。如『求我庶士，迨其吉兮』之類。出於句外者，謂語度停匀，如『帝高陽之苗裔，朕皇考曰伯庸』，上下皆六言。不必假兮字以成句也。此亦不過偶與舊式差違，其以兮字爲語助餘聲，則一也。

《三百篇》有於句末隔句用也字以助聲氣者：

《君子偕老》曰：『玼兮玼兮，其之翟也。鬒髮如雲，不屑髢也。』又曰：『瑳兮瑳兮，其之展也。蒙彼縐絺，是紲袢也。子之清揚，揚且之顔也。展如之人兮，邦之媛也。』《鄘風》〔一〕

此在《楚辭》，亦數數見之：

《離騷》曰：『余固知謇謇之爲患兮，忍而不能舍也。指九天以爲正兮，夫唯靈脩之故也。』也字雙疊成文，凡三見於《離騷》。○又《九章・惜誦》《懷沙》篇亦屢見。

有以只字、止字爲語已詞者。返觀《楚辭》，亦於《大招》用只，《招魂》用些，以助聲氣。

史繩祖曰：『屈原《大〔二〕招》，句〔三〕用只字，蓋當時語助。晦庵《辯證》已摘其中「陟降堂只」，與《詩》「陟降庭止」，同〔四〕字義矣。然余又以《詩》「母也天只，不諒人只」，而又云「會言近止，征夫邇止」，則《詩》《騷》〔五〕只、止同一字義矣〔六〕。』《學齋占畢》○案：《說文》：『只，語已詞也。』○《詩・草蟲》傳：『止，詞也。』今案：《詩・節南山》曰『憯莫懲嗟』，此嗟爲句末語詞。《十月之交》：『胡憯莫懲。』《招魂》之些，即呰之形訛而嗟、咨之聲變也。

是則《大招》之只，又《三百篇》之遺響也。

或謂：《楚辭》語助餘聲出於詩歌，是固然矣。若論其句度，《天問》一篇，體多四言，上溯《風》《雅》，尚無異致。《騷》辭則六言爲宗，五、七、八言亦間出焉。此於古之詩歌亦有明徵乎？曰：古詩歌體，結言位句，本極自由，並無一成之規律。遠如伊耆氏蜡《辭》曰：

〔一〕「《鄘風》」原脱，據行文體例、國立北平師範大學本、《辭賦史》本補。
〔二〕「大」，《學齋占畢》作「小」。
〔三〕《學齋占畢》「句」前有「句」。
〔四〕「同」後原衍「一」，據《學齋占畢》、國立北平師範大學本、《辭賦史》本删。
〔五〕「《詩》《騷》」，《學齋占畢》作「《騷》《雅》」。
〔六〕《學齋占畢》「矣」前有「明」。

『土反其宅，水歸其壑，昆蟲無作，草木歸其宅。』《禮記·郊特牲》

此四言中雜以五言也。商、周之際，伯夷作《采薇》歌曰：

『登彼西山兮，采其薇矣。以暴易暴兮，不知其非矣。神農虞夏忽焉没兮，我安適歸矣。于嗟徂兮，命之衰矣。』《史記·伯夷列傳》

此三、四、五、七言錯出於一篇也。即如《三百篇》，本以四言爲主，然《商頌·玄鳥》，五言獨衆；《鄘風·桑中》，亦五、七言互見。孔沖遠謂詩之成[一]句，少不減二，即『祈父』『肇禋』，是；有三字者，『綏萬邦』『屢豐年』，是；有四字者，『關關雎鳩』，是；有五字者，『誰謂雀無角』，是；有六字者，『昔者先王受命』『有如召公之臣』，是；有七字者，『如彼筑室於道謀』『尚之以瓊華乎而』，是；有八字者，『十月蟋蟀入我床下』『我不敢效我友自逸』，是也。《詩·關雎》疏。以此見《三百篇》之體，不盡局於四言也。至於太史陳詩，四言特多，揆厥所由，蓋以爾時宗廟樂章，公卿陳詞，乃至周公《豳風》之篇，悉以四言爲體。上有好者，下從而靡，亦猶建安諸子喜爲五言，風會所趨，作者滋衆，其理一也。加以輶軒所采，以合樂爲歸。凡言辭猥雜，不應金石者，擯不入録，雖有遺篇，久則放佚，故後世無得聞焉。然則詩體之廢興，因乎時人之好尚，而一成之規律，自古所無。明乎此，即知《騷》辭之句度加長，參差不一，雖曰楚聲之新變，要亦於古有徵者矣。

以上從《楚辭》語助句度言之，知其與古詩歌波瀾莫二。至於《楚辭》之命意、屬辭，其淵源於《三百篇》者，昔賢所論，可約舉焉。

淮南王安曰：『《國風》好色而不淫，《小雅》怨誹而不亂，若《離騷》者，可謂兼之矣。』《離騷傳序》

劉勰曰：『（《離騷》）陳堯舜之耿介，稱湯武之祗敬，典誥之體也；譏桀紂之猖披，傷羿澆之顛隕，規諷之旨也；蛇[二]龍以爲[三]君子，雲霓以譬讒邪，比興之義也；每一顧而掩涕，嘆君門之九重，忠怨之辭也。觀兹四事，同於《風》《雅》者也。』《辨騷》

朱熹曰：『（《楚辭》）寓情草木，托意男女，以極游觀之適者，變《風》之流也。其序事陳情，感今懷古，以不忘乎君臣之義者，變《雅》之類也。至於語冥昏而越禮，攄怨憤而失中，則《風》《雅》之再變矣。其語祀神歌舞之盛，則幾乎《頌》，而其變也，又有甚焉。』《楚辭集注·離騷序》

此就命意言也。

[一]『成』，《毛詩正義》作『見』。
[二]『蛇』，《文心雕龍》作『虬』。
[三]『爲』，《文心雕龍》作『喻』。

王逸曰：『《離騷》之文，依《詩》取興，引類譬喻。』《離騷經序》

朱熹曰：『（《楚辭》之）賦，如《騷》經首章之云也。比，則香草、惡物之類也。興，則托物興詞，初不取義，如《九歌》沅芷澧蘭以興思公子而未敢言之屬也。然《詩》之興多而比、賦少，《騷》則興少而比、賦多。要必辨此，而後詞義可尋。』《離騷序》

此就屬辭言也。觀此，知《楚辭》受體於古詩歌者，又昭昭然也。蓋《離騷》《九章》諸篇，體皆有所因。變雅中，《小雅》自《節南山》而下，《大雅》自《民勞》《板》《蕩》已還，大氐連章累句，傷時閔俗。其中作者固有主名，家父、凡伯，皆周宗卿士。屈子，楚之宗臣，作此諸篇，致其忠藎，體既自變雅出，志亦與詩人同也。

乙、《楚辭》與謠諺

自周室衰微，《雅》《頌》寢頓，而閭里之聲，亦因輶人輟采，不復上聞。故《三百篇》所録，下訖陳靈、夏姬之事而止。然歌詠胸懷，本於民性，聲詩之作，未遽廢頽。尋檢左氏内外《傳》文所載當世謡諺，不一而足。見《内傳》者，如：

魯聲伯夢歌：『濟洹之水，贈我以瓊瑰。歸乎歸乎，瓊瑰盈吾懷乎。』成十七年

魯南蒯鄉人言：『恤恤乎，湫乎攸乎，深思而淺謀，邇身而遠志，家臣而君圖，有人矣哉。』昭十二年

南蒯鄉人歌：『我有圃，生之杞乎。從我者子乎[一]，去我者鄙乎，倍其鄰者耻乎。已乎已乎，非吾黨之士乎。』昭十二年

齊萊人歌：『景公死乎不與埋，三軍之士乎不與謀。師乎師乎，何黨之乎。』哀五年

衛侯渾良夫譟：『登此昆吾之虚，綿綿生之瓜。余爲渾良夫，叫天無辜。』哀十七年

見《外傳》者，如

晉優施《暇豫歌》：『暇豫之吾吾，不如鳥烏。人皆集於苑，己獨集於枯。』《晉語》二

晉國人誦共世子：『貞之無報也。孰是人斯，而有是[二]臭也。貞爲不聽，信爲不誠，國斯無刑，媮居幸生，不更厥貞，大命其傾。威兮懷兮，各聚爾有，以待所歸兮。猗兮違兮，心之哀兮。歲之二七，其靡有徵兮。若翟公子，吾是之依兮。鎮撫國家，爲王妃兮。』《晉語》三

[一]『從我者子乎』原脱，據《左傳》補。
[二]『是』，《國語》作『斯』。

觀以上諸篇，其命意有直刺者，如南蒯鄉人歌、國人誦共世子。有微言相感者，如南蒯鄉人言、萊人歌、暇豫歌。風人之旨，如或見之。其文體則有三言、五言，有六言、七言、八言，放縱不羈，非復《三百篇》之舊貫。此由時代既變，風尚攸殊。昔之拘滯於四言陳式者，今則攄寫中情，唯意所適。是以文辭之制，上異於古，而下開《楚辭》之先也。更復徵之吴楚越人歌辭，則《楚辭》之前驅，尤可概見焉。

優孟歌：『山居耕田。句。苦難以得食。韻，德部。○此篇用韻，或不能憭，兹爲釋之。起而爲吏，韻，咍部，與德平入韻。貪[一]鄙者餘財，韻，咍部。不顧恥辱，韻，侯部，旁轉叶韻。身死家室富。韻，咍部。又恐受贓[二]枉法，爲奸觸大辠[三]，韻，没部，别爲韻。身死而家滅。韻，曷部。旁轉叶韻。貪吏安可爲也。句。念爲廉吏，韻，咍部。奉法守職，韻，德部。竟死，韻。灰部，别爲韻。不敢爲非，韻，灰部。廉吏安可爲也。句。○爲字與上爲字，遥爲韻，歌部。』《史記·滑稽傳》○案：是歌作於楚莊王時。

越人歌：『今夕何夕兮，搴舟中流。今日何日兮，得與王子同舟。蒙羞被好兮，不訾詬耻。心幾煩而不绝兮，得知王子。山有木兮木有枝，心悦君兮君不知。』《説苑·善説篇》○此由越歌而譯成楚聲者。王子謂鄂君子晳，據《史記·楚世家》，子晳，康王弟也。

徐人歌：『延陵季子兮不忘故，脱千金之劍兮帶丘墓。』《新序·節士篇》○案：徐人歌，爲延陵季子使於晉返，以劍徐君墓樹而作。據《史記·吴世家》，延陵出使，爲吴王餘祭時事。

楚狂接輿歌：『鳳兮鳳兮，何德之衰。往者不可諫，來者猶可追。已而已而，今之從政者殆而。』《論語·微子篇》○據《史記·孔子世家》，孔子聞接輿歌，在魯哀公六年。又此歌亦見《莊子·人間世》篇，而詳略迥異，今並録之。

『鳳兮鳳兮，何如德之衰也。來世不可待，往世不可追也。天下有道，聖人成焉；天下無道，聖人生焉。方今之世[四]，僅免刑焉。福輕乎羽，莫之知載；禍重乎地，莫之知避。已乎已乎，臨人以德；殆乎殆乎，畫地而趨。迷陽迷陽，無傷吾行；吾行郤曲，無傷吾足。』

孔子聽楚孺子歌：『滄浪之水清兮，可以濯我纓。滄浪之水濁兮，可以濯我足。』《孟子·離婁篇》上○案：孔子聽孺子歌，年代無考。

吴申叔儀歌：『佩玉縈兮，余無所繫之。旨酒一盛兮，余與褐之父睨之。』《左》哀十三年《傳》

以上諸歌，其時代皆先屈子。而核其體制，有隔句用兮而位在上句之末者，如越人歌、孺子歌、申叔儀歌。有逐句用兮而位在句中者。徐人歌及越

[一]《史記》『貪』前有『身』。
[二]『贓』，《史記》作『賕』。
[三]『辠』，《史記》作『罪』。
[四]『世』，《莊子》作『時』，或引作『世』。

人歌末二句。前者《騷》辭之定式，後者《九歌》所由昉也。至於『鳳兮』之歌，因物起興，《楚辭》之假鳳鳥以托君子，正與之同。越人之謡，婉孌芬芳，則《九歌·湘君》《湘夫人》《少司命》《山鬼》諸篇，亦其方類也。《湘夫人》篇『沅有芷兮澧有蘭，思公子兮未敢言』，其起興之例，正如『山有木兮木有枝，心悦君兮君不知』。是知《風》《雅》既亡，詩體一變。而南土之音，尤能恣意變化，脱異時之臼科，自出機杼。屈子晚出，承其波流而益恢張之，長轡遠馭，陵轢前人，由是《楚辭》之體裁以立。然則研討《楚辭》，必當以詩歌、謡諺爲先河，明矣。

三、《楚辭》之體式

《楚辭》以屈子爲宗，其文辭結撰，不名一體，所含者廣，乃能覆燾無窮。宋玉晚出，祖屈子之從容辭令，攄思掞藻，襲舊彌新。屈、宋並稱，有由然矣。賈生、小山繼起，並有得於屈子之意，擬議以成其變化，庶乎嗣響騷壇，追蹤屈、宋。至若東方朔、嚴忌、王褒、劉向、王逸諸人，齊轍並馳，鴻章繼作，而命意結體，囿於曩篇。有影寫之工，無杼軸之巧，矩矱雖在，而飆焰缺如。彦和所謂『屈宋逸步，莫之能追』，不其然乎？今研討《楚辭》體式，以屈宋爲主。大較言之，《離騷》《遠游》二篇相類，《九章·橘頌》當别論，餘八篇亦與《遠游》相類，此一族也。《九歌》爲樂章，十一篇皆相類，此二族也。《天問》自爲一體，其句法又模擬乎《三百篇》而少變者，此三族也。《卜居》《漁父》假設問答，二篇略同，此四族也。《招魂》《大招》乃哀詞體，亦自爲一類，此五族也。至於宋玉之《九辯》、賈生之《惜誓》、東方朔之《七諫》、莊忌之《哀時命》、劉向之《九嘆》，或爲單體，或以九七，皆模擬乎《九章》者也；淮南小山之《招隱》與王褒之《九懷》、王逸之《九思》，皆模擬乎《九歌》者也。昔人謂屈子楚詞如《離騷》乃效《頌》，其次效《雅》，最後效《風》；《後山詩話》引章子厚語。或者又以爲《大招》是誄，《天問》是贊，《九章》是賦，《卜居》《漁父》是辭説，湘綺樓論文語。皆大體近之。今仍畫爲五族，略道其體式同異於下。

甲、《離騷》與《九章》《遠游》

昔淮南王安作《離騷傳》，尊之曰『經』，王逸因之，並於《離騷》已外諸篇名下，一一題曰『離騷』，意謂皆彼之傳也。竊以統屈子全文命意、結體觀之，《離騷》一篇，實已囊括《九章》《遠游》之全，而此諸篇不啻由《離騷》演繹以出。故經、傳之名，施之全文，則嫌汗漫。如第就此十一篇説，亦庶幾近之。今舉其命意以言。

陳第曰：『舊説屈原既放，思君憂國，輒形諸聲，後人輯之，得其九章。案：以上引朱子《集注·九章叙》語。愚案《離騷》一篇，已足以盡意矣。然放逐幽憂之日，情不能以無感，感不能以無言，言不能以不盡，盡不能以無[一]怨，怨不能以不死，故自《惜誦》以至《悲回風》，未始有出於《離騷》之外也。《離騷》括其全，《九章》條其理，譬之根幹枝葉，總之皆樹；源委波瀾，總之皆水，未始異也。且其慕古哀時，思善疾惡，怨靈脩之不彰，悲黨人之壅濁，厲素履之芳潔，將超遠而不安，願儼合於湯禹，終殉迹於彭咸。每篇之中，不離此意。蓋其意膠葛而纏綿，故其辭重復而間作。要以舒其中心之鬱懣而已[二]。」（《屈宋古音義·九章序》）

又曰：「愚案《離騷》：「駟玉虬以乘鷖兮，溘埃風余上征。」又曰：「飲余馬於咸池兮，總余轡於扶桑。」又曰：「路不周以左轉兮，指西海以爲期。」固皆遠游之意。原猶以爲未盡也，乃作此篇。汪洋超脱，以布寫其無聊不得已之懷。」（《遠游叙》）

陳氏之説，得其旨矣。蓋《離騷》一篇，乃屈子之自傳，一生志事，胥寓於是。《九章》亦屈子自述之作，以視《離騷》，特詞加翔實耳。試爲比較如下：

《惜誦》篇　洪《補注》曰：「言己以忠事君，……而爲讒邪所蔽，進退維谷，要之此志仍不變耳。」[三]

此即《離騷》「余固知謇謇之爲患兮，忍而不能舍也」之意。

《涉江》篇　洪《補注》曰：「言己……抗志高遠，國無人知[四]，徘徊江[五]上，歎小人在位，而君子遇害也。」

此即《離騷》「忳鬱邑余侘傺兮，獨窮困乎此時也」之意。

《哀郢》篇　洪《補注》曰：「言己雖被放，心在楚國，而……蔽障於讒，思見君而不可得也。」[六]

此即《離騷》登閬風而忽憶高丘、至懸圃而忽言靈瑣之意。

《抽思》篇　洪《補注》曰：「言己所以多憂者，以君信諛自聖，眩於名實，……己雖忠直，無所赴愬，故反復其詞，以泄憂思也。」

此篇曰「結微情以陳詞」，曰「兹歷情以陳詞」，曰「敖朕詞而不聽」，曰「昔君與我成言」，曰「與余言而不信」「蓋爲余而造

〔一〕「無」，《屈宋古音義》作「不」。
〔二〕《屈宋古音義》無「而已」。
〔三〕「維谷」，《楚辭補注》作「不可」；「要之此志仍不變耳」，《楚辭補注》作「惟博采衆善以自處而已」。
〔四〕《楚辭補注》後有「之者」。
〔五〕《楚辭補注》後有「之」。
〔六〕「蔽障於讒，思見君而不可得也」，《楚辭補注》作「蔽於讒諂，思見君而不得」。

怒』，即《離騷》『荃不察余之中情兮，反信讒而齌怒』之意。又曰『望三五以爲象』，即《離騷》『及前王之踵武』意；曰『指彭咸以爲儀』，即《離騷》『依彭咸之遺則』意。

《懷沙》篇　洪《補注》曰：『言己雖放逐，不以窮困易其行，小人蔽賢，群起而攻之，舉世之人無知我者，思古人而不得見，仗節死義而已也。』

此篇疊言『莫我知』，曰『世溷濁莫吾知』，〔一〕曰『羌不知余之所臧』，曰『衆不知余之異采』，曰『莫知余之所有』，曰『孰知余之從容』，而終之曰『知死不可讓』，即《離騷》『國無人莫我知』『余將從彭咸之所居』之意。

《思美人》篇　洪《補注》曰：『言己思念其君，不能自達，然反觀初志，不可變易，益自脩飭，死而後已也。』

此篇與《離騷》語意全似，『欲變節從俗』以下，即『長嘆息以掩涕』數段意也。自『勒騏驥』至『重蔽聞章』，與『步余馬於蘭皋』至『昭質未虧』語意亦同。篇末歸〔三〕於『思彭咸』，又《離騷》亂辭之意。『蓠薄』四語，《離騷》所謂流從變化也。

《惜往日》篇　洪《補注》曰：『言己初見信任，楚國幾治〔三〕，而懷王不知君子小人之情狀，以忠爲邪，……卒見放逐，無以自明也。』

此即《離騷》『初既與余成言兮，後悔遁而有他』之意。

《橘頌》篇　洪《補注》曰：『美橘之〔四〕德，因以自喻也〔五〕。』

此篇曰『嗟爾幼志，有以異兮』，曰『獨立不遷』，曰『深固難徙』，即《離騷》『紛吾既有此内美兮……夕攬洲之宿莽』之意。

《悲回風》篇　洪《補注》曰：『言小人之盛，君子所憂，故托游天地之間，以泄憤懣，終沈汨羅，從子胥、申徒，以畢其志也。』

此即《離騷》乘雲架龍，周歷天下，以泄憤懣，而卒從彭咸所居之意。

諸篇大旨，求之《離騷》，一一皆在。蓋《離騷》本非一氣所成，有作於懷王疏絀之時者，有成於頃襄流放之日者。史文明白，不

〔一〕此後原有『曰「哀南夷之莫吾知」』，然此實爲《涉江》句，非《懷沙》所有，故徑删。
〔二〕『歸』原脱，據國立北平師範大學本、《辭賦史》本補。
〔三〕『幾治』，《楚辭補注》作『幾於治矣』。
〔四〕《楚辭補注》後有『有是』。
〔五〕《楚辭補注》無『因以自喻也』。

必致疑。《九章》亦隨感而發，非一時之作。以地言之，有次漢北作者，《抽思》。有遷湘南作者。《涉江》。以事言之，有紀行而兼致其去國之悲者，《涉江》。有紀行而並申其亡國之痛者，《哀郢》。有賦物以盟心者，《橘頌》。有覩景而興懷者，《悲回風》。有傷今而追昔者，《惜誦》《惜往日》。有畢命以致辭者。《懷沙》。朱子所謂『隨事感觸，輒形諸[一]聲，非必出於一時之言』《集注·九章叙》。是也。

《遠游》之與《離騷》，其命意亦大體相類。凡彼所陳乘雲駕龍，役使百神，上天下地，朝此夕彼，以遂其遺世輕舉之志者，蓋不外即《離騷》溘風上征、遠逝自疏之旨而暢言之耳。惟《離騷》猶有用世之心，故屢言求女；《遠游》專明棄世之志，故屢言求仙，以此不同耳。然《離騷》從『邅吾道夫崑崙』以後，不復言求女，但詳四方之行，以周歷天上，俯睨舊鄉而悲生。此與《遠游》從『命帝閽其開關』以後，不復言求仙，但陳四方恣游之樂，亦俯睨舊鄉而悲生，又未嘗不同也。若夫《離騷》自『臨睨舊鄉』以後，即以亂辭結括，以明其歸趣。而《遠游》仍繼之曰『抑志自弭』，『指炎神』而『往南疑』，直至『經營四荒』『周流六漠』，終之曰『超無爲以至清』『與太初而爲鄰』，此則一往不返，憤世之意，殆有甚焉。

由此言之，《離騷》與《九章》《遠游》，辭異而意無不同。譬猶《墨子》之《非攻》《非樂》，篇分爲三，而意則全同；《莊子》之《逍遥》《齊物》，文辭繁富，其要義已盡於《秋水》。是知一意多辭，乃古人文辭之通例，不獨屈子然也。

乙、《九歌》

《九歌》之名，見於《離騷》者二，曰『啓《九辯》與《九歌》』，曰『奏《九歌》而舞《韶》』；見於《天問》者一，曰『啓棘賓商，《九辯》《九歌》』。案：《山海經·大荒西經》曰：『夏后開上三嬪於天，得《九辯》與《九歌》以下。』注云：『皆天帝樂名。啓登天而竊以下，用之。』是則《九歌》之爲樂名，舊矣。屈子用彼舊題，抒我新意。章太炎《國故論衡·辨詩篇》曰：『古人即辭題署，而後人虚擬其名，何世蔑有？《破斧》《候人》《燕燕於飛》，皆虞夏舊曲也，（原注：見《吕覽[二]·音初篇》。）周之詩人，因其言以成己意。且周世里巷歌謡，本有《折楊》《皇華》，文見《莊子》。《皇華》即《小雅》之篇，而里巷襲其語。以[三]後，李延年二十八解復有云《折楊柳》者，此皆轉相因襲者也。』觀章氏之説，知古人爲文命題，本有虚擬以前之名者。雖其文之體制未必相襲，然既爲祀神之曲，必叶於簫管。《漢志》屈原二十五篇，皆稱爲賦，且曰『不歌而誦謂之賦』，亦模略言之耳。實則二十五篇之中，凡《離騷》《天問》《九章》《遠游》《卜居》《漁父》諸篇，皆誦也；《九歌》，歌也。《宋書·禮樂志》，

[一]『諸』，《楚辭集注》作『於』。
[二]『吕覽』，《國故論衡》作『吕氏春秋』。
[三]《國故論衡》『以』前有『《折楊》』。

《楚辭鈔》一篇，當時即爲樂章，付之聲歌，其詞即《九歌》之《山鬼》篇。斯則《九歌》之爲神弦詞，明矣。《九歌》既用舊題，則雖以爲九名，無嫌有十一篇。注家不悟其故，或以《湘君》《湘夫人》爲一篇，《大司命》《少司命》爲一篇，（王邦采《九歌箋略》、顧天成《九歌解》、蔣驥《楚辭餘論》、劉夢鵬《屈子章句》。）或謂《山鬼》《國殤》《禮魂》三篇實止一篇，（林雲銘《楚辭燈》。）以求合九篇之數，皆非是。』

《九歌》序云：『上陳事神之敬，下見己之冤結，托之以風諫，故其文意不同，章句錯雜，而廣異義焉。』據此，是《九歌》之作，放物《天問》托物造端，詞非一指。大抵古來篇翰，意象深微，不可刻舟膠柱。郭象云：『不足事事曲與生説，自不害其弘旨，皆可略之。』豈唯莊子寓言爲然，凡詞賦興喻，皆由斯造也。孟子曰：『説詩者不以文害辭，不以辭害志，以意逆志，是爲得之。』如以辭而已矣，《雲漢》之詩曰：『周餘遺民，靡有孑遺。』信斯言也，是周無遺民也。自明以來，説《楚辭》者，既好爲穿鑿，乃至唐人詩如杜子美《曲江酒》等、李義山《無題》，詞多托喻，解者遂事事比附之，多成笑柄。不知比易興難，比顯興隱，比不待師説而可求，興則必須師説。師説所無，縱有妙悟，只宜騰之口説，而不得著於篇章，所以懲妄也。

丙、《天問》

《天問》一篇，王逸以爲楚人論述屈子呵壁之詞，故其文義不次序。丁晏曰：『《楚辭·天問》，屈子呵壁之所爲作也。楚有先王之廟及公卿祠堂，畫古賢聖神靈瑰瑋僪佹之形，屈子仰見圖畫，一一呵而問之，以寫其忿懟牢愁之志，所爲痛極而呼天也。何以知其呵壁也？壁之有畫，漢世猶然，漢魯殿石壁及文翁禮殿圖，皆有先賢畫像，武梁祠堂有伏戲、祝誦、夏桀諸人之像。《漢書·成帝紀》甲觀畫堂畫九子母，《霍光傳》有《周公負成王圖》，《叙傳》有《紂醉踞妲己圖》，《後漢·宋宏傳》有《屏風畫列女圖》，《王景傳》有《山海經禹貢圖》。古畫皆徵諸實事，故屈子之辭，指事設難，隨所見而出之，故其文不次也。』《天問箋》。洪興祖曰：『《天問》之作，其旨遠矣。蓋曰遂古以來，天地事物之憂〔一〕，不可勝窮，欲付之無言乎？而耳目所接，有感於吾心者，不可以不發也。欲具道其所以然乎？而天地變化，豈思慮智識之所能究哉？天固不可問，聊以寄吾之意耳。楚之興衰，天邪？人邪？吾之用舍，天邪？人邪？國無人莫我知也，知我者其天乎？此《天問》所爲作也。太史公讀《天問》，悲其志者，以此。……王逸以爲文義不次序，夫天地之間，千變萬化，豈可以次序陳哉。』案：丁明呵壁之由，洪著斯篇之作，其言胥當。全文發問至百八十餘事，千五百言，率以四言成體，雜之以五言三十餘句，六言十餘句，三言十餘句，七言數句。結體恢奇，屈賦之創格也。

〔一〕『憂』，原作『變』，據《楚辭補注》改。

丁、《卜居》《漁父》

《卜居》《漁父》二篇，皆屈子假設問答之詞，非果有此詹尹、漁父也。《卜居》之旨，與《離騷》之訊占問卜同。彼以懷才不遇，萌奮飛之志，此緣蔽障於讒，發反躬之問，固皆於出處進退間，加之計議者也。然卒不易其素志，至於沈汨不悔，亦曰所欲有甚於生耳。《漁父》之所知，亦屈子意中語也。雖明知之，而亦不以彼易此。《卜居》云：『用君之心，行君之意。』屈子之自計已素矣。

二篇文體，視諸篇又變。諸篇句度長短，若有定式，此則宏放不可羈制。有累二十餘言爲一句者，如《卜居》云：

『寧昂昂若千里之駒乎，將泛泛若水中之鳧乎此因句長，中加乎字以緩音節，實連下爲一句也。與波上下偷以全吾軀乎？』

《離騷》《九章》《遠游》隔句用韻，亦定式也。此則累數句而纔押一韻，如《漁父》云：

『吾聞之，新沐者必彈冠，新浴者必振衣，安能以身之察察，受物之汶汶者乎？寧赴湘流，葬於江魚之腹中。安能以皓皓之白，而蒙世俗之塵埃乎？』二乎字爲韻。

蓋此篇爲設論之初祖，宋玉《對問》、方朔《客難》、揚雄《解嘲》、班固《賓戲》，假設主客，迴環自釋，皆其流變也。又爲以散體，爲賦之初祖，後此杜牧《阿房》、子瞻《赤壁》，文辭曼衍，一篇之中，僅押數韻，皆權輿於此。

戊、《招魂》附《大招》

《招魂》叙云：『宋玉憐哀屈原，忠而斥棄，愁懣山澤，……厥命將落，故作《招魂》。欲以復其精神，延其壽命，外陳四方之惡，內崇楚國之美，以諷諫懷王，冀其覺悟而還之也。』爾則此篇之作，宋玉欲諷懷王反屈子之身，其言『招魂』，乃詭詞耳。篇首云：

『朕幼清以廉潔兮，身服義而未沬。主此盛德兮，牽於俗而蕪穢。上無所考此盛德兮，長離殃而愁苦。』

此代述屈子之辭。下文『帝欲輔之』，與『上無所考盛德』相應；招魂四極，內崇楚美，與『離殃愁苦』相應；篇末『亂曰』已下，仍代述屈子之辭，與篇首相應：

『獻歲發春兮汨吾南征，菉蘋齊葉兮白芷生。路貫廬江兮左長薄，倚沼畦瀛兮遥望博。』

此述南征之事也。

『青驪結駟兮齊千乘，懸火延起兮玄顔烝。步及驟處兮誘騁先，抑騖若通兮引車右還。與王趨夢兮課後先。君王親發兮憚青兕。』

『朱明承夜兮，時不可以淹。皋蘭被徑兮，斯路漸。』

此述甚見任時之事也。時不見淹，猶言歲不我與。感舊游，遂遠也。斯路，往與君共行之路也。屈子初事懷王有寵，江南狩獵，從行射兕，事宜有之。今者遷流之路，仍是當年扈從所經，而君恩則前後殊異矣，此所以目擊心傷也：

「湛湛江水兮上有楓，目極千里兮傷春心。魂兮歸來，哀江南。」

南征懷舊，終以傷心，此宋生所用諫懷王者也。結言江南之地不可居，則宋生欲諷懷王，令屈子復返於郢。其意至明，故知《招魂》之爲詭詞也。

自『帝告巫陽』至『巫陽焉乃下招』，爲帝命巫陽招屈子之詞。巫陽，見《海内西經》。古之神巫也，聰明齋肅，故帝輔屈子，必謀於彼，而不欲委招於掌夢也。其辭云：

『帝告巫陽曰：「有人在下，我欲輔之。魂魄離散，汝筮予之。」巫陽對曰：「掌夢。上帝其命。句。難從。若必筮予之，『若必』以下又巫陽之詞。恐後之謝，不能復用。」句。巫陽焉乃下招曰。句。』

『不能復用』者，不能用卜筮，非不能用巫陽。細審王注，『巫陽焉』三字當連下爲句，『焉乃下招』，猶言於是下招耳。焉，因也。不筮而招，所以招之天地四方也。筮而招，恐有非龜筴所能知者，則卜筮之職廢矣。不筮而招，亦有不敢要君之意，其言招魂，猶此旨也。

此篇爲哀詞之體，故句末語助究用些字。些即呰之變形，而嗟、嗞之聲變也。

《大招》作者，或言景差，或言屈子，自叔師已莫能明。洪興祖以爲非屈原作。今案：《漢志》屈原賦二十五篇，謂《離騷》一篇、《九歌》十一篇、《天問》一篇、《九章》九篇、《遠游》《卜居》《漁父》各一篇，凡二十五篇，洪説是也。文與《招魂》同體，特句末語助變用只字，而前無代述之詞，末無綜理一篇之亂，以此少異耳。楊慎曰：『（《招魂》之）辭，豐蔚穠秀，先驅枚、馬而走僵班、揚，千古之希聲也。《大招》一篇，景差所作，體制雖同，而寒儉促迫，力追而不及。……朱子謂《大招》平淡醇古，不爲詞人浮艷之態，而近於儒者窮理之學，蓋取其尚三王、尚賢士之語也。然論詞賦，不當如是〔一〕。』《升庵文集》。蔣驥曰：『《招魂》序宫室、女色、飲食、音樂之樂，與《大招》不同。《大招》是實情，《招魂》是幻語；《大招》每項俱〔二〕各分〔三〕開寫，《招魂》則首尾總是一串。其間有明落，有暗度，章法珠貫繩聯，相繹而出。』《楚辭餘論》。此又二篇文字之不同者矣。

〔一〕『是』，《升庵集》作『此』。
〔二〕『俱』，原作『諸』，據《楚辭餘論》改。
〔三〕《楚辭餘論》無『分』。

附論

宋玉《九辯》、賈誼《惜誓》、淮南小山《招隱士》、東方朔《七諫》、嚴忌《哀時命》、王褒《九懷》、劉向《九嘆》、王逸《九思》。

右録諸篇，皆哀惜屈子，代述其志而作。叔師序録之詞，言之已晰，今備録之。

《九辯》：『楚大夫宋玉之所作也。辯者，變也，謂陳道德以變説君也。九者，陽之數，道之綱紀也。故天有九星，以正機衡；地有九州，以成萬邦；人有九竅，以通精明。屈原懷忠貞之性，而被讒邪，傷君闇蔽，國將危亡，乃援天地之數，列人形之要，而作《九歌》《九章》之頌，以諷諫懷王，明已所言，與天地合度，可履而行也。宋玉者，屈原弟子也。閔惜其師，忠而放逐，故作《九辯》，以述其志。至於漢興，劉向、王褒之徒，咸悲其文，依而作詞，故號爲「楚詞」，亦采其九以立義焉。』

《續古葉編》云：『《楚辭》多以九爲義，屈原曰《九章》，曰《九歌》，宋玉曰《九辯》，王褒曰《九懷》，劉向曰《九嘆》是也。後人繼之者，又有如曹植之《九愁》《九詠》，陸雲之《九愍》。前後祖述，必用九者，王逸注《九辯》謂[一]：「九者，陽之數，道之綱紀也。」五臣《文選注》亦云：「九者，陽數之極，自謂否極，爲[二]歌名也。」二氏[三]之説如此。余案：《山海經》曰：「夏后開上三嬪於天，得《九辯》與《九歌》以下。」郭景純注引《歸藏》：「《開筮》曰：『昔彼九冥，是爲帝《辨》；同宫之序，是爲[四]《九歌》。』」考[五]此，則《九歌》《九辯》，皆天帝樂名，夏初得之，屈原、宋玉取諸此也。況屈、宋騷辭，多摘《山海經》之事迹乎。《詩》亡而後騷作，騷亦《詩》樂之餘派。樂至九而成，故《周禮》：「九德之歌，簫[六]韶之舞，奏於宗廟之中，樂必九變而可成

[一]「謂」，原作「爲」，《四六叢話》引《續古葉編》同，據《説郛》卷三六《續古葉編》改。
[二]《續古葉編》前有「取」。
[三]「二氏」，《説郛》卷三六《續古葉編》作「二家」，《四六叢話》引《續古葉編》作「諸家」。
[四]「爲」，《山海經箋疏》作「謂」。
[五]「考」，《説郛》卷三六《續古葉編》作「仿」。
[六]「簫」，原作「簧」，《説郛》引《續古葉編》作「九」，據《四六叢話》引《續古葉編》改。

禮。』[一] 所以必取於九者，黄鐘在子[二]，《太玄》以爲子數九，得非黄鐘爲五音之宫歟？然則屈原而下，寫辭規[三]諫，寓諸樂章，將以感神之心，而感人意亦切矣。』

案：此辨取九名篇之説最當。然啓《九辯》之名又當自伏羲《駕辯》《大招》出。或疑此篇爲宋玉自述，不爲師作，不知此正宋生之善爲説辭。《史記》所以謂其『祖屈原之從容辭令，終莫敢直諫也』。莫敢直諫而善辭委曲以悟君，故叔師以變説釋之。

《惜誓》：『不知誰氏作也。或曰賈誼，疑不能明也。惜者，哀也；誓者，信也，約也。言哀惜懷王，與己信約，而復背之也。古者君臣將共爲治，必以信誓相約，然後言乃從，而身以親也。蓋刺懷王有始而無終也。』

案：此洪興祖以爲其間數語與《吊屈賦》詞旨略同，意爲誼作亡疑者。朱子亦謂其辭實亦瓌異奇偉，計非誼莫能及。

《招隱士》：『淮南小山之所作也。昔淮南王安博雅好古，招懷天下俊偉之士，自八公之徒，咸慕其德，而歸其仁，各竭才智，著作篇章，分造辭賦，以類相從。故或稱小山，或稱大山，猶[四]《詩》有《小雅》《大雅》也。小山之徒，閔傷屈原，又怪其文，升天乘雲，役使百神，似若仙者，雖身沈没，名德顯聞，與隱處山澤無異。故作《招隱士》之賦，以章其志也。』

案：此篇意仿《招魂》，文則《九歌》之變。或以爲懷友之詞，乃淮南小山爲劉安延致英俊而賦者，非也。《漢·地理志》云：楚屈原作《離騷》諸賦，後有宋玉、唐勒。漢興，鄒陽、嚴夫子之徒興於文景之際，而淮南王安都壽春，招賓客著書。又《藝文志》：《淮南王群臣賦》四十四篇。所謂『分造辭賦，以類相從，《小雅》《大雅》』云云，殆即謂《志》所載賦，以大山、小山分綱，而又各從其類歟？今可見者唯此一篇，文無主名，猶《詩》衛人所爲賦《碩人》也，昭明《文選》竟題曰劉安，誤矣。

《七諫》：『東方朔之所作也。諫者，正也，謂陳法度以諫正君也。古者，人臣三諫不從，退而待放。屈原與楚同姓，無相去之義，故加爲七諫，殷懃之意，忠厚之節也。或曰，七諫者，天子有争臣七人也。東方朔追閔屈原，故作此辭，以述其志，所以昭忠信，矯曲朝也。』

案：七者，言其數之極多也。數之多者，或言九，或言七。昔枚乘作《七發》，傅毅作《七激》，張衡作《七辯》，崔駰作《七依》，曹植作《七啓》，張協作《七命》，皆以七爲名。

〔一〕《説郛》引《續古藁編》無『禮』。《周禮》作『九德之歌，九磬之舞，於宗廟之中奏之，若樂九變，則人鬼可得而禮矣』，與此引文略異。

〔二〕『子』，原訛作『於』，據《續古藁編》改。

〔三〕『規』，原作『歸』，據《説郛》引《續古藁編》改。

〔四〕《楚辭章句》『猶』前有『其義』。

《哀時命》：『嚴夫子之所作也。夫子名忌，與司馬相如俱好辭賦，客游於梁，梁孝王甚奇重之。忌哀屈原受性忠貞，不遭明君而遇暗世，斐然作辭，嘆而述之。故曰《哀時命》也。』《九懷》：『諫議大夫王褒之所作也。懷者，思也，言屈原雖見放逐，猶思念其君，憂國傾危，而不能忘也。褒讀屈原之文，嘉其温雅，藻采敷衍，執握金玉，委之污瀆，遭世溷濁，莫之能識，追而愍之，故作《九懷》，以裨其詞。史官録第，遂列於篇。』《九嘆》：『護左都水使者光禄大夫劉向之所作也。向以博古敏達，典校經書，辯章舊文，追念屈原忠信之節，故作《九嘆》。嘆者，傷也，息也，言屈原放在山澤，猶傷念君，嘆息不已。所謂贊賢以輔志、騁詞以曜德者也。』《九思》：『王逸之所作也。逸，南郡人，博雅多覽，讀《楚辭》而傷愍屈原，故爲之作解。又以自屈原終没之後，忠臣介士游覽學者，讀《離騷》《九章》之文，莫不愴然，心爲悲感，高其節行，妙其麗雅。至劉向、王褒之徒，咸嘉嘆之，作賦騁辭，以贊其志。則皆列於譜録，世世相傳。逸與屈原，同土共國，悼傷之情，與凡有異。竊慕向、褒之風，作頌一篇，號曰《九思》，以裨其辭。未有解説，故聊叙訓誼焉。』

洪興祖謂：『逸不應自爲注解，恐其子延壽爲之。』今案：《逢尤》篇：『思丁文兮聖明哲，哀平差兮迷謬愚。吕傅舉兮殷周興，忌嚭專兮郢吴虚。』此援古賢不肖君臣各二，丁謂商宗武丁，舉傅説者也。注以當訓丁，殊謬。使延壽爲注，豈至此乎？

《招隱士》者，招隱士之出，而左思用之則爲招隱士之隱，與原意刺謬。王康琚又有《反招隱》之辭，與古意益遠矣。

宋生援《九歌》《九章》而作《九辯》。或謂其辭『已變屈子文法，加以參差錯[二]落，而多峻急之氣』，又云：『騷至宋大夫乃大[三]快，其語最醒而俊。』明孫鑛評。清劉熙載亦謂：『騷之抑遏蔽掩，有得於《詩》《書》之隱約，自宋玉《九辯》才穎漸露，已不能繼。』『自宋玉』以下，《賦概》作：『自宋玉《九辯》已不能繼，以才穎漸露故也。』《賦概》語。蓋騷體之變，始於宋生，賈誼已下，皆由此得逗。其文雖不及屈子，即其體裁要亦各有所本。朱子謂《諫》《嘆》猶或粗有可觀，兩王則卑已甚矣。豈非以篇章之寂寥，句法之短促乎？未盡然也。

[二]『錯』，于光華《重訂文選集評》引孫鑛語作『磊』。

[三]《七十二家評楚辭》引孫鑛語無『大』。

四、《楚辭》之句法

語意已完者謂之句，語意未完而語氣可停頓者謂之讀，此文法之通則也。韻文分句，則與是異，第取音節可稽，不問意完與否。就《詩經》言，《關雎》首章四句，以文法格之，但二句耳，『關關雎鳩』『窈窕淑女』，但當爲讀，蓋必合下句而意始完也，今則傳家並稱爲句。故知《詩》之句，徒以音節分析之也。又如《定之方中》篇『樹之榛栗，椅桐梓漆』，《七月》篇『十月納禾稼，黍稷重穋，禾麻菽麥』，自文法言，皆一句也，而傳家仍分爲二若三，此又但以音節論也。《詩經》既然，《楚辭》宜如是。是以本篇分句，亦第係於音節言之。如《離騷》篇首『帝高陽之苗裔兮，朕皇考曰伯庸』，依文法言，直一句耳，今則以爲二句。又如『皇覽揆余初度兮，肇錫余以嘉名。名余曰正則兮，字余曰靈均』，依文法言，亦一句耳，今則以爲四句。凡以其音節然也。至屈子二十五篇句法，變化紛綸，不可以一格拘。宋玉祖述其師，參伍因革；賈生已下，乃無異撰。今綜核全書句法，分數科述之。凡關屬詞之通則，非《楚辭》所特具者，則不復覼縷於此云。《卜居》《漁父》與散體同，亦不具列。

甲、《離騷》與《九章》《遠游》《九辯》《七諫》《惜誓》《哀時命》《九嘆》附

《離騷》本以六言爲體，《雕龍·章句》篇云：『六字裕[一]而非緩。』雜之以五言、七言、八言、六句。九言。一句。昔顔延之謂：『詩體本無九言者，將由聲調[二]闡緩，不協金石。』孔穎達《關雎》詩疏引。據此，則詩無九字，自《離騷》始有之。至漢人賦句又有十餘字者，以不歌而誦，故無嫌也。班固《漢志》引《傳》曰：『不歌而誦謂之賦。』案：《周官·大司樂》：『以樂語教國子，興道諷誦言語。』鄭注：『倍文曰諷，以聲節之曰誦。』《九章·懷沙》多四言，《橘頌》以四言、三言相間。上一句四言，下一句三言兮字。此皆《離騷》所無者。《九辯》第一、第二多雜言，又變《離騷》之體以成者也。凡此諸篇，句之字數，約略如是。茲故不論，第論其句式。

[一]『裕』，《文心雕龍》作『格』，黄侃《文心雕龍札記》稱『格爲裕之誤』，駱鴻凱當從師説。
[二]『調』，《毛詩正義》作『度』。

兮字殿句式

『帝高陽之苗裔兮，朕皇考曰伯庸。攝提貞於孟陬兮，惟庚寅吾以降。』《離騷》

右一例。上下二句，上句句末用兮。此爲正例。

『鸞鳥鳳皇，日以遠兮。燕雀烏鵲，巢堂壇兮。』《九章·涉江》亂曰

『長瀨湍流，泝江潭兮。狂顧南行，聊以自娛兮。』《抽思》亂曰

『后皇嘉樹，橘徠服兮。受命不遷，生南國兮。』《橘頌》

『譬彼流水，紛揚磕兮。波逢洶涌，濆滂沛兮。』《九嘆·逢紛》嘆曰

右一例。上下二句，下句句末用兮。此亂辭體，《橘頌》全篇用之。是爲變例。

『揄揚滌蕩，飄流隕往，觸崟石兮。龍卬脟圈，繚戾宛轉，阻相薄兮。』《九嘆·逢紛》嘆曰

『淒湲轇轕，雷動電發，馺高舉兮。升虛凌冥，沛濁浮清，入帝宮兮。摇翹奮羽，馳風騁雨，游無窮兮。』《九嘆·遠游》嘆曰

右一例。上下三句，末句句末用兮。此亦亂體。

語詞足句式

分句首、句中、句末言之。

惟

『攝提貞於孟陬兮，惟庚寅吾以降。』

『惟草木之零落兮，恐美人之遲暮。』

『民好惡其不同兮，惟此黨人其獨異。』

『惟此黨人之不諒兮，恐嫉妒而折之。』以上《離騷》

案：惟字或作維，作唯。下『夫唯』同。《説文》：『唯，諾也。』蓋但取其聲气，故亦引申爲發語詞。作惟、作維皆借字。

夫唯

『何桀紂之猖披兮，夫唯捷徑以窘步。』《離騷》

『夫惟黨人鄙固兮，羌不知余之所臧。』《懷沙》

伊

『伊伯庸之末胄兮，諒皇直之屈原。』《九嘆・逢紛》

此伊亦唯之借。

羌

『羌内恕己以量人兮，各興心而嫉妒。』

『余以蘭爲可恃兮，羌無實而容長。』以上《離騷》

『吾誼先君而後身兮，羌衆人之所仇。』《惜誦》

『羌中道而回畔兮，反既有此他志。』《抽思》

『因歸鳥而致辭兮，羌宿高而難當。』《思美人》

『獨歷年而離愍兮，羌憑心猶未化。』同上

『以爲君獨服此蕙兮，羌無以異於衆芳。』《九辯》

『願寄言夫流星兮，羌倏忽而難當。』《九辯》

『遇厲武之不察兮，羌兩足以畢斫。』《七諫・怨世》

王注：『羌，楚人語詞也，猶言卿，何爲也。』又曰：『羌，然辭也。』案：《廣雅・釋言》：『羌，乃也，卿也。』《文選・魯靈光殿賦》張載注：『羌，辭也。』羌亦乃也。《説文》：『乃，曳詞之難也。』羌或爲謇，或爲蹇，或爲慶。揚雄《反離騷》：『慶夭悴而喪榮。』用之句中則變言其，《史記・高祖本紀》《集解》引《風俗通》『沛人語初發聲皆言其』是也。羌、謇、蹇、卿、慶、其，皆一聲之轉。

謇、蹇

『紛逢尤以離謗兮，謇不可釋。』《九章・惜誦》

『慘鬱鬱而不通兮，蹇侘傺而含慼。』《哀郢》

『時亹亹而過中兮，蹇淹留而無成。』

『蹇充倔而無端兮，泊莽莽而無垠。』

『事亹亹而覬進兮，蹇淹留而躊躇。』以上《九辯》
『心悇憛而煩冤兮，蹇超摇而無冀。』《七諫·謬諫》
『車既弊而馬罷兮，蹇邅徊而不能行。』《哀時命》
『欲酌醴以娱憂兮，蹇騷騷而不釋。』《九嘆·遠逝》

案：《離騷》『謇吾法夫前脩兮』『謇朝誶而夕替』，《九嘆·怨思》篇『蹇離尤而干詬』，王注皆訓爲忠信，當與發端言謇、言蹇者異。《哀時命》《九嘆·遠逝篇》之蹇，王注皆訓難，難亦詞之乃也。

夫

『世並舉而好朋兮，夫何煢獨而不予聽。』《離騷》
『夫孰非義而可用兮，孰非善而可服。』同上

夫爲不之借。《毛傳》：『不顯，顯也。』『不承，承也。』不本發語之詞。

然

『曰鮌婞直以亡身兮，終然夭乎羽之野。』《離騷》
『固朕形之不服兮，然容與而狐疑。』《九章·思美人》
『收恢台之孟夏兮，然欿傺而沈藏。』《九辯》
『心摇悦而日幸兮，然怛悵而無冀。』同上
『春秋逴逴而日高兮，然惆悵而自悲。』同上
『忠昭昭而願見兮，然露曀而莫達。』同上
『被荷裯之晏晏兮，然潢洋而不可滯。』同上
『然潢洋而不遇兮，直枸愗而自苦。』同上

案：然者，詞之乃也。正作嘫，《説文》：『嘫，語聲也。』引申以爲轉捩連詞。《離騷》『終然夭乎羽之野』，王注：『乃殛之羽山，死於中野。』然正訓乃。《離騷》《九章》用然者各一見，《九辯》六見。

乃

『桀紂之常違兮，乃遂焉而逢殃。』《離騷》

『深林杳以冥冥兮，乃猨狖之所居。』《九章·涉江》

『霰雪雰糅其增加兮，乃知遭命之至將。』《九辯》

案：《說文》：『乃，曳詞之難也。』《公羊》宣八年《傳》：『而者何？難也。乃者何？難也。曷爲或言而，或言乃？乃難乎而也。』何注：『言乃者内而深，言而者外而淺。』

余

『離芳藹之方壯兮，余萎約而悲愁。』《九辯》

此余非余我之余，乃發聲之詞。《說文》：『余，語之舒也』。《左》僖九年《傳》：『小白余敢貪天子[二]之命。』余正用爲發聲之詞。

焉

『順風波以從流兮，焉洋洋而爲客。』《九章·哀郢》

『音樂博衍無終極兮，焉乃逝以徘徊。』《遠游》

『國有驥而不知乘兮，焉皇皇而更索。』《九辯》

安

『卒不得效其心容兮，安眇眇而無所歸薄。』《七諫·怨世》

焉與安皆詞之乃也，本于之借字。

蓋

『與余言而不信兮，蓋爲余而造怒。』《九章·抽思》

『蓋見兹以永嘆兮，欲登階而狐疑。』《九嘆·思古》

[二]『子』原脱，據《左傳》、國立北平師範大學本補。

蓋與盍通，盍者曷之借，《説文》：『曷，何也。』引申以爲語詞。

○右一例。句首以語詞發端。

于

『攝提貞于孟陬兮，惟庚寅吾以降。』《離騷》

《説文》：『于，於也，象气之舒于。』《離騷》此于，正用本誼。貞之爲言丁也，《爾雅·釋詁》：『丁，當也。』《書·洛誥》：『我二人功貞。』馬融注：『貞當言丁也。』王注：『己以太歲在寅，正月始春，庚寅之日，下母體而生。』謂已當……生也。《詩·邶風·柏舟》：『愠于群小。』于爲語助。《高唐賦》：『既婉嫿於幽靜兮。』於亦語助。

其

『日月忽其不淹兮，春與秋其代序。』《離騷》

『雖萎绝其亦何傷兮，哀衆芳之蕪穢。』同上

『老冉冉其將至兮，恐脩名之不立。』同上

『苟余情其信姱以練要兮，長顑頷亦何傷。』同上

『亦余心之所善兮，雖九死其猶未悔。』同上

『不吾知其亦已兮，苟余情其信芳。』同上

《楚辭》句中其字多爲語助。其與羌、謇、蹇同，惟一用句首，一用句中；一兼表意，詞之乃也。一僅爲足句之詞耳。

《詩經·绿衣》篇『凄其以風』、《中谷有蓷》篇『嘅其嘆矣』『啜其泣矣』、《溱洧》篇『瀏其清矣』、《山有樞》篇『宛其死矣』、《小戎》篇『温其如玉』等句，並於副詞之下省略乎字、然字，而以其字足句。《離騷》『忽其不淹』句法正同。

此諸其字，皆言之間也。

之

『汩余若將不及兮，恐年歲之不吾與。』《離騷》

《楚辭》句中之字亦多爲語助，本只字之借。《説文》：『只，語已詞也，象气下引之形。』兹舉其難驟憭者。

『忽奔走以先後兮，及前王之踵武。』同上

踵爲動詞，之爲足句之詞。王注：『踵，繼也；武，迹也。冀及先王之德，繼續其迹，而廣其基。』是也。《封禪文》：『率邇者踵武。』《東京賦》：『踵二皇之遐武。』踵字用法同。

『矯菌桂以紉蕙兮，索胡繩之纚纚。』同上
『高余冠之岌岌兮，長余佩之陸離。』同上
『攬茹蕙以掩涕兮，霑余襟之浪浪。』同上
『鳳皇翼其承旂兮，高翺翔之翼翼。』同上
『帶長鋏之陸離兮，冠切雲之崔嵬。』《九章·涉江》
『悲夷猶而冀進兮，心怛傷之憺憺。』《抽思》

此諸之字，用與其同。

『登石巒以遠望兮，路眇眇之默默。』《悲回風》
『心調度而弗去兮，刻著志之無適。』同上

此諸之字，用與而同。揚雄《甘泉賦》：『夫何旟旐郅偈之旖旎也。』何晏《景福殿賦》：『體洪剛之猛毅。』之字用法準是。

『介眇志之所惑兮，竊賦詩之所明。』同上

言賦詩自明也。之字足句。

『泛潏潏其前後兮，伴張弛之信期。』同上

張連類而言，之字足句。伴弛信期，言俱毀信期也。

『叛陸離其上下兮，游驚霧之流波。』《遠游》
『辭靈脩而隕志兮，吟澤畔之江濱。』《九嘆·逢紛》

此二之字，猶與也。《考工記·梓人》『作其鱗之而』，謂作其鱗與而也。揚雄《甘泉賦》：『抗浮柱之飛榱兮。』潘岳《閒居賦》：『張鈞天之廣樂，備千乘之萬騎。』三之字用法亦同。

乎

『冀枝葉之峻茂兮，願竢時乎吾將刈。』《離騷》

此等乎字，用以暫緩音節，與《九歌》句中兮字用同。變言乎者，避與上複。

『衆皆競進以貪婪兮，憑不厭乎求索。』同上
此乎爲語詞。王注：『中心雖滿，猶復求索，不知厭飽。』是也。乎下省而字。
『悔相道之不察兮，延佇乎吾將反。』同上
此與『願竢時乎吾將刈』句法同。
『不顧難以圖後兮，五子用失乎家巷。』同上
乎亦語詞，下省而字。謂五子用失其國，而家居於閭巷也。或誤爲介詞，則文義不可通。
『靈氛既告余以吉占兮，歷吉日乎吾將行。』同上
此亦與『願竢時乎吾將刈』句法同。
『心鬱鬱之憂思兮，獨永嘆乎增傷。』《九章·抽思》
『臨中國之衆人兮，托回飆乎尚羊。』《惜誓》
『念女嬃之嬋媛兮，涕泣流乎於悒。』《七諫·哀命》
此諸乎字並語助，下省而字。《上林賦》：『迴車而還，消摇乎襄羊。』《大人賦》：『吾欲往乎南娭。』武帝《吊李夫人賦》：『的容與以倚靡兮，縹飄姚乎愈莊。』乎字用法準是。《七諫·自悲》『獨永思而憂悲』與『獨永嘆乎增傷』句同，此則變用而耳。
『浮雲陳而蔽晦兮，使日月乎無光。』《七諫·沈江》
『處滑滑之濁世兮，今安所達乎吾志。』《怨世》
『從水蛟而爲徒兮，與神龍乎休息。』《哀命》
『廓抱景而獨倚兮，超永思乎故鄉。』《哀時命》
此諸乎字，皆語助無義。

余

『忳鬱邑余侘傺兮，吾獨窮困乎此時也。』《離騷》
此余非余我之余，亦語之舒也，用與而同。
『曾歔欷余鬱邑兮，哀朕時之不當。』同上
此余亦與而同。揚雄《反離騷》『雖增欷以於邑』，正摭此文而反之。以亦而也。

『駟玉虯以乘鷖兮，溘埃風余上征。』同上

《吴都賦》劉淵林注引：『《離騷》曰：「溢當作溘飋風兮上征。」班固曰：「飋，疾也。」』此則孟堅本余作兮，爲語詞矣。更以《遠游》『掩浮雲而上征』句例之，王注：『溘，猶掩也。』益知余爲語詞，用與而同。

『心鬱邑余侘傺兮，又莫察余之中情。』《九章·惜誦》

此與《離騷》『忳鬱邑余侘傺兮』句同，余爲語詞。

『乘舲船余上沅兮，齊吴榜以擊汰。』《涉江》

『入漵浦余儃佪兮，迷不知吾所如。』同上

此與『溘埃風余上征』句同，余亦語詞。

夫

『羿淫游以佚畋兮，又好射夫封狐。』《離騷》

『固亂流其鮮終兮，浞又貪夫厥家。』同上

『日康娱而自忘兮，厥首用夫顛隕。』同上

焉

『步余馬於蘭皋兮，馳椒丘且焉止息。』《離騷》

『夏桀之常違兮，乃遂焉而逢殃。』同上

此二焉字，並語助無義。惟《離騷》『皇天無私阿兮，覽民德焉錯輔』，此焉猶因也，用別。

以

『薋菉葹以盈室兮，判獨離而不服。』《離騷》

『閨中既以邃遠兮，哲王又不悟。』同上

『鸞鳥鳳皇，日以遠兮。』《九章·涉江》

諸以皆已之借。《説文》：『巳，巳也。四月，陽气已出，陰气已藏，萬物見，成文章。』故引申爲已過之誼。此外以字有爲詞之用者，此本誼。《説文》：『目，用也。』有爲詞之而者，則乃之借，用爲連屬之詞。有爲詞之與者，即與之借。與有及義，故以亦有及誼。

又有用爲者，亦聲借也。

『皇覽揆余初度兮，肇錫余以嘉名。』《離騷》

『紛吾既有此内美兮，又重之以脩能。』同上

『既替余以蕙纕兮，又申之以攬茝。』同上

『製芰荷以爲衣兮，集芙蓉以爲裳。』同上

此諸以者，詞之用也。

『乘騏驥以馳騁兮，來吾道夫先路。』《離騷》

『忽奔走以先後兮，及前王之踵武。』同上

『忽馳騖以追逐兮，非余心之所急。』同上

『苟余情其信姱以練要兮，長顑頷亦何傷。』同上

『掔木根以結茝兮，貫薜荔之落蕊。』同上

『矯菌桂以紉蕙兮，索胡繩之纚纚。』同上

『余雖脩姱以鞿羈兮，謇朝誶而夕替。』同上

此諸以者，詞之而也。

『夫維聖哲以茂行兮，苟得用此下土。』《離騷》

王注：『獨有聖明之智，盛德之行，故得用事天下，而爲萬民之主。』

『索藑茅以筳篿兮，命靈氛爲余占之。』同上

王注：『乃取神草竹筳，結而折之，以卜去留。』

此二以者，詞之與也。

『衆女嫉余之蛾眉兮，謡諑謂余以善淫。』《離騷》

『鸞皇爲余先戒兮，雷師告余以未具。』同上

此二以字皆爲之借，以爲之省。

爰

『曾傷爰哀，永嘆喟兮。』《懷沙》

王注：『爰，於也。』案：爰即于之借。《爾雅·釋詁》曰：『爰，於也。』於與于同。

○右一例。句中以語詞足句。

也

『余固知謇謇之爲患兮，忍而不能舍也。指九天以爲正兮，夫唯靈脩之故也。』《離騷》

『忳鬱邑余侘傺兮，吾獨窮困乎此時也。寧溘死以流亡兮，余不忍爲此態也。』同上

『何昔日之芳草兮，今直爲此蕭艾也。豈其有他故兮，莫好脩之害也。』同上

此諸也字，皆複叠成文。也字用於句末，聲曼衍而意緒亦愈綿邈。

『廣遂前畫兮，未改此度也。』《九章·思美人》

『獨煢煢而南行兮，思彭咸之故也。』同上

此則單用也字以助句者。揚雄《甘泉賦》：『騰清霄而軼浮景兮，夫何旟旐郅偈之旖旎也。』也字亦單用。

哉

『夫黄鵠神龍猶如此兮，况賢者之逢亂世哉。』

此用哉字於句末，以表感嘆，與散文同。

○右一例。句末語詞助氣。

副詞冠句式

副詞例冠於全句之首，副詞下主詞或用或省，而省略者爲多。

『紛吾既有此内美兮，又重之以脩能。』《離騷》

此本言吾既紛然有此内美。已下類推。

『汩余若將不及兮，恐年歲之不吾與。』

『汝何博謇而好脩兮，紛獨有此姱節。』

『薋菉葹以盈室兮，判獨離而不服。』

『阽余身而危死兮，覽余初其猶未悔。』

『跪敷衽以陳辭兮，耿吾既得此中正。』

『溘吾游此春宮兮，折瓊枝以繼佩。』

『忽吾行此流沙兮，遵赤水而容與。』以上《離騷》

『哀吾生之無樂兮，幽獨處乎山中。』《九章・涉江》

『懷信侘傺，忽乎吾將行兮。』同上

『好姱佳麗兮，胖獨處此異域。』《抽思》

『眇遠志之所及兮，憐浮雲之相羊。』《悲回風》

『塊獨守此無澤兮，仰浮雲而永歎。』《九辯》

《反離騷》『超既離乎皇波』，句法準是。

副詞狀句式

『老冉冉其將至兮，恐脩名之不立。』

『佩繽紛其繁飾兮，芳菲菲其彌章。』

『欲少留此靈瑣兮，日忽忽其將暮。』

『皇剡剡其揚靈兮，告余以吉故。』

『芳菲菲其難虧兮，芬至今尤未沬。』

『路曼曼其脩遠兮，吾將上下而求索。』以上《離騷》

副詞單用等於重句式

當用重言，而省略一字，則七言縮爲六言矣。騷體本以六言爲正也。

『深林杳杳以冥冥兮，猨狖之所居。』《九章・涉江》

《九歌・山鬼》篇：『杳冥冥兮羌晝晦。』杳亦杳杳也。

『穆穆眇眇之無垠兮，莽莽芒芒之無儀。』《悲回風》

『藐藐蔓蔓之不可量兮，縹縹綿綿之不可紆。』同上

『紛紛容容之無經兮，罔罔芒芒之無紀。』同上

『軋軋洋洋之無從兮，馳委移之焉止。』同上

『漂漂翻翻其上下兮，翼翼遥遥其左右。』同上

『泛泛潏潏其前後兮，伴張弛之信期。』同上

疑問句式

不用邪、乎、哉、與等字收句，故凡有疑問之詞，率置句首。

何

『撫壯而棄穢兮，何不改乎此度。』

『何桀紂之猖披兮，夫唯捷徑以窘步。』

孰

『衆不可户説兮，孰云察余之中情。』

『曰兩美其必合兮，孰信脩而慕之。』

豈

『豈余身之憚殃兮，恐皇輿之敗績。』

『覽察草木其猶未得兮，豈珵美之能當。』以上《離騷》

焉

『懷朕情而不發兮，余焉能忍與此終古。』《離騷》

『質菲薄而無因兮，焉托乘而上浮。』《遠游》

安

『處滑滑之濁世兮，今安所達乎吾志。』《七諫・怨世》

『寧爲江海之泥塗兮，安能久見此濁世。』同上

誰

『誰可與玩此遺芳兮，晨向風而舒情。』《遠游》

『誰使正其真是兮，雖有八師而不可爲。』《七諫・怨世》

對偶句式兩句爲偶，例多不備舉

『名余曰正則兮，字余曰靈均。』

『帶長鋏之陸離兮，冠切雲之崔嵬。』切雲，謂冠高而可切雲也，非冠名。此則形式似偶，實質非偶。

『朝搴阰之木蘭兮，夕攬洲之宿莽。』

『朝飲木蘭之墜露兮，夕餐秋菊之落英。』

『製芰荷以爲衣兮，集芙蓉以爲裳。』

『飲余馬於咸池兮，總余轡於扶桑。』

『擣木蘭以矯蕙兮，鑿申椒以爲糧。』《九章·惜誦》

『糾思心以爲纕兮，編愁苦以爲膺。』《九章·悲回風》

『秋既先戒以白露兮，冬又申之以嚴霜。』《九辯》

《離騷》：『百神翳其備降兮，翳，蔽也。蔽，蔽日也。九嶷繽其並迎。』《九章·涉江》：

排疊句式隔行對舉，而亦成爲偶

『攬木根以結茝兮，貫薜荔之落蕊。矯菌桂以紉蕙兮，索胡繩之纚纚。』

『説操築於傅巖兮，武丁用而不疑。吕望之鼓刀兮，遭周文而得舉。甯戚之謳歌兮，齊桓聞以該輔。』以上《離騷》

『令薜荔而爲理兮，憚舉趾而緣木。因芙蓉而爲媒兮，憚褰裳而濡足。』《思美人》

『乘騏驥而馳騁兮，無轡銜而自載。乘汜泭以下流兮，無舟楫而自備。』《惜往日》

奇偶句式奇偶隨宜，思兼單複

『揚枹兮拊鼓，疏緩節兮安歌。陳竽瑟兮浩倡。此句踦立。靈偃蹇兮既留，芳菲菲兮滿堂。』《九歌·東皇太一》

『坎廩兮貧士失職而志不平，廓落兮羇旅而無友生。惆悵兮而私自憐。此句踦立。燕翩翩其辭歸兮，蟬寂漠而無聲。』《九辯》

長短句式本《離騷》體，中雜《九歌》句法

『余幼好此奇服兮，年既老而不衰。帶長鋏之陸離兮，冠切雲之崔嵬。被明月兮珮寶璐。世溷濁而莫余知兮，吾方高馳而不顧。駕青虬兮驂白螭，吾與重華游兮瑶之圃。登崑崙兮食玉英，與天地兮比壽，與日月兮齊光。哀南夷之莫吾知兮，旦余濟乎江湘。』《涉江》

『乘鄂渚而反顧兮，欸秋冬之緒風。步余馬兮山皋，邸余車兮方林。乘舲船余上沅兮，齊吴榜以擊汰。船容與而不進兮，淹回水而疑滯。』同上

『願銜枚而無言兮，嘗被君之渥洽。太公九十乃顯榮兮，誠未遇其匹合。謂騏驥兮安歸，謂鳳皇兮安栖？變古易俗兮世衰，今之相者兮舉肥。騏驥伏匿而不見兮，鳳皇高飛而不下。鳥獸猶知懷德兮，何云賢士之不處？』《九辯》

『高山崔巍兮，水流湯湯。死日將至兮，與麋鹿同坑。塊兮鞠，當道宿，舉世皆然兮，余將誰告？』《七諫·初放》

『赴江湘之湍流兮，順波湊而下降。徐徘徊於山阿兮，飄風來之洶洶。馳余車兮玄石，步余馬兮洞庭。平明發兮蒼梧，夕投宿兮石城。芙蓉蓋而菱華車兮，紫貝闕而玉堂。薜荔飾而陸離薦兮，魚鱗衣而白蜺裳。』《九嘆·逢紛》

乙、《九歌》《招隱士》《九懷》《九思》附

《九歌》本樂章體，《招隱士》擬之，《九懷》《九思》又擬之。雖句之字數儳互不齊，而大較以四言、六言爲體，中間兮字以稽留聲氣。《招隱士》少變其式，而以四、五、六、七言錯出，别成奇響。《九懷》《九思》則通體四言、六言耳。《九歌》織兮字於句中，兮字以上爲讀，自形式言之，句之字數，約略相等，而案之實質，則有錯綜成文者，有用詞省略者。蓋詩歌之體，本不可以尋常文律相繩也。

錯綜句式

『吉日兮辰良。』順言之當曰『良辰』。然《九歌》起句無不韻者，此倒文相叶也。

『璆鏘鳴兮琳琅。』順言之當曰『璆琳琅兮鏘鳴』。此亦倒文就韻也。

『靈偃蹇兮姣服。』順言之當曰『靈姣服兮偃蹇』，參王注。

省略句式

『靈連蜷兮既留。』王注『既留』云：『神則歡喜，必留而止。』

右省名[二]詞神字。
『華采衣兮若英。』王注：『衣五采華衣，飾以杜若之英。』
右省動詞飾字。
『斲冰兮積雪。』王注：『斲斫冰凍，紛然如積雪也。』
『翾飛兮翠曾。』王注：『曾，舉也。言巫舞工巧，身體翾然若飛，似翠鳥之舉也。』
右省連詞如字。
『穆將愉兮上皇。』『飆遠舉兮雲中。』『蹇誰留兮中洲。』
『采薜荔兮水中。』『搴芙蓉兮木末。』『夕弭節兮北渚。』
『捐余玦兮江中，遺余佩兮澧浦。』『将以遺兮下女。』
『悲莫悲兮生別離，樂莫樂兮新相知。』
右省介詞於字。
『葺之兮荷蓋。』『繚之兮杜衡。』
『合百草兮實庭。』『折芳馨兮遺所思。』
右省介詞以字。
『覽冀州兮有餘，横四海兮焉窮。』『美要眇兮宜脩。』『吹參差兮誰思。』『横大江兮揚靈。』『聊逍遥兮容與。』
右省連詞而字。
『心不同兮媒勞，恩不甚兮輕绝。』『交不忠兮怨長，期不信兮告予以不閒。』
右省連詞則字、乃字。
『奠桂酒兮椒漿。』『折疏麻兮瑶華。』
右省連詞與字。
『芳菲菲兮滿堂，五音紛兮繁會，君欣欣兮樂康。』

[二]『名』，原作『動』，據國立北平師範大學本改。

『爛昭昭兮未央。』『九嶷繽兮並迎。』

準以《離騷》句法，右省語詞其字。

『靈皇皇兮既降。』『極勞心兮忡忡。』『君不行兮夷猶。』『觀流水兮潺湲。』『聞佳人兮召予。』『紛總總兮九州，何壽夭兮在予。』

準以《離騷》句法，右省語詞之字。

『蓀橈兮蘭旌。』王注：『以蓀爲楫櫂，蘭爲旌旗。』『蓀壁兮紫壇。』王注：『以蓀草飾室壁，累紫貝爲室壇。』『桂棟兮蘭橑，辛夷楣兮葯房。』『孔蓋兮翠旍。』『魚鱗屋兮龍堂，紫貝闕兮朱宮。』

右舉諸句，兮字上下皆櫽栝成爲名詞，其中應有之詞，省略者多矣。

丙、《天問》

《天問》本以四言爲體，而亦間雜五、六、七、八言。其中問句之位置頗極錯綜，析之如左。

第一句問：『何聖人之一德，卒異其方？梅伯受醢，箕子佯狂。』

第二句問：『皇天集命，惟何戒之？受禮天下，又使至代之。』

第三句問：『帝降夷羿，革孽夏民。胡射夫河伯，而妻彼雒嬪？』

第四句問：『出自湯谷，次於蒙汜。自明及晦，所行幾里？』

第一第三兩句問：『夜光何德，死則又育？厥利維何，而顧菟在腹？』

第一第四兩句問：『何馮弓挾矢，殊能將之？既驚帝切激，何逢長之？』

第二第三兩句問：『白蜺嬰茀，胡爲此堂？安得夫良藥，不能固臧？』

第二第四兩句問：『遂古之初，誰傳道之？上下未形，何由考之？』

第三第四兩句問：『天式從横，陽離爰死。大鳥何鳴，夫焉喪厥體？』

第一第二第四三句問：『何闔而晦？何開而明？角宿未旦，曜靈安藏？』

第二第三第四三句問：『圜則九重，孰營度之？惟兹何功，孰初作之？』

四句全問：『何所冬暖？何所夏寒？焉有石林？何獸能言？』

丁、《招魂》附《大招》

《招魂》《大招》，去其末句語詞，大氐與後世七言歌行相同，又與《九章·橘頌》相類，惟句末語詞異耳。

《招魂》：『魂兮歸來，入脩門些。工祝招君，背行先些。秦篝齊縷，鄭綿絡些。招具該備，永嘯呼些。魂兮歸來，反故居些。天地四方，多賊奸些。』餘多類此。

《大招》：『五穀六仞，設菰粱只。鼎臑盈望，和致芳只。内鶬鴿鵠，味豺羹只。魂乎歸徠，恣所嘗只。鮮蠵甘鷄，和楚酪只。醢豚苦狗，膾苴蓴只。吴酸蒿蔞，不沾薄只。魂兮歸徠，恣所擇只。』餘多類此。

《橘頌》：『後皇嘉樹，橘徠服兮。受命不遷，生南國兮。深固難徙，更壹志兮。……曾枝剡棘，圓果摶兮。青黄雜糅，文章爛兮。精色内白，類可任兮。』餘同。

附　句之相襲

《楚辭》之句意，或一人而前後重見，或異家而彼此相襲。兹彙輯之。

異篇重見

『固時俗之工巧兮，偭規矩而改錯。背繩墨以追曲兮，競周容以爲度。』《離騷》

『固時俗之工巧兮，背繩墨而改錯。却騏驥而不乘兮，策駑駘而取路。』《九辯》

『何時俗之工巧兮，滅規渠而改鑿。獨耿介而不隨兮，願慕先聖之遺教。』《九辯》

『固時俗之工巧兮，滅規渠而改錯。却騏驥而不乘兮，策駑駘而取路。』《七諫·謬諫》

『采芳洲兮杜若，將以遺兮下女。時不可兮再得，聊逍遥兮容與。』《九歌·湘君》

『搴汀洲兮杜若，將以遺兮遠者。時不可兮驟得，聊逍遥兮容與。』《九歌·湘夫人》

『與前世而皆然兮，吾又何怨乎今之人。余將董道而不豫兮，固將重昏而終身。』《九章·涉江》

『甂甌登於明堂兮，周鼎潛乎深淵。自古而固然兮，吾又何怨乎今之人。』《七諫》之亂

『淩陽侯之氾濫兮，忽翺翔之焉薄。心絓結而不解兮，思蹇産而不釋。』《九章·哀郢》

『驟諫君而不聽兮，任重石之何益？心絓結而不解兮，思蹇産而不釋。』《九章・悲回風》

『何靈魂之信直兮，人之心不與吾心同。理弱而媒不通兮，尚不知余之從容。』《九章・抽思》

『重仁襲義兮，謹厚以爲豐。重華不可遻兮，孰知余之從容？』《九章・懷沙》

『靈皇其不寤知兮，焉陳詞而效忠。俗嫉妒而蔽賢兮，孰知余之從容？』《哀時命》

『菎蕗雜於黀蒸兮，機蓬矢以射革。負擔荷以丈尺兮，欲伸要而不可得。。』《哀時命》

『棄彭咸之娱樂兮，滅巧倕之繩墨。菎蕗雜於黀蒸兮，機蓬矢以射革。』《七諫・謬諫》

『陟升皇之赫戲兮，忽臨睨夫舊鄉。僕夫悲余馬懷兮，蜷局顧而不行。』《離騷》

『涉青雲以泛濫游兮，忽臨睨夫舊鄉。僕夫懷余心悲兮，邊馬顧而不行。』《遠游》

『當世豈無騏驥兮，誠莫之能善御。見執轡者非其人兮，故駒跳而遠去。』《九辯》

『當世豈無騏驥兮，誠無王良之善馭。見執轡者非其人兮，故駒跳而遠去。』《七諫・謬諫》

『堯舜之抗行兮，瞭冥冥而薄天。衆讒人之嫉妒兮，被以不慈之僞名。』《九章・哀郢》

『堯舜之抗行兮，瞭冥冥而薄天。何險巇之嫉妒兮？被以不慈之僞名。』《九辯》

『凌陽侯之泛濫兮，忽翺翔之焉薄。心絓結而不解兮，思蹇産而不釋。』《九章・哀郢》

『莽洋洋而無極兮，忽翺翔之焉薄？國有驥而不知乘兮，焉皇皇而更索？』《九辯》

『憎愠惀之脩美兮，好夫人之忼慨。衆踥蹀而日進兮，美超遠而逾邁。』《九章・哀郢》

『憎愠惀之脩美兮，好夫人之慷慨。衆踥蹀而日進兮，美超遠而逾邁。』《九辯》

『圜鑿而方枘兮，吾固知其鉏鋙而難入。衆鳥皆有所登栖兮，鳳獨遑遑而無所集。』《九辯》

『列子隱身而窮處兮，世莫可以寄托。衆鳥皆有行列兮，鳳獨翺翔而無所薄。』《七諫・謬諫》

『驥騑轡而下節兮，聊逍遥以相佯。歲忽忽而遒盡兮，恐余壽之弗將。』《九辯》

『廓落寂而無友兮，誰可與玩此遺芳？白日晼晚其將入兮，哀余壽之弗將。』《哀時命》

『願自往而徑游兮，路壅绝而不通。欲循道而平驅兮，又未知其所從。』《九辯》

『梟鴞並進而俱游兮，鳳皇飛而高翔。願壹往而徑逝兮，道壅绝而不通。』《七諫・怨思》

『哀吾生之無樂兮，幽獨處乎山中。吾不能變心而從俗兮，固將愁苦而終窮。』《九章・涉江》

『璋珪雜於甑窒兮，隴廉與孟娵同宮。舉世以爲恒俗兮，固將愁苦而終窮。』《哀時命》
『屯余車其千乘兮，齊玉軑而並馳。駕八龍之婉婉兮，載云旗之委蛇。』《離騷》
『屯余車之萬乘兮，紛容與而並馳。駕八龍之婉婉兮，載雲旗之逶蛇。』《遠游》
『心不怡之長久兮，憂與愁其相接。惟郢路之遼遠兮，江與夏之不可涉。』《九章·哀郢》
『望孟夏之短夜兮，何晦明之若歲？惟郢路之遼遠兮，魂一夕而九逝。』《九章·抽思》
『邅翼翼而無終兮，忳惛惛而愁約。生天地之若過兮，功不成而無效。』《九辯》
『懷瑶象而琬瓊兮，願陳列而無正。生天地之若過兮，忽爛漫而無成。』《哀時命》
『欲儃佪以干傺兮，恐重患而離尤。欲高飛而遠集兮，君罔謂汝何之？』《九章·惜誦》
『年既已過太半兮，然埳軻而留滯。欲高飛而遠集兮，恐離罔而滅敗。』《七諫·怨世》
『悲余心之悁悁兮，哀故邦之逢殃。辭九年而不復兮，獨煢煢而南行。』《九嘆·憂苦》
『悲余心之悁悁兮，目眇眇而遺泣。風騷屑以摇木兮，雲吸吸以湫戾。』《九嘆·思古》
『原銜枚而無言兮，嘗被君之渥洽。太公九十乃顯榮兮，誠未遇其匹合。』《九辯》
『欲闔口而無言兮，嘗被君之厚德。獨便悁而煩毒兮，愁鬱鬱之焉極？』《七諫·謬諫》
『聊竄端而匿迹兮，嘆寂默而無聲。獨便悁而煩毒兮，焉發憤而抒情。』《哀時命》
『外承歡之汋約兮，諶荏弱而難持。忠湛湛而願進兮，妒被離而障之。』《九章·哀郢》
『罔流涕以聊慮兮，惟著意而得之。紛純純之願忠兮，妒被離而障之。』《九辯》
『懷蘭茝之芬芳兮，妒被離而折之。張絳帷以襜襜兮，風邑邑而蔽之。』《九嘆·遠游》
『白日晼晚其將入兮，明月消鑠而減毁。歲忽忽而遒盡兮，老冉冉而愈弛。』《九辯》
『白日晼晼其將入兮，哀余壽之弗將。車既弊而馬罷兮，蹇邅佪而不能行。』《哀時命》
『朝發軔於天津兮，夕余至乎西極。鳳皇翼其承旂兮，高翱翔之翼翼。』《離騷》
『風伯爲余先驅兮，辟氛埃而清涼。鳳凰翼其承旂兮，遇蓐收乎西皇。』《遠游》
『吾令帝閽開關兮，倚閶闔而望予。時曖曖其將罷兮，結幽蘭以延佇。』《離騷》
『命天閽其開關兮，排閶闔而望予。召豐隆使先導兮，問太微之所居。』《遠游》

「聊徜徉以逍遥兮，永歷年而無成。誰可與玩斯遺芳兮，晨向風而舒情。」《遠游》

「廓抱景而獨倚兮，超永思乎故鄉。廓落寂而無友兮，誰可與玩此遺芳？」《哀時命》

「願承間而自察兮，心震悼而不敢。悲夷猶而冀進兮，心怛傷之憺憺。」《九章・抽思》

「聲哀哀而懷高丘兮，心愁愁而思舊邦。願承間而自恃兮，徑淫曀而道壅。」《九嘆・逢紛》

「湯禹嚴而祇敬兮，周論道而莫差。舉賢才而授能兮，脩繩墨而不頗。」《離騷》

「志怦怦而內直兮，履繩墨而不頗。執權衡而無私兮，稱輕重而不差。」《哀時命》

同篇兩見

「紛總總其離合兮，斑陸離其上下。」《離騷》

「紛總總其離合兮，忽緯繣其難遷。」同上

「世溷濁而不分兮，好蔽美而嫉妒。」《離騷》

「世溷濁而嫉賢兮，好蔽美而稱惡。」同上

「猨狖群嘯兮虎豹嗥，攀援桂枝兮聊淹留。」《招隱士》

「攀援桂枝兮聊淹留。虎豹鬬兮熊羆咆，禽獸駭兮亡其曹。」同上

「靈懷其不吾知兮，靈懷其不吾聞。」《九嘆・離世》

「靈懷曾不吾知兮，即聽夫讒人之諛辭。」同上

「憍吾以其美好兮，覽余以其脩姱。」《九章・思美人》

「憍吾以其美好兮，敖朕辭而不聽。」同上

「深固難徙，更壹志兮。」《九章・橘頌》

「深固難徙，廓其無求兮。」同上

「卒沈身而绝名兮，惜壅君之不昭。」《九章・惜往日》

「不畢辭而赴淵兮，惜壅君之不識。」同上

「蘭膏明燭，華容備些。」《招魂》

「蘭膏明燭，華鐙錯些。」同上
「豐肉微骨，調以娱只。」《大招》
「豐肉微骨，體便娟只。」同上

《三百篇》中後人承用前人之句，亦多有之，非獨《楚辭》然也。《詩》莫先於《商頌》，「約軝錯衡，八鸞鶬鶬」，《小雅・采芑》全用之；鶬作瑲，《大雅・梁山〔一〕》作「八鸞鏘鏘」，義同。「時靡有爭」，《大雅・江漢》用之；「則莫我敢曷」，《大雅・板》「則莫我敢葵」、《魯頌》「則莫我敢承」所自出也；《殷武》之末章，又《魯頌・閟宮》所防也。西周人承用者，《小明》用《四牡》「豈不懷歸」；《召南》《采芑》用《出車》「執訊獲醜」，用《卷阿》「亦集爰止」；《出車》曰「設此旐矣，建此旄矣」，《車攻》則曰「建旐設旄」；《召南》曰「壹發五豝」，《吉日》則曰「發彼小豝」；《采菽》用《菁莪》「汎汎楊舟」，用《庭燎》「言觀其旂」「鸞聲噦噦」；《桑柔》用《綿》「自西徂东」；《烝民》用《皇華》「每懷靡及」；《江漢》用《文王》「令聞不已」；《正月》用《破斧》「哀我人斯」；《十月之交》用《鴟鴞》「今此下民」；《雨無正》用《鴟鴞》「曰予未有室家」；《賓筵》用《車攻》「射夫既同」；《菀柳》用《卷阿》「亦傅於天」；《烝民》用《蕩》「天生烝民」，用《桑柔》「人亦有言」；《抑》用《嘉樂》「抑抑威儀」，用《周頌》「無競維人」「四方其訓之」；《桑柔》曰「民靡有黎」，《雲漢》仿之曰「周餘黎民，靡有孑遺」；《鴻雁》曰「維此哲人」「維彼愚人」，《抑》仿之曰「其維哲人」「其維愚人」；《棫樸》曰「倬彼雲漢，爲章於天」，《雲漢》仿之曰「倬彼雲漢，昭回於天」；《桑柔》曰「誰生厲階」，《瞻卬》仿之曰「維厲之階」；《雲漢》「鞫哉庶正，疚哉冢宰。趣馬師氏，膳夫左右」，《正月》亦用之而有「皇父卿士」一章也。至東周人承用前詩者，如《邶・谷風》「母逝我梁」四句全用《小弁》，「習習谷風，以陰以雨」用《小雅》「習習谷風，維陰及雨」；《齊風》「取妻如之何」用《伐柯》「取妻如何」；《唐風》《秦風》用《草蟲》《蓼蕭》諸詩之「既見君子」；《唐風》用《四牡》之「王事靡盬」，《黍離》之「悠悠蒼天」；《衛風》用《出車》「忧心悄悄」；《唐風》以《小雅・有杕之杜》爲篇；《唐》《鄭》皆以《扬之水》爲篇；此時代甚近。《東山》「亦可畏也，尹可懷也」，《將仲子》用之；《抑》「投我以桃，報之以李」，《木瓜》仿之；《斯干》「爰居爰處」，《擊鼓》用之；《抑》《小宛》「夙興夜寐」，《氓》詩用之；《大東》「糾糾葛屨，可以履霜」，《魏風》用之；《雨無正》《巷伯》「凡百君子」句，《雄雉》則曰「百爾君子」，《載馳》更減其文，直曰「百爾所思」矣；《秦風》多用宣王時詩，如「駃彼」「黃鳥」「如玉」「所謂伊人」是也；《魯頌》之「濟濟多士」「不吳不揚」「無災無害」「黍稷重穋」「無貳無虞」「上帝臨女」

〔一〕「梁山」疑誤，「八鸞鏘鏘」見於《大雅・烝民》《大雅・韓奕》。《韓奕》首句爲：「奕奕梁山。」或即《韓奕》之代稱。

『如岡如陵』『薄采其芹』『言觀其旂』『其旂茷茷』『鸞聲噦噦』等句，皆取《雅》《頌》之文，《閟宮》之卒章尤與《商頌・殷武》卒章相似。此皆三百篇文詞之相襲者。

五、《楚辭》之字例

甲、連語叠字

連語例 雙聲連語、叠韻連語

一 句中兩用 雙聲用圈、叠韻用點爲别

『曾歔欷余鬱邑兮，哀朕時之不當。』《離騷》
『忳鬱邑余侘傺兮，吾獨窮困乎此時也。』《離騷》
『折若木以拂日兮，聊逍遥以相羊。』《離騷》
『聊仿佯而逍遥兮，永歷年而無成。』《遠游》
『時晻曀其曭莽兮，召玄武而奔屬。』《遠游》
『横舟航而濟湘兮，耳聊啾而戃慌。』《九嘆・遠游》

四句叠用例

『凌陽侯之氾濫兮，忽翺翔之焉薄。心絓結而不解兮，思蹇産而不釋。』《九章・哀郢》
『憎愠惀之脩美兮，好夫人之忼慨。衆踥蹀而日進兮，美超遠而逾邁。』同上
『步徙倚而遥思兮，怊惝怳而永懷。意荒忽而流蕩兮，心愁悽而增悲。』《遠游》
『服偃蹇以低昂兮，驂連蜷以驕鶩。騎膠葛以雜亂兮，斑漫衍而方行。』同上

『桂樹叢生兮山之幽，偃蹇連蜷兮枝相繚。山氣巃嵸兮石嵯峨，谿谷嶄巖兮水增波。』《招隱士》

『嶔崟碕礒兮硱磳磈硊，樹輪相糾兮林木茷骫。青莎雜樹兮薠草靃靡，白鹿麏麚兮或騰或倚。』《招隱士》

『冠崔嵬而切雲兮，劍淋離而從橫。衣攝葉以儲與兮，左袪挂於榑桑。』《哀時命》

六句疊用例

『泬寥兮天高而氣清，寂寥兮收潦而水清。憯悽增欷兮薄寒之中人，愴怳懭悢兮去故而就新。坎廩兮貧士失職而志不平，廓落兮羇旅而無友生。惆悵兮而私自憐。』《九辯》

累句疊用例

『秋既先戒之以白露兮，冬又申之以嚴霜。收恢台之孟夏兮，然欿傺而沈藏。葉菸邑而無色兮，枝煩挐而交橫；顏淫溢而將罷兮，柯彷彿而萎黃；萷櫹槮之可哀兮，形銷鑠而瘀傷。惟其紛糅而將落兮，恨其失時而無當。』《九辯》

顛倒用例 對偶用連語者例多從略

『慌忽兮遠望，觀流水兮潺湲。』《九歌·湘夫人》

『船容與而不進兮，淹回水而凝滯。』《九章·涉江》

『覽方外之荒忽兮，沛罔象而自浮。』《遠游》

『溯高風以徘徊兮，覽周流於朔方。』《九嘆·遠游》

疊字例

一句兩用例

『采三秀兮於山間，石磊磊兮葛蔓蔓。』《九歌·山鬼》

『風颯颯兮木蕭蕭，思公子兮徒離憂。』《九歌·山鬼》

『登石巒以遠望兮，路眇眇之默默。』《九章·悲回風》

『駕青龍以馳騖兮，班衍衍之冥冥。』《七諫·自悲》
『服覺皓以殊俗兮，貌揭揭以巍巍。』《九嘆·遠游》
『髮披披以鬤鬤兮，躬劬勞而瘏悴。』《九嘆·思古》

二句三用例

『雷填填兮雨冥冥，猨啾啾兮狖夜鳴。』《九歌·山鬼》
『時咄咄兮旦旦，塵莫莫兮未晞。』《九思·疾世》

二句四用例

『狀貌崟崟兮峨峨，凄凄兮漇漇。』《招隱士》
『白露紛紛以塗塗兮，秋風瀏瀏以蕭蕭。』《九嘆·逢紛》

四句三用例

『波淫淫而周流兮，鴻溶溢而滔蕩。路曼曼其無端兮，周容容而無識。』《九嘆·遠逝》
『揚流波之潢潢兮，體溶溶而東回。心怊悵以永思兮，意晻晻而自頹。』《九嘆·逢紛》
『日暾暾其西舍兮，陽焱焱而復顧。聊假日以須臾兮，何騷騷而自故。』《九嘆·惜誓》
『進雄鳩之耿耿兮，讒紛紛而蔽之。默順風以偃仰兮，尚由由而進之。』《九嘆·惜賢》
『望高丘而嘆涕兮，悲吸吸而長懷。孰契契而委棟兮，日晻晻而下頹。』《九嘆·惜賢》
『悲余心之悁悁兮，目眇眇而遺泣。風騷屑以搖木兮，雲吸吸以湫戾。』《九嘆·思古》

四句四用例

『藐蔓蔓之不可量兮，縹綿綿之不可紆。愁悄悄之常悲兮，翩冥冥之不可娛。』《九章·悲回風》
『川谷兮淵淵，山㠐兮峉峉。叢林兮崟崟，株榛兮岳岳。』《九思·憫上》
『張絳帷以襜襜兮，風邑邑而蔽之。日暾暾其西舍兮，陽焱焱而復顧。』《九嘆·遠游》

八〔一〕句六用例

『紛容容之無經兮，罔芒芒之無紀。軋洋洋之無從兮，馳委移之焉止。漂翻翻其上下兮，翼遥遥其左右。泛潏潏其前後兮，伴張弛之信期。』《九章·悲回風》

十四句中疊用疊字

『乘精氣之摶摶兮，騖諸神之湛湛。驂白霓之習習兮，歷群靈之豐豐。左朱雀之茇茇兮，右蒼龍之躍躍。屬雷師之闐闐兮，通飛廉之衙衙。前輕輬之鏘鏘兮，後輜乘之從從。載雲旗之委蛇兮，扈屯騎之容容。計專專之不可化兮，願遂推而爲臧。』《九辯》

顛倒用例 對偶用疊字者例多從略

『陶陶孟夏兮，草木莽莽。』《九章·懷沙》
『魂眇眇而馳騁兮，心煩冤之忡忡。』《哀時命》
『觀中宇兮浩浩，紛翼翼兮上躋。』《九懷·陶壅》
『冥冥深林兮，樹木鬱鬱。』《九嘆·思古》

連語與疊字並用例

『高余冠之岌岌兮，長余佩之陸離。』
『佩繽紛其繁飾兮，芳菲菲其彌章。』
『揚雲霓之晻藹兮，鳴玉鸞之啾啾。』已上《離騷》
『靈衣兮披披，玉佩兮陸離。』《九歌·大司命》
『高山崔嵬兮，水流湯湯。』《七諫·初放》
『上葳蕤而防露兮，下泠泠而來風。』同上
『西施媞媞而不得見兮，嫫母勃屑而日侍。』《七諫·怨世》
『怱容容其安之兮，超慌忽其焉如。』《七諫·自悲》

〔一〕『八』，原作『六』，此例實爲八句，國立北平師範大學本亦作『八』，據改。

『心儻慌而不我與兮，躬速速而不吾親。』《九嘆・逢紛》
『心怊悵以永思兮，意晻晻而自頹。』同上

連語與疊字錯用例

『燕翩翩其辭歸兮，蟬寂漠而無聲。雁廱廱而南游兮，鵾鷄啁哳而悲鳴。』《九辯》
『年洋洋以日往兮，老嵺廓而無處。事亹亹而覬進兮，蹇淹留而躊躇。』《九辯》
『世沈淖而難論兮，俗岭峨而嵾嵯。清泠泠而殲滅兮，溷湛湛而日多。』《七諫・怨世》
『霧露濛濛其晨降兮，雲依斐而承宇。虹霓紛其朝霞兮，夕淫淫而淋雨。』《哀時命》
『志隱隱而鬱怫兮，愁獨哀而冤結。腸紛紜以繚轉兮，涕漸漸其若屑。』《九嘆・遠逝》
『何青雲之流瀾兮，微霜降之蒙蒙。徐風至而徘徊兮，疾風過之湯湯。』《七諫・自悲》

楚辭雙聲譜

影

鬱邑《離騷》於邑《悲回風》菸邑《九辯》於悒《九嘆・憂苦》紆鬱同上鬱陶《九辯》摇悦同上悒殟《九思・逢尤》
猶豫《離騷》容與同上夷猶《湘君》溶與《遠游》容裔《九懷・尊嘉》淫游《離騷》晻藹《離騷》晻翳《九思・遭厄》
霒曀《九辯》淫曀《九嘆・逢紛》陰曀《九嘆・惜賢》纁黄《思美人》黄昏《抽思》萎黄《九辯》萎約同上坱軋《招隱士》
喔咿《卜居》嗌喔《九思・憫上》窈悠《九思・怨上》渥洽《九辯》滃鬱《九懷・昭世》鬱渥《九嘆・惜賢》淫溢《九辯》溶溢《九嘆・遠逝》踊躍《悲回風》
琬琰《遠游》遠遥《大招》漫浽《九嘆・惜賢》威夷《陶壅》蕪穢《離騷》

曉

歔欷《離騷》緯繣同上赫戲同上險戲同上[二]倏忽《天問》荒忽《湘夫人》慌忽《招隱士》忽荒《九懷・蓄英》
譁讙《九思・疾世》嘘吸《九嘆・憂苦》藿蓴《九思・悼亂》

[二] 案：《離騷》無『險戲』，而見於《七諫・怨世》。

匣　榮華《離騷》眩曜同上炫燿《遠游》炫曜《九辯》沆瀣《遠游》玄黄《九思・守志》眩惑《怨上》皓旰《九嘆・遠逝》

見　耿介《離騷》鞿羈同上規矩同上規榘《九辯》改更《天問》絓結《哀郢》光景《惜往日》滑稽《卜居》膠加《九辯》

枯槁《遠游》鮚結《九思・逢尤》結縎《怨上》膠葛《遠游》轇轕《九嘆・遠游》詰詘《九思・遭厄》呴噑《九懷・蓄英》覺皓《九嘆・遠游》權概《惜誓》

溪　忼慨《哀郢》慷慨《九辯》蜷局《離騷》踡跼《九思・憫上》崎傾《九懷・昭世》丘墟同上困窮《九懷・匡機》空虛《九嘆・憂苦》埳軻《七諫・怨世》

菅蒯《九思・悼亂》

疑　岭峨《七諫・怨世》

端　追逐同上[一]周章《雲中君》惆悵《九辯》怊悵同上啁哳同上祇裯同上黕點同上顛倒《九思・遭厄》忉怛《九思・怨上》

透　突梯《卜居》踸踔《七諫・怨世》悇憛《七諫・謬諫》侘傺《離騷》馳騁同上踢達《九思・遭厄》怵惕《九辯》

定　沈滯《九辯》滌蕩《九嘆・逢紛》滔蕩《遠逝》躑躅《九思・憫上》躊躇《九辯》調度《悲回風》震蕩《九游》

泥　儒兒《卜居》囁嚅《七諫・怨世》荏弱《哀郢》

[一] 案：『追逐』見於《離騷》，此『同上』未知何指。

來

零落《離騷》陸離同上淋離《哀時命》綝纚《九懷・通路》琳琅《東皇太一》憭栗《九辯》潦洌《九思・哀歲》憭栗《招隱士》懰栗《九懷・昭世》

繚悷《九辯》繚戾《九嘆・逢紛》離婁《懷沙》流瀾《七諫・自悲》謰謱《九思・疾世》驢贏《九嘆・愍命》

精

清

咨嗟《天問》呰訾《卜居》擠摧《九懷・憫上》

從

逡次《思美人》愁悽《遠游》慘悽《九辯》憯惻同上悽愴同上參差《湘君》嵾嵯《七諫・怨世》遷蹇《九嘆・逢紛》柴蔟《九思・遭厄》

心

憔悴《漁父》遒盡《九辯》蝍蛆《九思・哀歲》叢攢同上

邦〔一〕

蟋蟀《九辯》蕭瑟同上橚椮同上騷屑《九嘆・思古》相胥《九懷・昭世》

斑駮《九嘆・憂苦》匍匐《九思・憫上》炳分《守志》辟摽《九懷・思忠》

滂

滂沛《九嘆・逢紛》紛敷《九思・守志》髣髴《悲回風》彷佛《九辯》芳芬《九懷・昭世》芬芳《九嘆・遠游》

並

便嬖《九嘆・愍命》

明

悶瞀《惜誦》晦明《抽思》蘼蕪《少司命》

〔一〕『端』以下，湖南大學本脱一葉，據國立北平師範大學本補。

楚辭疊韻譜

歌　委蛇《離騷》委移《悲回風》逶虵《九嘆·遠逝》旖旎《九辯》徙倚《遠游》離披《九辯》被離同上嵯峨《招隱士》碕礒同上
駕鵝《七諫》之亂蹉跎《九懷·株昭》沙劘同上徙弛《九嘆·思古》逶隨《九思·逢尤》骫靡《憫上》

曷末　墆翳《九嘆·遠逝》越裂《逢紛》

寒　嬋媛《離騷》偃蹇同上連蜷《雲中君》潺湲《湘君》蹇産《哀郢》煩冤《抽思》軒輚《遠游》攀援同上便娟同上
褊淺《九辯》晼晚同上閒安《招魂》漫衍《遠游》便悁《七諫·謬諫》扳援《哀時命》爛漫同上嬋連《九嘆·逢紛》
巑岏《憂苦》蔓衍《九思·怨上》緊綦《疾世》繾綣《憫上》〔二〕便旋《悼亂》晏衍《傷時》宛轉《九嘆·逢紛》
蜿蟤《九思·哀歲》蜿蟬《守志》

屑　勃屑《七諫·怨世》

先　瞵盼《九嘆·昭世》

灰　低佪《東君》崔嵬《涉江》嵗嵬《抽思》俳佪《遠游》磈硊《招隱士》崔巍《七諫·初放》徘徊《自悲》魁摧《哀時命》栖遲
魁堆《九嘆·遠逝》虺頹《九思·逢尤》漼澧《憫上》魁壘同上葳蕤《七諫·初放》依斐《哀時命》依違《九嘆·離世》栖遲《九思·怨上》〔三〕

〔二〕　案：《九思·憫上》無『繾綣』。《九思·疾世》『緊綦』，王逸《章句》：『一作繾綣。』疑『憫上』爲『同上』之訛。
〔三〕　案：《九思·怨上》無『栖遲』，而見於《九思·疾世》。

没

佛鬱《七諫・沈江》

痕魂

崑崙《離騷》愠惀《哀郢》紛縕《橘頌》菸藴《九懷・蓄英》繽紛《離騷》逡巡《九思・憫上》砏磤《九懷・危俊》紛紜《九嘆・遠逝》

齊

無

錫

薜荔《離騷》

青

經營《遠游》崢嶸同上仟眠《九懷・通路》冥昏《昭世》屏營《九思・逢尤》青冥《悼亂》瑩嫇《傷時》

模

鉏鋙《九辯》儲與《哀時命》扶輿《九懷・昭世》芙蕖《尊嘉》扶疏《傷時》

鐸

廓落《九辯》濩渃《九思・疾世》洛澤《憫上》

唐

相羊《離騷》相佯《九辯》彷徉《遠游》尚羊《惜誓》彷徉《招魂》倘佯《九嘆・思古》彷徨《九懷・匡機》仿偟《九嘆・思古》倬逴《九思・逢尤》

曭莽《遠游》儻慌《九嘆・逢紛》罔罔《九思・逢尤》惝怳《遠游》惝罔《哀時命》罔象同上〔一〕罔兩《七諫・謬諫》〔二〕蒼唐《九思・傷時》〔三〕汪洋《九

〔一〕案：《哀時命》無「罔象」，而見於《遠游》。
〔二〕案：《七諫・謬諫》無「罔兩」，而見於《七諫・哀命》。
〔三〕案：《九思・傷時》無「蒼唐」，而見於《九思・哀歲》。

懷・蓄英》

侹攘《九辯》枉攘《哀時命》愴怳《九辯》懭悢同上愴悢〔二〕《九懷・蓄英》潢洋《九辯》光晃《九思・怨上》悵惶《招魂》

梁昌《九思・疾世》佯狂《惜誓》敞罔《九思・守志》

侯

須臾《哀郢》愚陋《九辯》怐愗同上

屋

偓促《九嘆・憂苦》

東

動容《思美人〔三〕》從容《懷沙》寵嵸《招隱士》龍邛《九嘆・逢紛》蓬龍《遠逝》〔三〕洶涌《逢紛》澒溶《九嘆・遠游》雍容《九懷・昭世》倥傯《九嘆・思古》

豪

逍遥《離騷》窈窕《山鬼》要眇《湘夫人》驕驁《遠游》要裹《七諫》之亂佻巧《離騷》睄窕《九思・疾世》噭誂同上〔四〕

沃

汋約《哀郢》倏爍《九思・憫上》

冬

豐隆《離騷》

〔二〕「悢」，《九懷・蓄英》作「恨」，六臣注《文選》作「悢」。

〔三〕案：《九章・思美人》無「動容」，而見於《九章・抽思》。

〔三〕「《遠逝》」原作「同上」，據國立北平師範大學本改。

〔四〕案：《九思・疾世》無「噭誂」，而見於《九思・傷時》。

蕭

周流《離騷》浮游同上蕭條《遠游》蟉虬同上蚴虬《惜誓》聊啾《九嘆·遠逝》簫韶《憂苦》優游《惜往日》寂寥《九辯》皓膠《大招》壽考《思美人》

哈

曖曃《遠游》恢台《九辯》騏驥《離騷》

德

無

登

曾閎《九嘆·遠逝》

合

無

覃

顑頷《離騷》坎廩《九辯》坎壈《九嘆·怨思》泛淫《遠逝》[一]嶔岑《招隱士》黯黮《九辯》泛濫《哀郢》貪婪《離騷》欿憾《哀時命》

帖

踥蹀《哀郢》攝葉《哀時命》

添

嶃巖《招隱士》

[一] 案：《九嘆·遠逝》無『泛淫』，而見於《九嘆·遠游》。

楚辭叠字譜以聲類系次

影

曖曖《離騷》 翼翼同上 婉婉同上 淫淫《哀郢》 杳杳《悲回風》〔一〕 憂憂《抽思》 營營（同上） 悠悠《思美人》
郁郁同上 油油《九嘆・惜賢》 洋洋同上〔二〕 遥遥同上〔三〕 湫湫《大招》 靡靡《九辯》 嚯嚯《九思・怨上》 嚶嚶《悼亂》
容容《山鬼》 鬱鬱《抽思》 藹藹《九嘆・逢紛》 隱隱《遠逝》 哀哀《離世》 懿懿《怨思》 晻晻《逢紛》 由由《惜賢》 悁悁《憂苦》
邑邑《遠游》〔四〕 炎炎同上 衍衍《七諫・自悲》 闇闇《天問》 晏晏《九辯》 陽陽《九懷・尊嘉》 沄沄《哀歲》 延延同上
淵淵《憫上》 熒熒《哀歲》 怞怞《危後》 晏晏《九辯》 雄雄《大招》 依依《九思・傷時》 啞啞《守志》 陶陶《哀歲》 蟫蟫《悼亂》

曉

忽忽《離騷》 曶曶《悲回風》 惛惛《九辯》 滑滑《七諫・怨世》 欣欣《東皇太一》 赫赫《大招》 洶洶《悲回風》 軒軒《九思・悼亂》 吸吸《九嘆・惜賢》

匣

浩浩《懷沙》 皓皓《漁父》 顥顥《大招》 皇皇《雲中君》 遑遑《九辯》 潢潢《九嘆・逢紛》 檻檻《怨思》 混混《九思・傷時》 回回《九懷・蓄英》

見

謇謇《離騷》 蹇蹇《思美人》 杲杲《遠游》 耿耿同上 究究《九嘆・遠逝》 皎皎《東君》 潏潏《悲回風》 烱烱《哀時命》
慨慨《九嘆・遠逝》 鞏鞏《怨思》 介介《惜賢》 揭揭《遠游》 眷眷《離世》 睠睠《憂苦》 喈喈《九思・悼亂》 頍頍《哀歲》 淈淈《怨上》

溪

觥觥《思美人》 悃悃《卜居》 款款同上 躍躍《九辯》 磕磕《悲回風》 喟喟《九嘆・愍命》 侹侹《思古》 契契《惜賢》

〔一〕 案：《悲回風》無「杳杳」，而見於《九章・哀郢》《九章・懷沙》《九懷・陶壅》《九嘆・遠逝》《九嘆・思古》《九思・遭厄》。
〔二〕 案：《九嘆・惜賢》無「洋洋」，而見於《九章・哀郢》《九章・悲回風》《九辯》《大招》《九懷・匡機》。
〔三〕 案：《九嘆・惜賢》無「遥遥」，而見於《九章・悲回風》。
〔四〕 案：《遠游》無「邑邑」，而見於《九嘆・遠游》。

疑

昂昂《卜居》 狺狺《九辯》 衙衙同上 觺觺《招魂》 嶷嶷《九懷·陶壅》 凝凝《大招》 崟崟《招隱士》 峨峨《招魂》 岌岌《離騷》

端

諤諤《九辯》〔一〕 峉峉《九思·憫上》 岳岳同上 嶅嶅《怨上》 巍巍《九嘆·遠逝》〔二〕 嗷嗷《惜賢》 嶢嶢《九思·守志》

透

忡忡《雲中君》 昭昭《九辯》 逴逴同上 專專同上 卓卓《哀時命》 眐眐同上 怊怊《九思·守志》

定

申申《離騷》 愁愁《悲回風》 滔滔《河伯》 暾暾《九嘆·遠游》 蠢蠢《惜賢》 菝菝《愍命》 咄咄《九思·疾世》

泥

填填《山鬼》 澹澹《抽思》〔三〕 湛湛《哀郢》 摶摶《九辯》 媞媞《七諫·怨世》 湯湯《初放》 遲遲《九嘆·惜賢》 塗塗《逢紛》 忳忳《惜誦》

純純《九辯》 闐闐同上 憺憺《抽思》 襜襜《九嘆·逢紛》 幬幬《九懷·危後》 躪躪《悼亂》

來

冉冉《離騷》 嫋嫋《湘夫人》 鬤鬤《九嘆·思古》 穰穰《九思·哀歲》 讘讘《怨上》

轔轔《大司命》 鄰鄰《河伯》 磊磊《山鬼》 泠泠《哀時命》〔四〕 浪浪《離騷》 納納《九嘆·逢紛》 澧澧《離世》 蠡蠡《惜賢》

遼遼《憂苦》 漣漣同上 離離同上〔五〕 睩睩《九思·憫上》 戀戀《傷時》 瀏瀏《九辯》

〔一〕 案：《九辯》無「諤諤」，而見於《惜誓》。

〔二〕 案：《九嘆·遠逝》無「巍巍」，而見於《九嘆·遠游》。

〔三〕 案：《九嘆·抽思》無「澹澹」，而見於《九嘆·愍命》，據改。

〔四〕 案：「泠泠」，原訛做「冷冷」，據國立北平師範大學本改。《哀時命》無「泠泠」，而見於《七諫·初放》《七諫·怨世》。

〔五〕 案：《九嘆·憂苦》無「離離」，而見於《九嘆·思古》。

精　蓁蓁《招魂》總總《離騷》嗟嗟《悲回風》騷騷《九嘆・遠逝》

清　青青《少司命》淒淒《悲回風》戚戚同上悄悄同上察察《漁父》淺淺《湘君》鏘鏘《九辯》啾啾《山鬼》
萋萋《招隱士》愴愴《九懷・思忠》諓諓《九思・憫上》愁愁《九嘆・逢紛》

從　從從《九辯》嶕嶕《九思・哀歲》漸漸《九嘆・遠逝》

心　颯颯《山鬼》蕭蕭同上纚纚《離騷》漇漇《招隱士》速速《九嘆・逢紛》翔翔《七諫・謬諫》習習《九辯》

邦　坲坲《九嘆・遠逝》霏霏《涉江》菲菲《離騷》斐斐《九嘆・惜賢》茇茇《九辯》縹縹《九懷・危後》

滂　雰雰《悲回風》翻翻同上紛紛《九嘆・遠逝》怦怦《九辯》沛沛《九懷・尊嘉》泛泛《卜居》駓駓《招魂》翩翩《湘君》豐豐《九辯》

並　被被《大司命》披披《九嘆・遠逝》浮浮《抽思》瞀瞀《九思・守志》

明　眇眇《湘君》邈邈《離騷》莽莽《懷沙》昧昧同上芒芒《悲回風》默默同上綿綿同上穆穆同上[二]蒙蒙《九辯》
冥冥《東君》曼曼《悲回風》蔓蔓《山鬼》汶汶《漁父》亹亹《九辯》濛濛《哀時命》茫茫同上惘惘《悲回風》

[二] 案：《悲回風》無『穆穆』，而見於《遠游》《大招》《九思・守志》。

漫漫《九嘆・逢紛》壓壓《九懷・陶壅》莫莫《九思・疾世》脈脈《逢尤》徵徵《怨上》

錢大昕曰：『聲音在文字之先，而文字必假聲音以成。綜其要，無過叠韻、雙聲二端。而叠韻易曉，雙聲難知。「股肱」「叢脞」，虞廷之《賡歌》也；「次且」「劓刖」，文王之演《易》也。至《詩》三百篇興，而斯秘大啓。《卷耳》之次章，「崔嵬」「虺隤」兩叠韻；三章，「高岡」「玄黄」兩雙聲。《碩人》之次章，「巧笑」叠韻，「美目」雙聲。《大叔於田》之次章，上句「磬控」雙聲，下句「縱送」叠韻。《出其東門》之首章「綦巾」雙聲，次章[一]「茹藘」叠韻。《七月》之「觱發」「栗烈」雙聲兼叠韻，上下相對。《東山》之「伊威」「蠨蛸」「町疃」「熠燿」，四句連用雙聲。「佻兮達兮」「哆兮侈兮」「既敬既戒」「既霑既足」「如蜩如螗」「如蠻如髦」「不吴不敖」「不競不絿」「允文允武」「令聞令望」「宜岸宜獄」「式夷式已」「之綱之紀」「以引以翼」，隔字而成雙聲；「嘽嘽」「啍啍」「顒顒」「卬卬」，叠字而成雙聲；「與與」「翼翼」，隔句而成雙聲；「居居」「究究」，隔章而成雙聲；「死生契闊」「搔首踟蹰」，一句而兩[二]雙聲；「旅力方剛」「山川悠遠」，一句而一叠韻、一雙聲。其組織之工，雖七襄報章，無以過也；其音節之和，雖壎篪迭奏，莫能加也。其尤妙者，「角枕粲兮，錦衾爛兮」，不獨「粲」「爛」韻，而「枕」「衾」亦韻，「錦」「衾」叠韻，「角」「錦」又雙聲也。「不敢暴虎，不敢馮河」，「暴」「馮」「虎」「河」亦雙聲也。』《潛研堂問答》

王筠曰：『詩以長言詠嘆爲體[三]，故重言視他經爲多。』《毛詩重言》

顧炎武曰：『詩用叠字最難。《衛詩》「河水洋洋，北流活活，施罛濊濊，鱣鮪發發，葭菼揭揭，庶姜孽孽」，連用六叠字，可謂複而不厭，賾而不亂矣。』《日知録》二十一

詳此諸説，連語、叠字之起，本於天籟，而《三百篇》爲最多，所以被之管絃，依永成文者，亦半由此。《虞書》曰：『詩言志，歌永言，聲依永，律和聲。』《詩大序》曰：『情發乎[四]聲，聲成文謂之音。』鄭注：『聲，謂宫商角徵羽也；成文……（謂）宫商上下相應。』《楚辭》之作，嗣響風人，凡摹擬情事景物，一字不能盡者，則亦連語叠字以形容之，組織纏綿，與《三百篇》同工異曲。逮漢代司馬相如、揚雄作賦，益大暢斯旨。連語、叠字，累牘連篇，讀者聱牙，不歌而誦，自無嫌也。今宜知者，尚有二事。

[一]『次章』原脱，據《潛研堂文集・問答》補。
[二]『兩』，原作『成』，據《潛研堂文集・問答》改。
[三]『體』，原作『主』，據《毛詩重言》改。
[四]『乎』，《詩大序》作『於』。

一、連語叠字無定字

猶豫《離騷》　容與同上　夷猶《湘君》　溶與《遠游》　容裔《九懷・尊嘉》

二、連語叠字無定義

《離騷》：「望瑶臺之偃蹇。」王注：「偃蹇，高貌。」

又：「何瓊佩之偃蹇。」王注：「偃蹇，衆盛貌。」

《東皇太一》：「靈偃蹇兮姣服。」王注：「偃蹇，舞貌。」

大氐方俗古今之語音有轉，而文遂因之而變。古書中凡聲相近者多通用，而連語叠字尤多。即「委蛇」一語言之。《詩・羔羊》「委蛇」字，陸氏《釋文》作「委虵」，引《韓詩》作「逶迤」。漢《費鳳碑》「君有逶虵之節」，《逢盛碑》「當[一]遂遹迤[二]」，《劉熊碑》「卷舒委隨」，《唐扶頌》「在朝委隋[三]」，《衡方碑》「褘隋在公」，《後漢・儒林傳》「方[四]領、習矩步者，委它乎其中」，《任邳傳》贊「委佗還旅」，皆用《詩》義。《莊子・田子方》篇[五]「遺蛇其步」，《釋文》：「遺，本[六]作逶。」《漢書・東方朔傳》「遺蛇其步[七]」顔注：「遺蛇猶逶迤也。」《列子・黄帝篇》「吾與之虚而猗移」，《莊子・應帝王篇》作「委蛇」。《楚辭・遠游》「形蟉虬而逶蛇」，《九嘆》「遵曲江之逶移」，《易林・大壯之鼎》「長尾蜲[八]蛇」，郭璞《方言》「䗤[九]」字注云「言蜲䗤也」，義皆與《詩》近，凡十餘變。宋洪适《隸釋》[一〇]謂「委蛇」異文有十二，尚不足以盡之。此所謂連語無定字也。《列子》之「猗移」，狀容之隨順；《莊子釋文》：「委蛇，至順之貌。」《遠游》之

〔一〕「當」，原訛作「尚」，據洪适《隸釋》卷十《童子逢盛碑》、洪邁《容齋五筆》卷九改。

〔二〕「迤」，洪适《隸釋》卷十《童子逢盛碑》、洪邁《容齋五筆》卷九作「池」。

〔三〕「委隋」，洪适《隸釋》卷五《漢成陽令唐扶頌》作「逶隨」。

〔四〕《後漢書・儒林傳》前有「服」。

〔五〕「篇」，當作「注」。案：《莊子・田子方》無此文，郭象注：「槃辟其步，逶蛇其迹。」知出自注文，而有所改動。清胡承珙《毛詩後箋》卷二：「然諸書言「委蛇」者，如《莊子・田子方》篇「遺蛇其步」（《釋文》：「遺，本作逶。」）、《漢書・東方朔傳》「遺蛇其迹」（顔注：「遺蛇猶逶迤也。」）。」知駱氏所參或即此文，故因循致誤。

〔六〕《經典釋文》「本」後有「又」。

〔七〕「步」，當作「迹」，恐爲駱氏或刊刻者涉上而誤。

〔八〕「蜲」，當作「踒」。案：《易林・大壯之鼎》作「長尾踒蛇」，《師之咸》作「長尾委蛇」，《噬嗑之復》作「長尾蜲蛇」，此處既引《大壯之鼎》，則以作「踒蛇」爲是，下同。

〔九〕「䗤」，原訛作「蜲」，《方言》無「蜲」字，此注實在卷二「楚之外曰䗤」下，據改。

〔一〇〕案：洪邁《容齋五筆》卷九「委蛇字之變」條稱「此二字凡十二變」，洪适《隸釋》並無此語，駱氏誤。

『逶蛇』，狀物之盤曲；《九嘆》之『逶移』，狀路之紆遠；《易林》之『螇蛇』，狀形之修長；《方言》注之『螇嫞』，狀貌之美麗；而《廣雅》訓『委蛇』爲『窊邪』；《離騷》『載雲旗之委蛇』，又以爲旂之卷舒；張衡《西京賦》『聲清暢而逶[一]蛇』，又以爲音之詰詘。隨文立解，屢變所適，又所謂連語叠字無定義也。餘皆可以類推。

乙、語詞與《句法》篇互見

文之有語詞，或以足句，如語助。或以代意，如助詞、介詞、連詞等。凡變異常行之文法以就句中之字數者，皆足句類也。《詩經》爲四言體，若羼一三字句，嫌於失均，乃於句中横增一詞，以齊句律。如《绿衣》之『绿兮絲兮』，《無羊》之『衆維魚矣』，與『旐維旟矣』不同。旐、旟是兩物，衆魚是一事也。然衆與魚之間加一字，是明此維字爲足句之詞。《車攻》之『徒御不警，大庖不盈』，兮與維與不，皆足句之詞也。《離騷》六言，體有定範，則故亦巧織間語以成文。以後世樂府例之，《臨高臺》之『收中吾』，《有所思》之『妃呼狶』，類有聲而無辭，漢樂府又有羊吾夷伊何那，皆其類。何莫非《詩》《騷》間語之變相乎？今分三例述之。

語助詞例

句首語助

惟

『惟庚寅吾以降。』《離騷》

夫唯

『夫唯捷徑以窘步。』同上

夫

『夫何煢獨而不予聽。』

[一] 『逶』，《文選·西京賦》作『螇』。

伊　「伊伯庸之末胄兮。」《九嘆·逢紛》

羌　「羌靈魂之欲歸兮，何須臾而忘返。」《哀郢》

蓋　「蓋見兹以永嘆兮。」《九嘆·思古》

句中語助

于　「攝提貞于孟陬兮。」

其　「日月忽其不淹兮。」

之　「恐年歲之不吾與。」

羌　「杳冥冥兮羌晝晦。」《山鬼》

爰　「曾傷爰哀，永嘆喟兮。」《懷沙》

焉　「馳椒丘且焉止息。」《離騷》

夫 『又好射夫封狐。』《離騷》

乎 『憑不厭乎求索。』同上

《說文》：『乎，語之餘也』

助詞例

兮 《說文》：『兮，語所稽也。』語所稽，謂聲氣於此暫住，非必意已。《離騷》上句之末，例用兮字，所以暫稽聲氣，非謂文義於此已完具也。《九歌》用兮字於句中者，亦以暫作稽留，然後引聲而下也。

也 《玉篇》：『也，所以窮上成文也。』案：也亦兮之借。《楚辭》也字，多上下二句疊用成文。

些 《廣雅·釋詁》：『些，詞也。』案：些即呰字之訛，呰又爲嗟之聲變。《招魂》哀詞，故以助句。

只 《說文》：『只，語已詞也。』《大招》句末用之。

乎 《禮記·檀弓》正義曰：『乎者，疑詞。』《卜居》用之。

哉 《說文》：『哉，言之間也。』引申以表疑問、如《惜誓》。感嘆。如《九辯》：『悲哉秋之爲氣也。』

連詞、介詞例

余

『離芳藹之方壯兮，余萎約而悲愁。』《九辯》

『忳鬱邑余侘傺兮。』《離騷》

《説文》：『余，語之舒也。』《楚辭》之余，或用爲轉捩連詞，則與然、乃同。如第一例。或用爲承遞連詞，則與而同。如第二例。凡余字用句中者，皆承遞連詞。

羌

『余以蘭爲可恃兮，羌無實而容長。』《離騷》

王注：『羌，然〔二〕詞也。』《惜誦》篇注。《廣雅・釋言》：『羌，乃也。』《説文》：『乃，曳詞之難也。』此用爲轉捩連詞。

蹇

『時亹亹而過中兮，蹇淹留而無成。』《九辯》

蹇猶羌也，亦轉捩連詞。

然

『曰鮌婞直以亡身兮，終然夭乎羽之野。』《離騷》

『君思我兮然疑作。』《山鬼》

然，正作嘫。《説文》：『嘫，語聲也。』此所用與乃同，即乃之借也，亦轉捩連詞。

焉

『國有驥而不知乘兮，焉皇皇而更索。』《九辯》

〔二〕『然』原脱，據《惜誦》、國立北平師範大學本補。

安

『卒不得效其心容兮，安眇眇而無所歸薄。』《七諫·怨世》

焉與安皆詞之乃也，亦轉捩連詞。

以

『肇錫余以嘉名。』《離騷》

『乘騏驥以馳騁兮。』同上

『夫維聖哲以茂行兮。』同上

《說文》：『㠯，用也。』本介詞。如第一例。或用爲詞之而也，則爲承遞連詞。如第二例。或用爲詞之與也，則爲等立連詞。如第三例。

故

『故相臣莫若君兮，所以證之不遠。』《惜誦》

『見執轡者非其人兮，故駒跳而遠去。』《九辯》

《說文》：『故，使爲之也。』引申爲申事之詞。故爲推其所由，故又有本然之誼。字亦作固。

固

『固衆芳之所在。』『固前聖之所厚。』《離騷》

『固切人之不媚兮。』《抽思》

寧

『寧溘死以流亡兮，余不忍爲此態也。』《離騷》

寧、將

『吾寧悃悃款款，樸以忠乎，將送往勞來，斯無窮乎？』《卜居》

《說文》：『寧，願詞也。』此用爲兩商之辭。

雖

『雖不周於今之人兮，願依彭咸之遺則。』《離騷》。此以雖起，不以然應，詞從省耳。言己所爲，雖不周於今人，然固願依彭咸之遺則也。雖者，豙之借。《説文》：『豙，从意也。』凡言雖然者，猶言從其如此耳。《左傳》言『從其有皮』，亦謂雖有其皮耳。雖爲推拓連詞。

『雖信美而無禮兮。』《離騷》。以雖起，以而轉，皆在句中。

聊

『聊須臾以相羊。』『聊浮游以逍遥。』『聊浮游而求女。』『聊假日以媮樂。』《離騷》

《説文》：『憀，一曰且也。』又曰：『事有不善言憀。』此皆聊之本字，《楚辭》用爲虚擬連詞。

又

『苟中情其好脩兮，又何必用夫行媒。』《離騷》

『覽椒蘭其若茲兮，又况揭車與江離。』同上

又者，《詩》《王風·葛藟》。疏以爲『亞前之詞』。即等立連詞。《楚辭》或單言又，或以既、又開闔爲對文。字亦作或。

既、又

『紛吾既有此内美兮，又重之以脩能。』

『既替余以蕙纕兮，又申之以攬茝。』《離騷》

或

『或忠信而死節兮，或訑謾而不疑。』《惜往日》

『或偷合而苟進兮，或隱居而深藏。』《惜誓》

丙、餘聲之詞

餘聲詞，或曰亂，或曰重，或曰少歌，或曰倡，或曰嘆。大抵長言詠嘆之意。

亂五　《離騷》《九章·涉江》《哀郢》《抽思》《懷沙》《招魂》《七諫》《九懷》《九思》

王注曰：『亂（者），理也，所以發理詞指，總撮其要也。』洪《補注》曰：『（所以）總理一賦之終（也）。』案：《國語·魯語》下閔馬父曰：『昔正考父校商之名頌十二篇於周太師，以《那》爲首。其輯之亂曰：「自古在昔，先民有作。温恭朝夕，執事有恪〔一〕。」』韋昭注：『輯，成也。凡作篇章，篇義既成，撮其大要爲亂辭。詩者歌也，所以節儛者也。如今三〔二〕節儛矣，曲終乃更變章亂節，故謂之亂也。』桂氏馥更引申其説曰：『騷賦篇末皆有亂辭。亂者，猶《關雎》之亂。《樂記》：「武亂皆坐，周、召之治也。」鄭注：「亂謂失行列也。」《記》又云：「行其綴兆，要其節奏，行列得正焉，進退得齊焉。」馥謂：亂則行列不必正，進退不必齊。案：騷賦之末，煩音促節，其句調韻脚，與前文各異，亦失行列〔三〕之意。』《札樸》六。又蔣驥曰：『亂者，蓋樂之將終，衆音畢合，而詩歌亦與相赴。繁音促節，交錯紛亂，故有是名耳。孔子曰：「洋洋盈耳。」大旨可見。』又曰：『屈、宋賦亂詞凡六見，惟《懷沙》總申前意，小具一篇結構，可以總理言。《騷經》《招魂》則引歸本旨，《涉江》《哀郢》則長言詠嘆，《抽思》則分段叙事，未可一概論也。』《楚辭餘論》。

重一　《遠游》

王注曰：重者，『憤懣未盡，復陳辭也。』洪《補注》略同。

少歌與倡一　《九章·抽思》

王注曰：少歌者，『小唫謳謡，以樂志也。』倡者，『起倡發聲，造新曲也。』洪《補注》曰：『此章有少歌，有倡，有亂。少歌之不足，則又發其意而爲倡，獨倡而無與和也，則總理一賦之終，以爲亂辭云爾。』

嘆九　《九嘆·逢紛》《離世》《怨思》《遠逝》《惜賢》《憂苦》《愍命》《思古》《遠游》

丁、上下詞同義異

《離騷》：『思九州之博大兮，豈惟是有其女。』女以臣喻。『曰勉遠逝而無狐疑兮，孰求美而釋女。』此女猶爾也。

《雲中君》：『靈連蜷兮既留。』靈，巫也。『靈皇皇兮既降。』此靈謂雲神。

《少司命》：『滿堂兮美人。』美人，斥萬民。『望美人兮未來。』此美人以目司命。

〔一〕『恪』，原作『格』，據《國語》改。

〔二〕『三』，原訛作『二』，據《國語》韋昭注改。

〔三〕《札樸》後有『進退』。

此例《詩經》最多。《蕩》篇『蕩蕩上帝』，以托厲王；下文『天生烝民』，又斥皇天。《殷其雷》：『何斯違斯。』上斯，君子；下斯言地。

戊、上下義同詞異

《湘夫人》：『帝子降兮北渚。』『與佳期兮夕張。』『思公子兮未敢言。』『聞佳人兮召予。』

案：曰帝子、曰佳、曰公子、曰佳人，四者皆目湘夫人。

《詩·商頌·玄鳥》：『古帝命武湯。』『方命厥后。』『商之先后。』『武王靡不勝。』武湯、后、先后、武王，四名同義，皆指湯也。

六、《楚辭》之韻式

《漢書》言九江被公能爲楚詞，召見誦讀。見《王褒傳》。《七略》亦稱：『孝宣帝詔徵被公，見誦楚詞。被公年衰母老，每一誦，輒與粥。』《隋志》録《楚辭音》五家，又云：『隋有釋道騫者善讀之，能爲楚聲，音韻清切。至唐[二]傳《楚辭》者，皆祖騫公之音。』爾則《楚辭》之重楚音，由來舊矣。五家之書既佚，清世理古音者取材《詩經》，旁及《楚辭》，於是《楚辭》之韻讀可得而明。雖音以漸變，未能盡合古處，而彦合『訛韻實繁』之論，《文心·聲律》篇：『《楚辭》詞楚，故訛韻實繁。』有以悉其言之誣也。今仿孔氏《詩聲類》之作，分大例八，例有細目。亦將攝其辜較，極之旁通。若夫不歌而誦，以聲爲節，《勞商》遺響，《大招》：『楚《勞商》只。』《激楚》餘音，千載下只可求之方語，非文字所能索也。

甲、句首韻例

『望涔陽兮極浦，橫大江兮揚靈。』《湘君》

『余處幽篁兮終不見天，路險難兮獨後來。』《山鬼》

『遂古之初，誰傳道之。』《天問》

[二]『唐』，《隋書·經籍志》作『今』。

『故相臣莫若君兮，所以證之不遠。』《惜誦》

『余將董道而不豫兮，固將愁苦而終窮。』《涉江》

『蕭瑟兮草木搖落而變衰，憭栗兮若在遠行，登山臨水送將歸。』《九辯》

右連句例。

『爲余駕飛龍兮，雜瑤象以爲車。何離心之可同兮，吾將遠逝以自疏。』《離騷》

『衆駭懼以離心兮，又何以爲此伴也。同極而異路兮，又何以爲此援也。』《惜誦》

『思君其莫我忠兮，忽忘身之賤貧。事君而不貳兮，迷不知寵之門。』同上

右間句例。

乙、句中韻例

『浴蘭湯兮沐芳。』《雲中君》

『蹇誰留兮中洲。』《湘君》

『折疏麻兮瑤華。』《大司命》

右單句例。

『疏緩節兮安歌，陳竽瑟兮浩倡。』《東皇太一》

『五音紛兮繁會，君欣欣兮樂康。』同上

『沅有芷兮澧有蘭，思公子兮未敢言。』《湘夫人》

『君廻翔兮以下，踰空桑兮從女。』

『憍吾以其美好兮，覽余以其脩姱。與余言而不信兮，蓋爲余而造怒。』《抽思》

『登高吾不悦兮，入下吾不能。固朕形之不服兮，然容與而狐疑。』《思美人》

『蕭瑟兮草木搖落而變衰，憭栗兮若在遠行，登山臨水兮送將歸。』《九辯》

『泬寥兮天高而氣清，寂寥兮收潦而水清。』同上

右連句例。

『遂古之初，誰傳道之。上下未形，何由考之。』《天問》

『九州安錯，川谷何洿。東流不溢，孰知其故。』同上

右間句例。

丙、句末韻例

『望夫君兮未來，吹參差兮誰思。』《湘君》

『律應兮合節，靈之來兮蔽日。』《東君》

『登崑崙兮四望，心飛揚兮浩蕩。』《河伯》

『若有人兮山之阿，被薜荔兮帶女蘿。』《山鬼》

『既含睇兮又宜笑，子慕予兮善窈窕。』同上

『桂樹叢生兮山之幽，偃蹇連蜷兮枝相繚。』《招隱士》

『山氣巃嵸兮石嵯峨，谿谷嶄巖兮水曾波。』同上

『專思君兮不可化，君不知兮可奈何。』《九辯》

右兩句連韻。

『山中人兮芳杜若，飲石泉兮蔭松柏。君思我兮然疑作。』《山鬼》

『湛湛江水兮上有楓，目極千里兮傷春心，魂兮歸來哀江南。』《招魂》

右三句連韻。

『霾兩輪兮縶四馬，援玉枹兮擊鳴鼓。天時懟兮威靈怒，嚴殺盡兮棄原野。』《國殤》

『悲憂窮戚兮獨處廓，有美一人兮心不繹。去鄉離家兮來遠客，超逍遥兮今焉薄。』《九辯》

右四句連韻。

『皇門開兮照下土，株穢除兮蘭芷睹。四佞放兮後得禹，聖舜攝兮昭堯緒。孰能若兮願爲輔。』

右五句連韻。

『倚結軨兮長太息，涕潺湲兮涙霑軾。忼慨绝兮不得，中瞀亂兮迷惑。思自憐兮何極？心怦怦兮諒直。』《九辯》

右六句連韻。

『揚靈兮未極，女嬋媛兮爲余太息。横流涕兮潺湲，隱思君兮陫側。』《湘君》

『秋蘭兮青青，緑葉兮紫莖。滿堂兮美人，忽獨與余兮目成。』《少司命》

右四句三韻。

『成禮兮會鼓，傳芭兮代舞。姱女倡兮容與，春蘭兮秋菊，長無绝兮終古。』

『攀援桂枝兮聊淹留。虎豹鬬兮熊羆咆，禽獸駭兮亡其曹。王孫兮歸來，山中兮不可以久留。』《招隱士》

右五句四韻。

捐余袂兮江中，遺余褋兮澧浦。搴汀洲兮杜若，將以遺兮下女。時不可兮驟得，聊逍遥兮容與。』《湘夫人》〔一〕

『表獨立兮山之上，雲容容兮而在下。杳冥冥兮羌晝晦，東風飄兮神靈雨。留靈脩兮憺忘歸，歲既晏兮孰華予。』《山鬼》

右六句三韻。

『靈皇皇兮既降，猋遠舉兮雲中。覽冀州兮有餘，横四海兮焉窮。思夫君兮太息，極勞心兮忡忡。』《雲中君》

『秋蘭兮蘪蕪，羅生兮堂下。緑葉兮素枝，芳菲菲兮襲予。夫人兮自有美子，蓀何以兮愁苦。』《少司命》

『君不行兮夷猶，蹇誰留兮中洲。美要眇兮宜脩，沛吾乘兮桂舟。令沅湘兮無波，使江水兮安流。』《湘君》

右六句四韻。

『緪瑟兮交鼓，簫鐘兮瑶簴。鳴篪兮吹竽，思靈保兮賢姱。翾飛兮翠曾，展詩兮會舞。』《東君》

右六句五韻。

『乘白黿兮逐文魚，與女游兮河之渚。流澌紛兮將來下。子交手兮東行，送美人兮南浦。波滔滔兮來迎，魚鄰鄰兮媵予。』《河伯》

右七句五韻。

『浴蘭湯兮沐芳，華采衣兮若英。靈連蜷兮既留，爛昭昭兮未央。蹇將憺兮壽宫，與日月兮齊光。龍駕兮帝服，聊翱游兮周章。』《雲中君》

右八句五韻。以上連句例。

〔一〕『下女』，《湘夫人》作『遠者』，亦合韻。

『帝高陽之苗裔兮，朕皇考曰伯庸。攝提貞於孟陬兮，惟庚寅吾以降。』《離騷》

『天何所沓，十二焉分。日月安屬，列星安陳。』《天問》

右二四相協。間句相協者，以此例爲最普遍，略舉之，以備一格。

『雄虺九首，儵忽焉在。何所不老，長人何守。』《天問》

右一三四相協。

『出自湯谷，次於蒙汜。自明及晦，其行幾里。』《天問》

『東西南北，其脩孰多。南北順墮，其衍幾何。』同上

『何靈魂之信直兮，人之心不與吾心同。理弱而媒不通兮，尚不知余之從容。』《抽思》

右二三四相協。

『和調度以自娛兮，聊浮游而求女。及余飾之方壯兮，周流觀乎上下。』《離騷》

『鮌何所營，禹何所成。康回憑怒，地何故以東南傾。』《天問》

『吾聞作忠以造怨兮，忽謂之過言。九折臂而成醫兮，吾今乃知其信然[一]。』《惜誦》

『横舟航而濟湘兮，耳聊啾而戃慌。波淫淫而周流兮，鴻溶溢而滔蕩。』《九嘆・遠逝》

右一二四相協。以上間句例。

丁、隔韻例

『長太息以掩涕隔韻兮，哀生民之多艱。余雖脩姱以鞿羈與涕韻兮，謇朝誶而夕替。』《離騷》

『心猶豫而狐疑隔韻兮，欲自適而不可。鳳皇既受詒與疑韻兮，恐高辛之先我。』同上

『圜則九重隔韻，孰營度之？惟兹何功與重韻，孰初作之？』《天問》

『登立爲帝隔韻，孰道尚之？女媧有體與帝韻，孰制匠之？』同上

『簡狄在臺隔韻，嚳何宜？玄鳥致詒與臺韻，女何嘉？』同上

[一] 『吾今乃知其信然』，《九章・惜誦》作『吾至今而知其信然』，一作『吾至今而知其然』，一作『吾今而知其然』。

『干協時舞隔韻，何以懷之？平脅曼膚與舞韻，何以肥之？』同上

『驚女采薇隔韻，鹿何佑？北至回水與薇韻，萃何喜？』同上

『發郢都而去閭隔韻兮，怊荒忽其焉極？楫齊揚以容與與閭韻兮，哀見君而不再得。』《哀郢》

『曾不知路之曲直隔韻兮，南指月與列星。願徑逝而未得與直韻兮，魂識路之營營。』《抽思》

『糾思心以爲纕隔韻兮，編愁苦以爲膺。折若木以蔽光與纕韻兮，隨飄風之所仍。』《悲回風》

『鸞皇孔鳳，日以遠隔韻兮，畜梟駕鵝。鷄鶩滿堂壇與遠韻兮，鼃黽游乎華池。』《七諫》之亂

『道可受兮不可傳隔韻，其小無内兮其大無垠。無滑而魂兮彼將自然與傳韻，壹气孔神兮於中夜存。』與垠韻。○《遠游》

戊、交錯韻例

『揄揚滌蕩，漂流隕往與蕩韻，觸崟石兮。龍卬脟圈，繚戾宛轉與圈韻，阻相薄與石韻兮。』《九嘆·逢紛》之亂

『譬彼蛟龍，乘雲浮兮。泛淫澒溶與龍韻，紛若霧與浮韻兮。潺湲轇轕，雷動電發與轕韻，馺高舉與羽、雨韻兮。升虚凌冥，沛濁浮清與冥韻，入帝宫兮。摇翹奮羽，馳風騁雨與羽韻，游無窮與宫韻兮。』《九嘆·遠游》之亂

己、助詞韻例

『鸞鳥鳳皇，日以遠兮。燕雀烏鵲，巢堂壇兮。遠、壇爲韻。露申辛夷，死林薄兮。腥臊並御，芳不得薄兮。薄、薄爲韻。陰陽易位，時不當兮。懷信侘傺，忽乎吾將行兮。』當、行爲韻。○《涉江》之亂

『滄浪之水清兮，可以濯我纓；清、纓爲韻。滄浪之水濁兮，可以濯我足。』濁、足爲韻。○《漁父》

右兮字韻例。古詩歌以助詞收句者，用韻俱在助詞上一字，其助詞則餘聲耳。自《虞書》『元首明哉』『哉』字，《左傳》『我有圃生之杞乎』『乎』字，《國策》『松耶柏耶』『耶』字皆然。而《三百篇》尤以此爲定式，凡兮、也、之、只、矣、而、哉[二]、止、思、焉、我、斯、且、忌[三]、猗之類，皆不入韻。

『魂兮歸來，去君之恒幹，何爲四方些。舍君之樂處，而離彼不祥些。』方、祥爲韻。○《招魂》

[二]『哉』，原作『告』，據國立北平師範大學本改。

[三]『忌』，原作『怠』，據國立北平師範大學本改。

右此字韻例。凡以些字收句者，其用韻俱在些字上。

『青春受謝，白日昭只。春氣奮發，萬物遽只。冥凌浹行，魂無逃只。魂魄歸徠，無遠遥只。』蕭、模合韻。〇《大招》

右只字韻例。凡以只字收句者，其用韻俱在只字上。

『余固知謇謇之爲患兮，忍而不能舍也。指九天以爲正兮，夫唯靈脩之故也。』舍、故爲韻。〇《離騷》

右也字韻例。凡以也字收句者，其用韻俱在也字上。

『冥昭瞢闇，誰能極之？馮翼惟像，何以識之？』極、識爲韻。〇以上《天問》

『遂古之初，誰傳道之？上下未形，何由考之？』道、考爲韻。

右之字韻例一。此以之字收句而韻在之字上者。《天問》用之字皆然。

『何瓊佩之偃蹇兮，衆薆然而蔽之。惟此黨人之不諒兮，恐嫉妒而折之。』蔽、折爲韻。〇《離騷》

『始結言於廟堂兮，信中塗而叛之。懷蘭蕙與衡芷兮，行中野而散之。』叛、散爲韻。〇《九嘆・逢紛》

『索藑茅以筳篿兮，命靈氛爲余占之。曰兩美其必合兮，孰信脩而慕之？』二之字爲韻。〇《離騷》

『甯戚謳於車下兮，桓公聞而知之。無伯樂之善相兮，今誰使乎譽之？罔流涕以聊慮兮，惟著意而得之。紛純純之願忠兮，妒被離而彰之。』四之字爲韻。〇《九辯》

『願皓日之顯行兮，雲蒙蒙而蔽之。竊不自聊而願忠兮，或黕點而污之。』同上

『伯牙之绝弦兮，無鍾子期而聽之。和抱璞而泣血兮，安得良工而剖之？』二之字爲韻。〇《七諫・謬諫》

『進雄鳩之耿耿兮，讒介介而蔽之。默順風以偃仰兮，尚由由而進之。』二之字爲韻。〇《九嘆・惜賢》

右之字韻例二。此以之字入韻者。《毛詩・棫樸篇》：『芃芃棫樸，薪之槱之。濟濟辟王，左右趣之。』正以兩之字爲韻，《楚辭》之先例也。

『外承歡之汋約兮，諶荏弱而難持。忠湛湛而願進兮，妒披離而障之。』持、之爲韻。〇《哀郢》

『竭忠誠以事君兮，反離群而贅肬。忘儇媚以背衆兮，待明君其知之。』肬、之爲韻。〇《惜誦》

『勒騏驥而更駕兮，造父爲我操之。遷逡次而勿驅兮，聊假日以須旹。』之、旹爲韻。〇《思美人》

『湯出重泉，夫何辠尤？不勝心伐帝，夫誰使挑之？會鼂争盟，何踐吾期？蒼鳥群飛，孰使萃之？』尤、之、期、之爲韻。〇《天問》

右之字韻例三。此單用之字而入韻者。《三百篇》如『其君也哉』『誰昔然矣』『人之爲言，胡得焉』，皆以助詞單用而入韻，正其先例也。

『黄鵠後時而寄處兮，鴟梟群而制之。神龍失水而陸居兮，爲螻蟻之所裁。夫黄鵠神龍猶如此兮，况賢者之逢亂世哉。』之、裁、哉爲

韻。○《惜誓》

右哉字韻例。此以哉字入韻。《詩·北門》：「天實爲之，謂之何哉。」爲與何爲韻，之與哉亦爲韻也。

「鴟龜曳銜，鮌何聽焉？順欲成功，帝何刑焉？」聽、刑爲韻。

「四方之門，其誰從焉？西北闢啓，何氣通焉？」從、通爲韻。○《天問》

右焉字韻例。《天問》用焉字收句，皆以焉字上一字入韻。

「吾寧悃悃款款，朴以忠乎？將送往勞來，斯無窮乎？」忠、窮爲韻。○《卜居》

「吾聞之，新沐者必彈冠，新浴者必振衣；安能以身之察察，受物之汶汶者乎？寧赴湘流，葬於江魚之腹中。安能以皓皓之白，而蒙世俗之塵埃乎？」二乎字爲韻。○《漁父》

右乎字韻例。《卜居》用乎字收句，皆以乎字上一字入韻；《漁父》二乎字則自爲韻。

庚、重韻例

「思九州之博大兮，豈惟是其有女？曰勉遠逝而無狐疑兮，孰求美而釋女？」《離騷》

「露申辛夷，死林薄兮。腥臊並御，芳不得薄兮。」《涉江》

「泬寥兮天高而氣清，寂廖兮收潦而水清。」《九辯》

右一字連韻例。古不忌重韻。《詩·谷風》「反以我爲讎」與「賈用不售」，《蕩》「下民之辟」與「其命多辟」，《蓼蕭》「孔燕豈弟」與「宜兄宜弟」，《民勞》「汔可小休」「以爲王休」，並章内同韻一字，而其義各別。其他且有韻重而義不異者，如《七月》第五章兩韻「户」字，《正月》第三章兩韻「禄」字，《十月之交》第六章兩韻「向」字，《卷阿》第六章兩韻「多」字，《閟宫》末章兩韻「碩」字，皆是。

「撫壯而棄穢兮，何不改乎此度。」《離騷》。以下同

「背繩墨以追曲兮，競周容以爲度。」

「紛總總其離合兮，斑陸離其上下。」

「覽相觀於四極兮，周流乎天余乃下。」

「及余飾之方壯兮，周流觀乎上下。」

「不吾知其亦已兮，苟余情其信芳。」

「蘇糞壤以充幃兮，謂申椒其不芳。」

『恐鵜鴂之先鳴兮，使夫百草爲之不芳。』

『委厥美以從俗兮，苟得列乎衆芳。』

右一字疊見爲韻例。《離騷》一篇，凡兩韻度字、暮字、素字、輔字、在字、茝字、悔字、離字、兹字、女字、故字、長字、余字、當字，三韻下字，四韻服字、芳字。此外短篇，如《懷沙》兩韻故字，《思美人》兩韻治字，《橘頌》兩韻喜字，《悲回風》兩韻芳[二]字、迹字、適字，《遠游》兩韻聞字、都字、門字、行字，《招魂》之亂兩韻先字，《大招》兩韻海字、盛字，《招隱士》三韻留字，《七諫·初放》兩韻壄字，《沈江》三韻傷字、兩韻望字，《哀命》兩韻路字，《謬諫》兩韻托字，《哀時命》兩韻容字，《九嘆·離世》兩韻游字，《怨思》兩韻情字，《憂苦》兩韻行字，《遠游》兩韻桑字，皆是。

辛、續韻例

『世幽昧以昡曜兮，孰云察余之善惡。』《離騷》○此原答靈氛之詞，與上文靈氛之詞『爾何懷乎故宇』爲韻。

『上無所考此盛德兮，長離殃而愁苦。』《招魂》○以上述屈原之詞。『帝告巫陽曰：「有人在下，我欲輔之。」』以下帝告巫陽之詞，而韻則與上連。

《詩·召旻篇》『池之竭矣，不云自頻』與上章『職兄斯引』爲韻。孔廣森《詩聲分例》曰：『詩之有章也，析之則節解句斷，通之原自一篇。每有意盡於此而聲絶於彼者，分章則從乎其意，畫韻則從乎其聲。故後章之首可以合前章之尾。非强鑿也。』

附　《楚辭》韻譜

《離騷》

庸東降冬○冬與東通。　○名青均先○青與先通。　○能佩咍　○與莽序暮度模路鐸○模、鐸平入爲韻。　○在茝咍　○路步鐸　○隘績錫

○武怒舍故模　○他化歌　○畝芷咍　○刈穢曷　○索妒鐸　○急立合　○英傷唐　○蕊纚歌　○服則德　○艱替痕

替没○替从㕚聲，㕚在没部。痕、没平入爲韻。　○茝悔咍　○心淫覃　○錯鐸度模○模與鐸爲平入。　○時態咍　○然安寒　○詬厚侯

○反遠寒　○息服德　○裳芳唐　○離虧歌　○荒章唐　○常常當作恒，漢人避文帝諱改耳，如常山、田常之比。徵登　○予野模

[二]『芳』，原訛作『茅』，據《悲回風》改。

○節屑服德○屑、德合韻，猶《詩·大武》四、減合韻，《鴟鴞》室、子（德之平）合韻也。 ○情聽青 ○茲詞咍 ○縱巷東 ○狐家模 ○忍隕痕 ○殃長唐 ○差頗歌 ○輔土模 ○極服德 ○悔醢咍 ○當浪唐 ○正征青 ○圃暮模 ○迫索鐸 ○桑羊唐 ○屬屋具侯○侯與屋爲平入。 ○夜鐸御下予佇模妒鐸馬女模○模與鐸爲平入。 ○佩詒在理咍 ○遷盤寒 ○游求蕭 ○下女模 ○好巧蕭 ○可我歌 ○遙姚豪 ○固惡寤古模 ○之之咍 ○女女宇惡模 ○異德佩咍○咍與德爲平入。 ○當芳唐 ○疑之咍 ○迎唐故模○模與唐對轉爲韻。 ○同東調蕭○同、調合韻，與《詩·車攻》同。東、蕭雖非正對轉，而由侯傳蕭，亦近於對轉矣。更以聲類言之，此二字皆人定鈕，蓋同从冂从口，實亦兼冂聲。冂冃大同，冃在蕭部，則冂宜在蕭部，同從冂，亦兼聲，則讀調者其本音，而讀今音者乃變音也。顧寧人乃謂是方音，不亦誣乎？襱、禯同文，龍東而賣屋；宋从本聲，宋冬而木屋；容从谷聲，容東而谷屋；充从育省聲，充東而育蕭。（育从肉聲，肉，蕭部字。）又何疑於同、調共音哉。《漢書志》八『鮦陽』注：『鮦音紂。』此尤同本音讀調之明證。 ○媒疑咍 ○舉輔模 ○央芳唐 ○蔽折曷 ○留茅蕭 ○艾害曷 ○長芳唐 ○幃祇灰 ○化離歌 ○茲咍沬没○茲、没爲韻，猶《詩·桑柔》資、維（没之平）與疑韻也。又如息从自聲，本在没部，而《詩》《楚辭》皆與德（咍之平）韻，《九辯》亦冀（咍之入）、欷（没之平）爲韻。大氐灰、咍韻部最近，故《廣韻》亦以同次也。 ○女下模 ○行粻唐 ○車疎模 ○流啾蕭 ○極翼德 ○與予模 ○待期咍 ○馳蛇歌 ○邈樂沃 ○鄉行唐 ○都居模

《九歌》

良皇琅芳槳倡堂康唐○《東皇太一》

芳英央光章唐 ○降中窮忡冬○《雲中君》

猶洲倏舟流蕭 ○來思咍 ○征庭旌靈青 ○極息側德 ○枻雪末绝曷 ○淺寒翩先間寒○先、寒合韻，猶《抽思》進（先）、願（寒）合韻也。 ○渚下浦女與模○《湘君》

渚予下模 ○望張上唐 ○蘭言湲寒 ○裔没澨逝蓋曷○没與曷韻，猶《詩·小宛》四章之邁（曷）、寐（没）韻，《小弁》四章之嘒（曷）、淠、届、寐（没）韻也。 ○堂房張芳衡唐 ○門雲魂 ○浦者與模○《湘夫人》

門雲魂塵先○先、魂合韻，猶《詩·正月》鄰（先）、云、慇（魂）韻也。 ○下女予模 ○翔陽坑唐 ○被離爲歌 ○華居疏模鱗天人先 ○何虧爲歌○《大司命》

蕪下予苦模 ○青莖成青 ○辭旗咍 ○離歌知齊○《九章·涉江》螭與知韻，《老子》『載營魄抱一，能無離乎？』合兒、疵、爲、雌、知爲韻；又『常德不離』合雌、谿、兒爲韻，此皆離字變入齊部之證。 ○帶逝際曷 ○池歌歌 ○旍先星正青○先、青合韻，猶《離騷》之名、均韻也。○《少司命》

方桑明唐　○雷灰蛇歌懷歸灰○灰、歌合韻，猶《遠游》蛇、歌與妃、夷、飛、徊韻也。　○簴鼓竽姱舞模　○節日屑　○裳狼唐降冬漿翔行唐
○降古音在冬部，此與唐韻部合，蓋古今音變之始乎？故東方朔《七諫·沈江》又以降與唐部二十四字合韻。○《東君》
河波螭歌　○望蕩唐　○歸懷灰　○宮中冬　○魚渚下浦予模○《河伯》
阿羅歌　○笑窕豪　○狸旗思來哈　○下雨予模　○間蔓閒寒　○若柏作鐸　○冥鳴青　○蕭憂蕭○《山鬼》
甲接帖　○雲先魂　○行傷唐　○馬鼓怒楙模　○反遠寒　○弓懲凌雄登○《國殤》
鼓舞與古模○《禮魂》

《天問》

道考蕭　○極識德　○爲化歌　○度作鐸　○加虧歌　○屬屋數侯○侯、屋平入爲韻。　○分魂陳先○先、魂旁轉爲韻。　○汜里哈
○育腹蕭　○子在哈　○明藏尚行唐　○聽刑青　○施化歌　○功同東　○寘先墳没○先、没旁轉爲韻。　○歷錫營成傾青○青、錫平入爲韻。　○錯鐸洿故模○模、鐸平入爲韻。　○多何歌　○在里哈　○從通東　○到照豪　○揚光唐　○暖寒寒　○林覃言寒○《説文》笘（添）讀若錢（寒），《詩·節南山》『憂心如惔』，《説文》引爲炎（寒），此覃、寒合韻之證。　○龍東游蕭○東、蕭合韻，説見《離騷》。　○首蕭在哈守蕭○蕭、哈合韻，猶《詩·召旻》七章里、里、哉、舊韻，《常武》三章子、游韻，《蕩》七章時、舊韻也。　○衢居如模　○趾在止哈　○所處羽模
○方桑唐　○繼味没飽蕭蠥達曷○曷、没旁轉爲韻。飽字用韻未詳。　○躬降冬　○歌地歌　○民嬪先　○鮌若鐸　○謀之哈　○越活曷　○營盈青　○堂臧唐　○死體灰　○興膺登　○安遷寒　○嫂首蕭　○止殆哈　○厚取侯　○得殛德　○鱞寒親先○《詩·閔予小子》『嬛嬛（寒）在疚』，三家《詩》嬛作惸（先），即明寒、先相通。《湘君》篇亦以淺與翩韻。
○止子哈　○饗喪唐　○摯説曷　○宜嘉歌　○臧羊唐　○懷肥灰　○逢從東　○牛來哈　○寧情青　○兄長唐
○極得德　○子婦尤之期之哈　○嘉嗟施何歌　○行將唐　○底雉灰　○流求蕭　○市灰姒佑哈○灰、哈合韻，説見《離騷》。
○會殺曷　○惑服德　○沈覃封東○覃、東合韻，猶《易·恒》象傳以禽、容、凶、功韻也。　○方狂唐　○竺燠蕭　○將長唐　○牧屋國德○屋、德合韻，猶《公冠篇》孝昭冠辭以禄與彧、福、德、極韻也。　○依譏灰　○告救蕭　○識德喜哈○哈、德平入爲韻。　○悒急合　○故懼模　○戒代德　○輔緒模　○亡嚴當作莊饗長唐　○怒固模　○祐喜哈　○欲禄屋　○憂求蕭　○云先『夫何長』，一云『夫何長先』。魂言寒勝陵登文魂○魂、寒合韻，猶《詩·楚茨》孫、熯、愆韻也。魂、登合韻，猶《遠游》門韻冰也。　○長彰唐

《九章》

情正青　○服直德　○肬之咍　○變遠寒　○仇讎保道蕭　○貧民魂　○志咍咍　○釋白鐸　○情青路鐸○青、鐸合韻，無旁證。《易・乾・文言》亨、情韻，《萃》象傳亨、正韻，是青、唐合部也。鐸爲唐之入，斯可合歟？　○聞忳[一]魂　○杭旁唐　○特殆志態咍　○伴援寒

○好就蕭　○言然寒　○下所模　○尤之咍　○忍軫痕　○糧芳明唐身先○先、唐合韻，猶《詩・車舝》岡、薪韻也。○《惜誦》

哀歌嵬灰○灰、歌旁轉爲韻。　○璐鐸顧圃模○模、鐸平入爲韻。　○英光湘唐　○風林覃　○汰滯曷　○陽傷唐　○如居雨宇模

○中窮冬行唐○冬、唐合韻，猶《詩・烈文》皇、崇韻，《東君》降、裳、狼、槳韻也。　○以醢咍　○人身先　○遠壇寒　○薄薄模　○當行唐

○《涉江》

徑遷寒　○亡行唐　○極得德　○霰見寒　○蹠模客鐸薄模釋鐸○模、鐸平入爲韻。　○江東東　○反遠寒　○心風覃　○如蕪模　○接涉帖　○復慼蕭　○持之咍　○天先名青○先、青合韻，已見《離騷》《少司命》。　○概沒邁曷○段氏合灰、沒、曷、末爲十五部，明沒、曷相通者多也。　○時丘之咍○《哀郢》

傷長唐　○浮憂蕭　○鎮人先　○期志咍　○姱怒模　○敢憺添　○聞魂患寒○魂與寒韻，已見《天問》。　○亡光完一作光。唐

○儀虧歌　○作穫鐸　○正聽青　○北域側得息德　○歲逝曷　○星營青　○同容東　○潭心覃　○願寒進先○先、寒合韻，已見《湘君》《天問》。　○姑徂模　○思媒咍　○救告蕭○《抽思》

莽土模　○默德鞠蕭○德、蕭合韻，猶《詩・烈文》福、保韻，《生民》稷、夙、育韻也。　○抑屑替沒○屑、沒旁轉合韻，猶《詩・載馳》疾、戾韻，《召旻》替、引、頻（屑之平）韻也。　○鄙改咍　○盛正青　○章明唐　○下舞模　○量臧唐　○齊灰示沒○灰、沒平入爲韻。　○怪德態采有咍○咍、德平入爲韻。　○豐容東　○故慕模　○强像唐　○暮故模　○汩屑忽沒匹屑程青○屑、沒合韻，已見上文。屑、青旁對轉合韻，猶《詩・綿》生與瓞韻也。　○錯鐸懼模○鐸、模平入爲韻。　○喟謂灰愛類沒○灰、沒平入爲韻。○《懷沙》

眙詒咍　○發達曷　○將富唐　○詒志咍　○化爲歌　○度模路鐸○鐸、模平入爲韻。　○之旹期咍　○悠憂蕭莽模草蕭○模、蕭合韻，猶《詩・民勞》以休、逑、怓、憂、休韻也。　○佩咍異德態族咍出沒○咍、德平入爲韻，咍與沒韻，已見《離騷》。　○揚章唐　○木足屋　○能疑咍　○度暮故模○《思美人》

[一]『忳』原缺，據《九章・惜誦》補。

詩疑娭治之否欺思之尤之哈　○流蕭昭豪幽聊由蕭厨侯○蕭、豪合韻，猶《詩·思齊》之保、廟韻，《公劉》之舟、謠、刀韻，《月出》之糾、皎、僚、悄韻也。蕭、侯合韻，猶《詩·生民》之揄、蹂、叟、浮韻，《棫樸》之趣、槱韻，《楚茨》之奏、禄韻，《桑柔》之垢、谷、穀韻也。　○牛之哈　○憂求游蕭　○之疑辭之哈　○戒得德佩哈好蕭代意置德載哈備異德再哈識德○哈、德平入爲韻，蕭、哈合韻，已見《懷沙》。○《惜往日》

服國德志喜哈○哈、德平入爲韻。　○摶爛寒　○道『類可任兮』，一云『類任道兮』。醜蕭　○異德喜哈○哈、德平入爲韻。　○求流蕭　○過地歌　○友理哈　○長像唐。○《橘頌》

傷倡忘長芳章芳睨羊明唐處慮曙去模　○恃止哈　○膺仍登　○湯行唐　○至屑比灰○屑、灰合韻，猶《詩·賓之初筵》以禮與至韻也。○聊愁蕭　○還寒聞魂○魂、寒合韻，已見《抽思》。　○默得德　○解締錫　○儀爲歌　○紆娛居模　○顛天先　○雰魂媛寒○魂、寒合韻，見上文。　○江汹東　○紀止右期哈　○積擊策錫迹鐸適錫愁鐸適錫迹鐸益錫釋鐸○錫、鐸旁轉合韻，自《楚辭》始。○《悲回風》

《遠游》

游浮蕭　○語曙模　○勤聞魂　○懷悲灰　○留由蕭　○得則德　○仙延寒　○一逸屑　○怪德來哈○哈、德平入爲韻。○都如模　○征青零先成情程青○青、先合韻，已見《離騷》。　○居戲霞除模　○息德德　○傳寒垠魂然寒存先門魂○魂、寒合韻，已見《抽思》《悲回風》。　○行鄉陽英壯放唐　○榮青人先征青○青、先合韻，見上文。　○予居都間模　○馳蛇歌　○燿沃鶩豪○豪、沃平入爲韻。○行芒唐　○路鐸度模○模、鐸平入爲韻。　○凉皇唐　○麾波歌　○屬轂屋　○厲衛曷　○撟豪樂沃○豪、沃平入爲韻。　○鄉行唐[二]　○涕弭《説文》，弭讀若兒。齊　○疑哈浮蕭○蕭、哈合韻，已見《天問》。　○妃灰歌歌夷灰蛇歌飛徊灰○灰、歌合韻，已見《九歌·東君》。門魂冰登○此猶《天問》勝、文韻也。　○顧模路鐸漠模壑鐸○模、鐸平入爲韻。　○天先聞魂鄰先○先、魂合韻，已見《大司命》。

《卜居》

忠窮冬　○耕名青身先生青真人先清楹青○先、青合韻，已見《離騷》《哀郢》《遠游》　○駒梟軀侯　○軛錫迹鐸○錫、鐸合韻，已見《悲回風》。○翼食德　○凶從東　○清輕鳴名貞青　○長明唐通東○唐、東合韻，猶《詩·烈文》皇、邦、崇、功韻也。　○意德事哈○哈、德平入爲韻。

[二]『唐』原脱，據前《離騷》補。

《漁父》

清醒青　○移波釃爲歌　○乎乎模　○清纓青　○濁足屋

《九辯》

氣没哀歌水歸灰○灰、没平入爲韻。灰、歌合韻，已見《東君》。　○清清青　○人新先　○平生青憐先○青、先合韻，已見《離騷》。　○處鳴征成青

廓鐸客鐸薄模○模、鐸平入爲韻。　○化何歌　○思事咍意異德○咍、德平入爲韻。　○歸悲灰　○息軾得惑極直德

秋楸悠愁蕭　○霜藏横黄傷當徉將攘堂方明唐

房颺芳翔明傷唐　○重通東　○漮嘆寒

錯路鐸御去舉模○模、鐸平入爲韻。　○入集洽合合　○栖肥灰　○下處模　○食得德極德

濟灰至屑死灰○灰、屑合韻，已見《悲回風》。　○通從誦容東

固模鑿沃教豪樂沃高豪○豪、沃平入爲韻，鑿、樂本音皆在沃部，今變韻皆入鐸部，故與固字對轉爲韻，猶降古本冬部，今變同唐，《九歌·東君》遂與唐部合韻，此皆古今音變之樞紐也。

哀悲偕毀灰弛歌○灰、歌合韻，已見《東君》《遠游》。　○温餐垠春魂

○冀德欷灰○德之平爲咍，咍、灰合韻，猶《詩·桑柔》凝與資、維、階韻也。　○處踳模

月達曷　○之之咍　○天先名青○先、青合韻，已見《離騷》。　○瑕模加歌○瑕，今胡加切；加，今古牙切，同變入麻韻。此與上固、樂、鑿合韻同理，皆古今音變之關鍵也。

帶介曷慨没邁穢敗曷昧没○曷、没合韻，已見《哀郢》。　○藏當光唐　○適惕策益錫　○約沃效豪○豪、沃平入爲韻。　○下苦薄模索鐸○模、鐸平入爲韻。　○之之之之咍

中冬湛覃豐東○東與冬通，已見《離騷》。冬、覃合韻，猶《詩·秦風》中、驂韻也。東、覃相通，猶今韻風字入東，亦古今音變之樞也。　○躍衙模　○從容東

○臧恙唐

《招魂》

沫没穢曷○曷、没合韻，已見《九辯》。　○苦下輔予模　○寥登從用東○登、東合韻，猶《月令》孟春以騰、降、通、冬韻也。　○方祥唐　○托索石釋托鐸　○止醢里哈　○心淫覃　○里止哈　○宇壺模　○食得極賊德　○止里久哈　○天人千先佚魂淵先○先、魂合韻，已見《大司命》《遠游》。　○瞑青身先○先、青合韻，已見《離騷》。　○都模鬋駓牛災哈○模、哈合韻，猶《詩·巷伯》謀、虎韻，《蝃蝀》母、雨韻也。　○門先魂　○絡鐸呼居模○模、鐸平入爲韻。　○奸安軒山連寒湲蘭筵寒瓊青○青、寒合韻，猶《易·訟》象傳中、成、正、淵韻也。　○光張璜唐　○怪備代德　○衆宮冬　○代植意德　○房光唐　○瞷閒寒　○堂粱唐　○蛇池荷波陁羅籬爲歌　○方粱行芳羹漿鶬爽餭鶬涼漿妨唐　○羅歌荷酡波奇離歌　○舞下鼓楚吕模　○分紛魂陳先先魂○先、魂合韻，見上[一]文。　○簿模迫白鐸○模、鐸平入爲韻。　○日瑟屑　○夜錯鐸　○假賦故居模　○征生青　○薄博模　○乘烝登　○先魂還寒先魂兕没○魂、寒合韻，已見《抽思》《悲回風》。魂、没平入爲韻。　○淹漸添　○楓心南覃

《大招》

昭豪遽模逃遥豪○豪、模合韻，無旁證。　○徠哈北德○哈、德平入爲韻。　○湫悠膠寂[二]蕭　○蜒蜿騫寒　○躬冬洋鬤狂傷唐○冬、唐合韻，已見《東君》。　北絶測德凝哈極德○哈、德平入爲韻。　○靜定青　○安延言寒　○梁芳羹嘗唐　○酪鐸尊[三]薄模擇鐸○模、鐸平入爲韻。　○暾先存先魂○先、魂合韻，已見《大司命》《遠游》《招魂》。　○嗌役瀝惕錫　○張商倡桑唐賦模○模、唐對轉爲韻。　○亂變譔寒　○娭都娭舒模　○曼顏安寒　○佳規齊施歌卑齊移歌○齊、歌合韻，已見《少司命》。　○作澤客昔鐸　○婳嗎娟便寒　○秀霤畜蕭囿哈○蕭、哈合韻，已見《天問》。　○假模路鐸慮模○模、鐸平入爲韻。　○皇鶬鵝翔唐　○盛青命先盛定青○青、先合韻，已見《離騷》。　○雲魂神先存昆魂○先、魂合韻，已見《大司命》《遠游》。　○昌章明當唐　○海理阯海士哈暴沃○沃爲蕭之入，蕭、哈合韻，已見《懷沙》《惜往日》。　○罷麾施爲歌　○明堂卿張讓王唐

[一]「上」，原作「見」，據行文体例改。

[二] 案：「寂」當作「寥」，一本「寂」下有「寥」。

[三]「尊」，原作「薄」，據《大招》改。

《惜誓》

反遠寒　○濡侯虛輿模○侯、模合韻，猶《左傳》宣十五年引諺以垢韻污、瑕字。　○騑灰車墟模○灰、模合韻，未詳。竊意古人用韻，有不以句末爲限者，『白虎騁而右騑』句，或以虎字與上下文車、輿字相叶也。　○明唐風覃方羊旁商翔鄉唐○唐、覃合韻，無旁證。或亦如上文之句中用韻，風與容叶也。風今變入東。

○之裁哉哈　○息直德　○藏衡唐　○謂索鐸惡模石鐸○模、鐸平入爲韻。　○國賊德　○狂長唐功東○東、唐合韻，已見《卜居》。

○壄下模　○藏羊唐

《招隱士》

幽蕭繚豪○蕭與豪通。　○峨波歌　○嗥留蕭　○歸萋灰　○聊啾蕭　○岪忽没　○栗穴栗屑礒歌硊灰骫寒靡倚歌㴷纚歌悲灰○歌、寒對轉爲韻，灰、歌合韻，已見《東君》。　○留咆曹留蕭

《七諫》

壄輔寡下壄者模　○惑息直德　○湯坑唐鞠宿告蕭　○梟桃豪　○潭風心覃　○待理已哈○《初放》

傷忘彰殃亡望唐　○蘢同東　○芳狂傷香攘陽明光旁唐降冬長傷藏葬行當唐○冬、唐合韻，已見《東君》。　○功公東央唐朦江聰縱東長方唐蓬凶東望唐容重東壅東○東變韻江，與今韻唐近也。○《沈江》

嵯多移加何戲議爲歌　○久哈色德待萊志哈識代德志哈置德待思事哈○哈、德平入爲韻。　○斫石若作鐸惡模白鐸薄模○模、鐸平入爲韻。

○蔽滯敗曷　○夭豪依灰○依韻理，一本無此四句爲是。　○逝世曷○《怨世》

容東心深林覃○東、覃合韻，猶風字今變韻入東也。　○厢明朋字當從一本作明。翔唐通東○東、唐合韻，説已見上。○《怨思》

悲灰衰歌頹歸灰池歌○灰、歌合韻，見上。　○湯長央鄉唐　○鳴情青　○好報游憂蕭　○金衿心淫覃　○蒙東湯唐○東、唐合韻，已見上。

○止在哈　○旌冥青　○如舉模　○榮聲生青　○實室屑　○楨貞青○《自悲》

憂蕭尤哈○蕭、哈合韻，已見《天問》《遠游》。憂入十八尤，爲今變韻之始。　○知齊離歌○齊、歌合韻，已見《少司命》。　○反遠寒　○伏息德

○蹇遠寒　○舍模路鐸○模、鐸對轉爲韻。　○樂沃到豪○豪、沃平入爲韻。　○路鐸去模○模、鐸對轉爲韻。　○悒及合　○産反寶○《哀命》

固涸模　○諱悲璣灰　○驥哈衰歌冀哈○衰，所追切，今六脂；驥、冀俱几利切，今六至，脂、至爲平入。此變韻之始。　○錯路鐸　○馭去模
○同東調蕭○東、蕭合韻，已見《離騷》。　○至屑死灰○死，息姊切，今六旨，與至爲上去。此亦變韻之始。　○著譽模　○公東堂唐○東、唐合韻，已見上。　○墨革極得德　○之之似友哈　○動東往唐感覃○東、唐合韻，見上。感與東韻，猶風字今入東也。　○錯托鐸薄模托鐸○模、鐸平入爲韻。
○德極德詞哈○哈、德平入爲韻。　○明揚唐通東○東、唐合韻，見上。○《謬諫》
鵝池駝阿旎歌　○淵人先○《七諫》亂曰

《哀時命》

期詩茲謀之哈　○揚梁英唐　○桐通東　○翔徉傷糧鄉芳將行當横桑行唐湯方量藏唐　○容東忠冬容凶東宮窮冬匈東忡冬○東與冬通，已見《離騷》。　○難嘆寒　○波施歌　○道巧蕭　○升稱登　○革得惟息德　○垢侯處渚宇雨野者模○模、侯合韻，猶《左》宣十五年《傳》引諺垢與污、瑕爲韻也。　○耦後侯與模　○歸懷灰　○加羅波爲羅化頗差歌　○真先清青身先聲情名榮逞正成生青年先○先、青合韻，見《離騷》。

《九懷》

中窮冬從酆東宮冬○冬與東通，見《離騷》。　○房芳横堂洋翔望忘傷唐○《匡機》
者覩語處陼模　○陽行光英徉裳將旁光當唐　○辭思之哈　○眠闐先○《通路》
蜩州脩游蕭牛哈流休悠浮求懤儔怞蕭○蕭、哈合韻，見《天問》。牛字今入十八尤，此變韻之始。○《危俊》
昏真臻先芬魂○先、魂合韻，見《大司命》。　○娛胥雨墟居躇竽紆模　○紛魂憐先門魂○先、魂合韻，見上文。　○征冥生傾靈青○《昭世》
陽行横臧殃湘傷唐　○沛逝磕瀨蓋蔡曷裔没○曷、没合韻，見《九辯》《招魂》。　○門欣魂難寒根魂○魂、寒旁轉韻。○《尊嘉》
蕭條蜩蕭丘哈皋留蕭○蕭、哈合韻，見上。丘與蜩今在十八尤，亦變韻之始。　○洋荒上强唐　○皋悠聊〔一〕愁蕭○《蓄英》
神晨先紛雲魂憐嶺先○先、魂合韻，見上。　○旌冥榮青　○陽光糧行方傷唐○《思忠》

〔一〕「聊」原脱，據《九懷・蓄英》補。

惟歸飛夷躋灰沵没師夷灰○没、灰平入爲韻。　○娭疑里辭嶷梅壥[一]一作梅怠兹謀詩咍○《陶壅》
磋柯和阿跎多劘歌翔揚唐化蛇阿歌和加羅沲歌○《株昭》
土覩禹緒輔模○《九懷》亂曰

《九嘆》

原連寒　○名星青　○容東讒添○東、添合韻，未詳。　○情傾青親濱先誠情青○青、先合韻，見《離騷》。　○叛散寒　○邦壥東　○耄豪露錫○豪、錫合韻，猶《九辯》固、鑿、豪、樂、高韻也。　○降冬汹東○冬與東通。　○庭城青　○堂裳唐　○漫寒運魂○寒、魂旁轉合韻，已見《抽思》。　○回頽灰　○蕭愁蕭　○磕沛曷　○石鐸薄模○模、鐸平入爲韻。　○尤來咍○《逢紛》

聞魂神先○先、魂合韻，見《大司命》。　○辭時咍　○正聽青　○均先純魂○見上。　○志事咍　○迹鐸辟錫○錫、鐸合韻，見《悲回風》《卜居》。　○奔魂轅寒○魂、寒合韻，見上。　○止里咍　○登興登　○還患寒　○游流游流蕭　○反遠寒　○極息德　○厲逝曷

○違悲灰　○慕故模　○願返寒○《離世》

違悲灰　○鷁榆侯　○放望唐　○帛石鐸　○揚彰唐　○詬侯醢咍○侯、咍合韻，猶《天問》屋、德合韻也。　○怨難寒　○情庭青

○治疑咍　○篚瀆屋篚肉築蕭　○察曷晏寒○曷、寒平入爲韻。　○夷迴灰　○懷依灰　○冥情青　○語去模○《怨思》

結屑屑　○正青神○青先寒合韻，見《離騷》。　○詞之咍　○和虵鷁披歌　○珠侯旄豪○侯、豪合韻，猶《詩·常棣》飫、豆、具、孺韻也。

○儀歌濿曷○歌、曷對轉爲韻。　○流洲蕭　○前寒身先○先、寒合韻，已見《湘君》。　○集合日屑○合、屑合韻，無旁證。　○久咍首蕭○久、首今在二十五有，亦變韻之始也。　○湘慌蕩唐　○識德思咍○咍、德平入爲韻。　○西紛魂　○迫釋鐸　○坲悴没　○救究蕭　○免遠寒○《遠逝》

鬱悴没　○俗濁屋　○斐灰峨蠡嵯歌○灰、歌合韻，見《東君》《遠游》。　○美夷死灰　○淵山寒　○血屑廢曷○屑、曷合韻，猶《詩·旄丘》葛、節、日韻也。　○置德態咍○咍、德平入爲韻。　○暮度模　○開灰壥歌○灰、歌合韻，見上。　○之之咍　○憂洲蕭　○懷頽灰

○汩疾屑　○鬱没忿魂○魂、没平入爲韻。　○何沲歌○《惜賢》

[一]『壥』原脱，據《九懷·陶壅》補。

殃行唐 ○受庱蕭 ○寞模樂沃○模、沃合韻，猶《九辯》固、鑿同韻也。 ○之時咍 ○峨歌歌 ○北得德 ○離歌哀灰○歌、灰合韻，見上。 ○錯釋鐸 ○章行藏唐茸東○東、唐合韻，見《七諫》。 ○蘭間寒 ○楚宇模 ○長行唐 ○睠漣寒 ○悲頹灰 ○漸濫添 ○求流蕭○《憂苦》

賢先愆寒○先、寒合韻，見上文。 ○孼錫智齊○齊、錫平入爲韻。 ○淵先遷寒○見上。 ○雒鐸薄夫盧模○模、鐸平入爲韻。 ○衣夷灰 ○逐蕭服德○蕭、德爲韻，猶《詩・烈文》保、福韻也。 ○圍緯灰 ○庭城青 ○籠屋囿咍○屋、咍合韻，猶《天問》屋與德合，上文侯與咍合也。 ○柴齊荷歌○齊、歌合韻，見《少司命》。 ○同通東 ○尤之咍 ○腐詬侯 ○返遠寒 ○愬語模 ○喟灰傺曷○灰、曷合韻，猶《詩・小弁》四章淠、嘒、屆、寐韻也。○《愍命》

鬱没日屑○屑、没合韻，猶《詩・抑》疾、戾韻也。 ○泣合戾灰○合、灰合韻，猶《詩・雨無正》答、退、遂、瘁韻也。 ○陸宿蕭 ○悴没袂曷○没、曷合韻，見《九辯》《招魂》《九懷》。 ○言遷寒 ○次悲灰 ○畔觀寒 ○悟古模 ○已紀咍 ○意側德 ○庭楹青 ○圉壄模 ○疑詞咍 ○深淫覃 ○聲情青 ○離灑歌○《思古》

迻歌巍灰○灰、歌合韻，見上。 ○濟榮青 ○謁闕曷 ○門魂濱先○先、魂合韻，見《大司命》。 ○征冥青 ○唐桑唐 ○馳歌指灰○見上。 ○明光唐 ○滅曷日屑○曷、屑合韻，見上。 ○辰淵先 ○方桑唐 ○梧湖模 ○湘央唐 ○折蔽曷 ○顧故模 ○浮霧蕭 ○舉模宫窮冬○模、冬合韻，未詳。或曰，舉與下『摇翹奮羽』羽字、『馳風騁雨』雨字爲韻。○《遠游》

《九思》

愁憂蕭 ○時尤咍 ○聊游州蕭眇豪○蕭與豪通。 ○躇謨圖塗模 ○阿淹歌 ○愚侯虚模○侯、模合韻，猶《詩・皇矣》禡、附、侮韻也。 ○蘇模隅侯○見上 ○晦埃咍如模○咍、模合韻，猶《詩・蝃蝀》母、雨韻也。 ○由蕭劬侯朝豪○蕭與豪通。蕭、侯合韻，猶《詩・棫樸》趣、槱韻也。侯、豪合韻，已見《九嘆》。○《逢尤》

謷豪讒冬流蕭○豪、冬對轉爲韻，冬、蕭合韻，猶《詩・棠棣》務、戎韻也。 ○枯諸模 ○悠蕭昭豪○見上。 ○斗樞侯 ○憂務蕭投侯○蕭、侯合韻，見上。 ○璣低霏悽栖徵依灰西齊懷悲摧灰○灰、痕對轉爲韻。○《怨上》

渚女模謱侯余模取侯徂模耦侯睹模○模、侯合韻，見上。 ○馳羲乖池義歌岐齊○齊、歌合韻，已見《少司命》。義，五寘；岐，四支；支、寘今爲平去，此以義、岐合韻，亦音變之始也。 ○悲違黎遲飢迷懷啼雷灰○《疾世》

睩喔俗獨幄屋　○落錯陌客鐸岳屋澤鐸薄模石鐸○鐸、屋旁轉韻。　○數侯促辱屋○侯、屋平入爲韻。　○樂沃白鐸沐屋若鐸○屋、鐸、沃旁轉韻。
○爍沃响侯剥屋告蕭○蕭、侯、屋、沃旁對轉韻。○《憫上》　○屋族屋走詢侯○侯、屋平入爲韻。
厄汩易閱錫石鐸○錫、鐸合韻，見《悲回風》《卜居》。　○虙模蕩唐鼓模倒豪○模、唐對轉爲韻，豪韻未詳。
○左馳歌軌造道蕭　○如模耦侯宇模杳豪雨模○模、侯合韻，見上。豪韻未詳。○《遭厄》
夫挐模　○絢芻拘侯　○囚蕭居模○蕭、模合韻。　○梟跳豪　○原嘆寒眠先蠲軒寒○先、寒合韻，已見《湘君》。　○甄倫昏魂　○冥嚶征青　○京明唐○《悼亂》　○山猿寒蛇歌○歌、寒對轉爲韻。
靈青明唐○青、唐合韻，猶《易·萃》象傳正、命、亨韻，《乾·文言》亨、情韻也。明今入十二庚，與耕、清、青三韻相次，此與靈合韻，亦音變之始也。　○榮娛青
○害曷糜鑽彥寒　○纍灰賣錫○灰、錫合韻，猶《詩·載芟》積、齊、姊、醴、妣、禮韻也。　○施戲歌　○夷嵬灰　○支齊爲歌○齊、歌合韻，見上。支、爲今在五支，此變韻之始。　○娭能咍　○駟没雲魂○魂、没平入爲韻。　○海萊臺咍　○謡豪淫覃○覃、豪合韻，猶《詩·日出》慘、照、燎、紹韻也。　○悲依灰○《傷時》
凉朗唐穰愴章光房陽荒唐蠭東螂傷唐○東、唐合韻，東變韻江，與唐近也。　○干蝡攢潤寒沄欣魂延寒○魂、寒合韻，已見《抽思》。　○陳先煢冥頌
熒生情青○青、先合韻，已見《離騷》。○《哀歲》
遥嶢豪條蕭鴞怊豪○蕭、豪旁轉韻。　○昧没氛魂○魂、没平入爲韻。　○聰東忠冬○東與冬通。　○神先雲魂○先、魂合韻，見《大司命》。　○鞭
泉端寒　○堅先珍婚魂○見上。　○奸寒存分勳魂○魂、寒合韻，見上。　○嘆寒憐先○寒、先合韻，見上。○《守志》
藏方衡唐　○功雙東○《九思》亂曰

楚辭連語釋例 附楚辭雙聲疊韻疊字譜

以《湖南大學期刊》第八期本爲底本

錢大昕曰：『聲音在文字之先，而文字必假聲音以成。綜其要，無過疊韻、雙聲二端。而疊韻易曉，雙聲難知。「股肱」「叢脞」，虞廷之《賡歌》也；「次且」「劓刖」，文王之演《易》也。至《詩》三百篇興，而斯秘大啓。《卷耳》之次章，「崔嵬」「虺隤」兩疊韻；三章，「高岡」「玄黄」兩雙聲。《碩人》之次章，「巧笑」疊韻〔一〕，「美目」雙聲。《大叔於田》之次章，上句「磬控」雙聲，下句「縱送」疊韻。《出其東門》之首章「綦巾」雙聲，次章〔二〕「茹藘」疊韻。《七月》之「觱發」「栗烈」雙聲兼疊韻，上下相對。《東山》之「伊威」「蠨蛸」「町畽」「熠燿」，四句連用雙聲。「佻兮達兮」「哆兮侈兮」「既敬既戒」「既霑既足」「如蜩如螗」「如蠻如髦」「不吴不敖」「不競不絿」「允文允武」「令聞令望」「宜岸宜獄」「式夷式已」「之綱之紀」「以引以翼」，隔字而成雙聲；「嘽嘽」「哼哼」「顒顒」「卬卬」，疊字而成雙聲；「與與」「翼翼」，隔句而成雙聲；「居居」「究究」，隔章而成雙聲；「死生契闊」「搔首踟躕」，一句而兩〔三〕雙聲；「旅力方剛」「山川悠遠」，一句而一疊韻、一雙聲。其組織之工，雖七襄報章，無以過也；其音節之和，雖壎篪迭奏，莫能加也。其尤妙者，「角枕粲兮，錦衾爛兮」，不獨「粲」「爛」韻，而「枕」「衾」亦韻，「錦」「衾」疊韻，「角」「錦」又雙聲也。「不敢暴虎，不敢馮河」，「暴」「馮」雙聲，「虎」「河」亦雙聲也。』《潛研堂問答》

王筠曰：『詩以長言詠嘆爲體〔四〕，故重言視他經爲多。』《毛詩重言》

顧炎武曰：『詩用疊字最難。《衛詩》「河水洋洋，北流活活，施罛濊濊，鱣鮪發發，葭菼揭揭，庶姜孼孼」，連用六疊字，可謂複

〔一〕『疊韻』原脱，據《潛研堂文集·問答》補。
〔二〕『次章』原脱，據《潛研堂文集·問答》補。
〔三〕『兩』，原作『成』，據《潛研堂文集·問答》改。
〔四〕『體』，原作『主』，據《毛詩重言》改。

而不厭，賾而不亂矣。』《日知録》二十一

詳此諸説，連語、叠字之起，本於天籟，而《三百篇》爲最多，所以被之管絃，依永成文者，亦半由此。《虞書》曰：『詩言志，歌永言，聲依永，律和聲。』《詩大序》曰：『情發乎[一]聲，聲成文謂之音。』鄭注：『聲，謂宫商角徵羽也。成文……（謂）宫商上下相應。』《楚辭》之作，嗣響風人，凡摹擬情事景物，一字不能盡者，則亦連語、叠字以形容之，組織纏綿，與《三百篇》同工異曲。逮漢代司馬相如、揚雄作賦，益大暢斯旨。連語、叠字，累牘連篇，讀者聱牙；不歌而誦，故無嫌也。今舉《楚辭》釋其義云。

甲 雙聲叠韻連語雙聲用圈、叠韻用點爲别

一句兩用例

『曾歔欷余鬱邑兮，哀朕時之不當。』《離騷》
『忳鬱邑余侘傺兮，吾獨窮困乎此時也。』《離騷》
『折若木以拂日兮，聊逍遥以相羊。』《離騷》
『聊仿佯而逍遥兮，永歷年而無成。』《遠游》
『時曖曃其曭莽兮，召玄武而奔屬。』《遠游》
『横舟航而濟湘兮，耳聊啾而戃慌。』《九嘆·遠游》

四句叠用例

『凌陽侯之氾濫兮，忽翺翔之焉薄。心絓結而不解兮，思蹇産而不釋。』《九章·哀郢》
『憎慍惀之脩美兮，好夫人之忼慨。衆踥蹀而日進兮，美超遠而逾邁。』同上
『步徙倚而遥思兮，怊惝怳而永懷。意荒忽而流蕩兮，心愁凄而增悲。』《遠游》

[一]『乎』，《詩大序》作『於』。

『服偃蹇以低昂兮，驂連蜷以驕驁。騎膠葛以雜亂兮，斑漫衍而方行。』同上

『桂樹叢生兮山之幽，偃蹇連蜷兮枝相繚。山氣巃嵸兮石嵯峨，谿谷嶄巖兮水增波。』《招隱士》

『嶔岑碕礒兮碅磳磈硊，樹輪相糾兮林木茷骫。青莎雜樹兮薠草靃靡，白鹿麏麚兮或騰或倚。』《招隱士》

『冠崔嵬而切雲兮，劍淋離而從橫。衣攝葉以儲與兮，左袪挂於榑桑。』《哀時命》

六句疊用例

『泬寥兮天高而氣清，寂寥兮收潦而水清。憯悽增欷兮薄寒之中人，愴怳懭悢兮去故而就新。坎廩兮貧士失職而志不平，廓落兮羈旅而無友生。惆悵兮而私自憐。』《九辯》

累句疊用例

『秋既先戒以白露兮，冬又申之以嚴霜。收恢台之孟夏兮，然欿傺而沈藏。葉菸邑而無色兮，枝煩挐而交橫；顏淫溢而將罷兮，柯彷彿而萎黄；萷櫹槮之可哀兮，形銷鑠而瘀傷。惟其紛糅而將落兮，恨其失時而無當。』《九辯》

顛倒用例對偶用者例多，從略

『荒忽兮遠望，觀流水兮潺湲。』《九歌·湘夫人》

『覽方外之荒忽兮，沛罔象而自浮。』《遠游》

『溯高風以低徊兮，覽周流於朔方。』《九嘆·遠游》

乙 疊字連語用點爲識

一句兩用例

『采三秀兮於山間，石磊磊兮葛蔓蔓。』《九歌·山鬼》

「風颯颯兮木蕭蕭，思公子兮徒離憂。」《九歌・山鬼》

「登石巒以遠望兮，路眇眇之默默。」《九章・悲回風》

「駕青龍以馳騖兮，班衍衍之冥冥。」《七諫・自悲》

「服覺皓以殊俗兮，貌揭揭以巍巍。」《九嘆・遠游》

「髮披披以鬤鬤兮，躬劬勞而瘏悴。」《九嘆・思古》

二句三用例

「雷填填兮雨冥冥，猨啾啾兮狖夜鳴。」《九歌・山鬼》

「時昢昢兮旦旦，塵莫莫兮未晞。」《九思・疾世》

二句四用例

「狀貌崟崟兮峨峨，凄凄兮漇漇。」《招隱士》

「白露紛紛以塗塗兮，秋風瀏瀏以蕭蕭。」《九嘆・逢紛》

四句三用例

「波淫淫而周流兮，鴻溶溢而滔蕩。路曼曼其無端兮，周容容而無識。」《九嘆・遠逝》

「揚流波之潢潢兮，體溶溶而東回。心怊悵以永思兮，意晻晻而自頹。」《九嘆・逢紛》

「進雄鳩之耿耿兮，讒紛紛而蔽之。默順風以偃仰兮，尚由由而進之。」《九嘆・惜賢》

「望高丘而嘆涕兮，悲吸吸而長懷。孰契契而委棟兮，日晻晻而下頹。」《九嘆・惜賢》

「悲余心之悁悁兮，目眇眇而遺泣。風騷屑以搖木兮，雲吸吸以湫戾。」《九嘆・思古》

四句四用例

「藐蔓蔓之不可量兮，縹綿綿之不可紆。愁悄悄之常悲兮，翩冥冥之不可娛。」《九章・悲回風》

『張絳帷以襜襜兮，風邑邑而蔽之。日暾暾其西舍兮，陽焱焱而復顧。』《九嘆·遠游》
『川谷兮淵淵，山昆兮客客。叢林兮崟崟，株榛兮岳岳。』《九思·憫上》

八[一]句六用例

『紛容容之無經兮，罔芒芒之無紀。軋洋洋之無從兮，馳委移之焉止。漂翻翻其上下兮，翼遥遥其左右。泛潏潏其前後兮，伴張弛之信期。』《九章·悲回風》

累句疊用例

『乘精氣之摶摶兮，鶩諸神之湛湛。驂白霓之習習兮，歷群靈之豐豐。左朱雀之茇茇兮，右蒼龍之躣躣。屬雷師之闐闐兮，通飛廉之衙衙。前輕輬之鏘鏘兮，後輜乘之從從。載雲旗之委蛇兮，扈屯騎之容容。計專專之不可化兮，願遂推而爲臧。』《九辯》

顛倒用例 對偶用例多，從略

『陶陶孟夏兮，草木莽莽。』《九章·懷沙》
『魂眇眇而馳騁兮，心煩冤之忡忡。』《哀時命》
『觀中宇兮浩浩，紛翼翼兮上躋。』《九懷·陶壅》
『冥冥深林兮，樹木鬱鬱。』《九嘆·思古》

雙聲疊韻與疊字並用例

『高余冠之岌岌兮，長余佩之陸離。』
『佩繽紛其繁飾兮，芳菲菲其彌章。』

[一] 『八』，原作『六』，此例實爲八句，駱鴻凱《楚辭通論》亦作『八』，據改。

「揚雲霓之晻藹兮，鳴玉鸞之啾啾。」已上《離騷》
「靈衣兮披披，玉佩兮陸離。」《九歌・大司命》
「高山崔嵬兮，水流湯湯。」《七諫・初放》
「上葳蕤而防露兮，下泠泠而來風。」同上
「西施媞媞而不得見兮，嫫母勃屑而日侍。」《七諫・怨世》
「忽容容其安之兮，超惝忽其焉如。」《七諫・自悲》
「心儻慌而不我與兮，躬速速而不吾親。」《九嘆・逢紛》
「心怊悵以永思兮，意晻晻而自頹。」同上

雙聲疊韻與疊字錯用例

「燕翩翩其辭歸兮，蟬寂漠而無聲。雁廱廱而南游兮，鵾鷄啁哳而悲鳴。」《九辯》
「世沈淖而難論兮，俗岑峨而嵾嵯。清泠泠而殲滅兮，溷湛湛而日多。」《七諫・怨世》
「霧露濛濛其晨降兮，雲依斐而承宇。虹霓紛其朝霞兮，夕淫淫而淋雨。」《哀時命》
「志隱隱而鬱怫兮，愁獨哀而冤結。腸紛紜以繚轉兮，涕漸漸其若屑。」《九嘆・遠逝》
「何青雲之流瀾兮，微霜降之蒙蒙。徐風至而徘徊兮，疾風過之湯湯。」《七諫・自悲》

附　楚辭雙聲疊韻疊字譜

雙聲譜

【影】

鬱邑《離騷》　於邑《悲回風》　菸邑《九辯》　於悒《九嘆・憂苦》　紆鬱同上　鬱陶《九辯》　搖悅同上　悒殟《九思・逢尤》

猶豫《離騷》容與同上夷猶《湘君》溶與《遠游》容裔《九懷・尊嘉》淫游《離騷》晻藹《離騷》晻[二]翳《九思・遭厄》霧曀《九辯》淫曀《九嘆・逢紛》陰曀《九嘆・惜賢》纁黃《思美人》黃昏《抽思》萎黃《九辯》萎約同上坱軋《招隱士》喔咿《卜居》嗌喔《九思・憫上》窈悠《九思・怨上》渥洽《九辯》滃鬱《九懷・昭世》鬱渥《九嘆・惜賢》淫溢《九辯》溶溢《九嘆・遠逝》踊躍《悲回風》琬琰《遠游》遠遥《大招》渨涹《九嘆・惜賢》威夷《陶壅》蕪穢《離騷》

【曉】

歔欷《離騷》緯繣同上赫戲同上險戲同上[三]倏忽《天問》荒忽《湘夫人》慌忽《招隱士》忽荒《九懷・蓄英》

譁讙《九思・疾世》噓吸《九嘆・憂苦》藋葦《九思・悼亂》

【匣】

榮華《離騷》昡曜同上炫燿《遠游》炫曜《九辯》沆瀣《遠游》玄黃《九思・守志》昡惑《怨上》晧旰《九嘆・遠逝》

【見】

耿介《離騷》鞿羈同上規矩同上規榘《九辯》改更《天問》絓結《哀郢》光景《惜往日》滑稽《卜居》膠加《九辯》

枯槁《遠游》餉結《九思・逢尤》結縎《怨上》膠葛《遠游》膠轕《九嘆・遠游》詰詘《九思・遭厄》呴嘷《九懷・蓄英》覺晧《九嘆・遠游》權概《惜誓》

【溪】

忼慨《哀郢》慷慨《九辯》蜷局《離騷》踡跼《九思・憫上》崎傾《九懷・昭世》丘墟同上困窮《九懷・匡機》空虛《九嘆・憂苦》埳軻《七諫・怨世》

菅蒯《九思・悼亂》

【疑】

岭峨《七諫・怨世》

[二] 『晻』，原訛作『曀』，據《九思・遭厄》改。

[三] 案：《離騷》無『險戲』，而見於《七諫・怨世》。

【端】

追逐同上[一]周章《雲中君》惆悵《九辯》怊悵同上啁哳同上袛[二]裯同上黕點同上顛倒《九思・遭厄》忉怛《九思・怨上》

【透】

突梯《卜居》踸踔《七諫・怨世》悇憛《七諫・謬諫》侘傺《離騷》馳騁同上踼達《九思・遭厄》怵惕《九辯》

【定】

沈滯《九辯》滌蕩《九嘆・逢紛》滔蕩《遠逝》躑躅《九思・憫上》躊躇《九辯》調度《悲回風》震蕩《九游》

【泥】

儒兒《卜居》囁嚅《七諫・怨世》荏弱《哀郢》

【來】

零落《離騷》陸離同上淋離《哀時命》綝纚《九懷・通路》琳琅《東皇太一》憭栗《九辯》潦洌《九思・哀歲》憭栗《招隱士》懰栗《九懷・昭世》

繚悷《九辯》繚戾《九嘆・逢紛》離婁《懷沙》流瀾《七諫・自悲》謰謱《九思・疾世》轤臝《九嘆・愍命》

【精】

咨嗟《天問》呰訾《卜居》擠摧《九懷・憫上》

【清】

逡次《思美人》湫凄《遠游》慘凄《九辯》憯惻同上凄愴同上參差《湘君》嵾嵯《七諫・怨世》遷蹇《九嘆・逢紛》柴蔟《九思・遭厄》

【從】

憔悴《漁父》遒盡《九辯》蝍蛆《九思・哀歲》叢攢同上

[一] 案：「追逐」見於《離騷》，此「同上」未知何指。
[二] 案：「袛」，《九辯》作「荷」，王逸《章句》：「裯，袛裯也。」駱氏殆據此。

【心】
蟋蟀《九辯》 蕭瑟同上 橚槮同上 騷屑《九嘆・思古》 相胥《九懷・昭世》

【邦】
斑駮《九嘆・憂苦》 毰毸《九思・憫上》 炳分《守志》 辟摽《九懷・思忠》

【滂】
滂沛《九嘆・逢紛》 紛敷《九思・守志》 髣髴《悲回風》 彷彿《九辯》 芳芬《九懷・昭世》 芬芳《九嘆・遠游》

【並】
便嬖《九嘆・愍命》

【明】
悶瞀《惜誦》 晦明《抽思》 蘪蕪《少司命》

疊韻譜

【歌戈】
委蛇《離騷》 委移《悲回風》 逶虵《九嘆・遠逝》 旖旎《九辯》 徙倚《遠游》 離披《九辯》 被離同上 嵯峨《招隱士》 碕礒同上
駕鵝《七諫》之亂 蹉跎《九懷・株昭》 沙劘同上 逶隨《九思・逢尤》 徙弛《九嘆・思古》 骫靡《九思・憫上》

【曷末】
㸰嫳《九嘆・遠逝》 越裂《逢紛》

【寒桓】
嬋媛《離騷》 偃蹇同上 連蜷《雲中君》 潺湲《湘君》 蹇産《哀郢》 煩冤《抽思》 軒輊《遠游》 攀援同上 扳援《哀時命》 便娟《遠游》 便悁《七諫・謬諫》

褊淺《九辯》晼晚同上閒安《招魂》漫衍《遠游》爛漫同上[一]嬋連《九嘆・逢紛》
巑岏《憂苦》蔓衍《九思・怨上》緊絭《疾世》繾綣《憫上》[二]便旋《悼亂》晏衍《傷時》宛轉《九嘆・逢紛》蜿蟤《九思・哀歲》蜿蟬《守志》

【屑】

勃屑《七諫・怨世》

【先】

瞵盼《九嘆・昭世》

【灰】

低佪《東君》崔嵬《涉江》崴嵬《抽思》俳佪《遠游》磈硊《招隱士》崔巍《七諫・初放》徘徊《自悲》魁摧《哀時命》
魁堆《九嘆・遠逝》隗頹《九思・逢尤》漼溰《憫上》魁壘同上葳蕤《七諫・初放》依斐《哀時命》依違《九嘆・離世》栖遲《九思・怨上》[三]

【没】

佛鬱《七諫・沈江》

【痕魂】

崑崙《離騷》惀惀《哀郢》紛緼《橘頌》葐蕴《九懷・蓄英》繽紛《離騷》砏磤《九懷・危俊》紛紜《九嘆・遠逝》逡巡《九思・憫上》

【齊】

無

【錫】

薜荔《離騷》

[一] 案：《遠游》無「爛漫」，見於《哀時命》。《楚辭通論》移「便娟」於此條前，則「同上」正符。
[二] 案：《九思・憫上》無「繾綣」。《九思・疾世》「緊絭」，王逸《章句》：「一作繾綣。」疑「憫上」爲「同上」之訛。
[三] 案：《九思・怨上》無「栖遲」，而見於《九思・疾世》。

【青】

經營《遠游》 崢嶸同上 仟眠《九懷·通路》 冥昏《昭世》 屏營《九思·逢尤》 青冥《悼亂》 瑩娸《傷時》

【模】

鉏鋙《九辯》 儲與《哀時命》 扶輿《九懷·昭世》 芙蕖《尊嘉》 扶疏《傷時》

【鐸】

廓落《九辯》 濩渃《九思·疾世》 洛澤《憫上》

【唐】

相羊《離騷》 相佯《九辯》 仿佯《遠游》 尚羊《惜誓》 彷徉《招魂》 倘佯《九嘆·思古》 彷徨《九懷·匡機》 仿偟《九嘆·思古》 偉違《九思·逢尤》

曭莽《遠游》 儻慌《九嘆·逢紛》 罔罔《九思·逢尤》 惝怳《遠游》 惝罔《哀時命》 敞罔《九思·守志》 罔象同上〔一〕 罔兩《七諫·謬諫》〔二〕 蒼唐《九思·傷時》〔三〕 汪洋《九懷·蓄英》 潢洋《九辯》

梁昌《九思·疾世》 佯狂《惜誓》

佂攘《九辯》 枉攘《哀時命》 愴怳《九辯》 懭悢同上 愴悢〔四〕《九懷·蓄英》 光晃《九思·怨上》 餦餭《招魂》

【侯】

須臾《哀郢》 愚陋《九辯》 怐愗同上

【屋】

偓促《九嘆·憂苦》

〔一〕 案：《九思·守志》無『罔象』，而見於《遠游》。

〔二〕 案：《七諫·謬諫》無『罔兩』，而見於《七諫·哀命》。

〔三〕 案：《九思·傷時》無『蒼唐』，而見於《九思·哀歲》。

〔四〕 『悢』，《九懷·蓄英》作『恨』，六臣注《文選》作『悢』。

【東】

動容《思美人》〔一〕 從容《懷沙》 寵嵸《招隱士》 龍邛《九嘆·逢紛》 蓬龍《遠逝》 洶涌《逢紛》 澒溶《九嘆·遠游》 雍容《九懷·昭世》 倥傯《九嘆·思古》

【豪】

逍遥《離騷》 窈窕《山鬼》 要眇《湘夫人》 驕驁《遠游》 要褭《七諫》之亂 佻巧《離騷》 睄窕《九思·疾世》 嗷誂同上〔二〕

【沃】

汋約《哀郢》 儵爍《九思·憫上》

【冬】

豐隆《離騷》

【蕭】

周流《離騷》 浮游同上 蕭條《遠游》 蟉虬同上 蚴虬《惜誓》 聊啾《九嘆·遠逝》 簫韶《憂苦》 優游《惜往日》 寂寥《九辯》

皓膠《大招》 壽考《思美人》

【咍】

曖曃《遠游》 恢台《九辯》 騏驥《離騷》

【德】

無

【登】

曾閎《九嘆·遠逝》

〔一〕 案：《九章·思美人》無『動容』，而見於《九章·抽思》。

〔二〕 案：《九思·疾世》無『嗷誂』，而見於《九思·傷時》。

【合】

無

【覃】

顑頷《離騷》 坎廩《九辯》 坎壈《九嘆·怨思》 泛淫《遠逝》〔一〕 嶔岑《招隱士》 黯黮《九辯》 泛濫《哀郢》 貪婪《離騷》 欿憾《哀時命》

【帖】

踥蹀《哀郢》 攝葉《哀時命》

【添】

嶄巖《招隱士》

疊字譜以聲類系次

【影】

曖曖《離騷》 翼翼同上 婉婉同上 淫淫《哀郢》 杳杳《悲回風》〔二〕 憂憂《抽思》 營營（同上） 悠悠《思美人》

郁郁同上 油油《九嘆·惜賢》 洋洋同上〔三〕 遥遥同上〔四〕 湫湫《大招》 靡靡《九辯》 嚯嚯《九思·怨上》 嚶嚶《悼亂》

容容《山鬼》 鬱鬱《抽思》 藹藹《九嘆·逢紛》 隱隱《遠逝》 哀哀《離世》 懿懿《怨思》 晻晻《逢紛》 由由《惜賢》 悁悁《憂苦》

邑邑《遠游》〔五〕 焱焱同上 衍衍《七諫·自悲》 闇闇《天問》 晏晏《九辯》 陽陽《九懷·尊嘉》 沄沄《哀歲》 延延同上

淵淵《悯上》 熒熒《哀歲》 怞怞《危後》 晏晏《九辯》 雄雄《大招》 依依《九思·傷時》 啞啞《守志》 陶陶《哀歲》 蟫蟫《悼亂》

〔一〕 案：《九嘆·遠逝》無「泛淫」，而見於《九嘆·遠游》。

〔二〕 案：《悲回風》無「杳杳」，而見於《九章·哀郢》《九章·懷沙》《九懷·陶壅》《九嘆·遠逝》《九嘆·思古》《九思·遭厄》。

〔三〕 案：《九嘆·惜賢》無「洋洋」，而見於《九章·哀郢》《九章·悲回風》《九辯》《大招》《九懷·匡機》。

〔四〕 案：《九嘆·惜賢》無「遥遥」，而見於《九章·悲回風》。

〔五〕 案：《遠游》無「邑邑」，而見於《九嘆·遠游》。

【曉】

忽忽《離騷》　曶曶《悲回風》　惛惛《九辯》　滑滑《七諫・怨世》　欣欣《東皇太一》　赫赫《大招》　洶洶《悲回風》　軒軒《九思・悼亂》　吸吸《九嘆・惜賢》

【匣】

浩浩《懷沙》　皓皓《漁父》　顥顥《大招》　皇皇《雲中君》　遑遑《九辯》　潢潢《九嘆・逢紛》　檻檻《怨思》　混混《九思・傷時》　回回《九懷・蓄英》

【見】

謇謇《離騷》　蹇蹇《思美人》　杲杲《遠游》　耿耿同上　究究《九嘆・遠逝》　皎皎《東君》　潏潏《悲回風》　炯炯《哀時命》

慨慨《九嘆・遠逝》　蛩蛩《怨思》　介介《惜賢》　揭揭《遠游》　眷眷《離世》　睠睠《憂苦》　喈喈《九思・悼亂》　頞頞《哀歲》　淈淈《怨上》

【溪】

煢煢《思美人》　悃悃《卜居》　款款同上　躩躩《九辯》　礚礚《悲回風》　喟喟《九嘆・愍命》　傂傂《思古》　契契《惜賢》　蛩蛩《離世》

【疑】

昂昂《卜居》　狺狺《九辯》　銜銜同上　鰲鰲《招魂》　嶷嶷《九懷・陶壅》　凝凝《大招》　峉峉《招隱士》　峨峨《招魂》　岌岌《離騷》

諤諤《九辯》[二]　峉峉《九思・憫上》　岳岳同上　嶅嶅《怨上》　巍巍《九嘆・遠逝》[三]　嗷嗷《惜賢》　嶢嶢《九思・守志》

【端】

忡忡《雲中君》　昭昭《九辯》　逴逴同上　專專同上　卓卓《哀時命》　眐眐同上　怊怊《九思・守志》

【透】

申申《離騷》　惔惔《悲回風》　滔滔《河伯》　暾暾《九嘆・遠游》　蠢蠢《惜賢》　菸菸《愍命》　咄咄《九思・疾世》

[二] 案：《九辯》無『諤諤』，而見於《惜誓》。

[三] 案：《九嘆・遠逝》無『巍巍』，而見於《九嘆・遠游》。

【定】

填填《山鬼》 澹澹《抽思》[一] 湛湛《哀郢》 摶摶《九辯》 媞媞《七諫・怨世》 湯湯《初放》 遲遲《九嘆・惜賢》 塗塗《逢紛》 忳忳《惜誦》

純純《九辯》 闐闐同上 憺憺《抽思》 襜襜《九嘆・逢紛》 幬幬《九懷・危後》 躖躖《悼亂》

【泥】

冉冉《離騷》 嫋嫋《湘夫人》 鬤鬤《九嘆・思古》 穰穰《九思・哀歲》 譨譨《怨上》

【來】

轔轔《大司命》 鄰鄰《河伯》 磊磊《山鬼》 泠泠《哀時命》[二] 浪浪《離騷》 納納《九嘆・逢紛》 澧澧《離世》 蠡蠡《惜賢》

遼遼《憂苦》 漣漣同上 離離同上[三] 睩睩《九思・憫上》 戀戀《傷時》 瀏瀏《九辯》

【精】

蓁蓁《招魂》 總總《離騷》 嗟嗟《悲回風》 騷騷《九嘆・遠逝》

【清】

青青《少司命》 凄凄《悲回風》 戚戚同上 悄悄同上 察察《漁父》 淺淺《湘君》 鏘鏘《九辯》 啾啾《山鬼》

萋萋《招隱士》 愴愴《九懷・思忠》 諓諓《九思・憫上》 愀愀《九嘆・逢紛》

【從】

從從《九辯》 噍噍《九思・哀歲》 漸漸《九嘆・遠逝》

【心】

颯颯《山鬼》 蕭蕭同上 纚纚《離騷》 漇漇《招隱士》 速速《九嘆・逢紛》 翔翔[四]《七諫・謬諫》 習習《九辯》

[一] 案：《九嘆・抽思》無「澹澹」，而見於《九嘆・愍命》。
[二] 案：《哀時命》無「泠泠」，而見於《七諫・初放》《七諫・怨世》。
[三] 案：《九嘆・憂苦》無「離離」，而見於《九嘆・思古》。
[四] 「翔翔」，原訛作「羯羯」。案：《楚辭》無「羯羯」，《楚辭通論》作「翔翔」，據改。

【邦】

怫怫《九嘆・遠逝》霏霏《涉江》菲菲《離騷》斐斐《九嘆・惜賢》茇茇《九辯》縹縹《九懷・危俊》

【滂】

雰雰《悲回風》翻翻同上紛紛《九嘆・遠逝》怦怦《九辯》沛沛《九懷・尊嘉》泛泛《卜居》駓駓《招魂》翩翩《湘君》豐豐《九辯》

【並】

被被《大司命》披披《九嘆・遠逝》浮浮《抽思》瞥瞥《九思・守志》

【明】

眇眇《湘君》邈邈《離騷》莽莽《懷沙》眛眛同上芒芒《悲回風》默默同上緜緜同上穆穆同上[一]蒙蒙《九辯》

冥冥《東君》曼曼《悲回風》蔓蔓《山鬼》汶汶《漁父》亹亹《九辯》濛濛《哀時命》茫茫同上惘惘《悲回風》

漫漫《九嘆・逢紛》靡靡《九懷・陶壅》莫莫《九思・疾世》脉脉《逢尤》黴黴《怨上》

附　論連語無定字亦無定義

無定字者如

猶豫《離騷》容與同上夷猶《湘君》溶與《遠游》容裔《九懷・尊嘉》

無定義者如

《離騷》：「望瑶臺之偃蹇。」王注：「偃蹇，高貌。」又：「何瓊佩之偃蹇。」王注：「偃蹇，衆盛貌。」《東皇太一》：「靈偃蹇兮姣服。」王注：「偃蹇，舞貌。」

大氏方俗古今語音之轉，而文遂因之以變。古書中凡聲相近者多通用，而連語疊字尤多。即「委蛇」一語言之。《詩・羔羊》「委

[一] 案：《悲回風》無「穆穆」，而見於《遠游》《大招》《九思・守志》。

蛇』字，陸氏《釋文》作『委虵』，引《韓詩》作『逶迤』。漢《費鳳碑》『君有逶虵之節』，《逢盛碑》『當[一]遂過迤[二]』，《劉熊碑》『卷舒委隨』，《唐扶頌》『在朝委隋[三]』，《衡方碑》『褘隋在公』，《後漢・儒林傳》『方[四]領、習矩步者，委它乎其中』，《任邳傳》贊『委佗還旅』，皆用《詩》義。《莊子・田子方》篇[五]『遺蛇其步』，《釋文》：「遺，本[六]作逶。」《漢書・東方朔傳》『遺蛇其步[七]』顔注：「遺蛇猶逶迤也。」《列子・黄帝篇》『吾與之虛而猗移』，《莊子・應帝王篇》作『委蛇』。《楚辭・遠游》『形蟉虯而逶蛇』，《九嘆》『遵曲江之逶移』，《易林・大壯之鼎》『長尾蜲[八]蛇』，郭璞《方言》『嫷[九]』字注云『言蜲嫷也』，義皆與《詩》近，凡十餘變。宋洪适《隸釋》[一〇]謂『委蛇』異文有十二，尚不足以盡之。此所謂連語無定字也。《列子》之『猗移』，狀容之隨順；《莊子釋文》：「委蛇，至順之貌。」《遠游》之『逶蛇』，狀物之盤曲；《九嘆》之『逶移』，狀路之紆遠；《易林》之『蜲蛇』，狀形之修長；《方言》注之『蜲嫷』，狀貌之美麗；而《廣雅》訓『委蛇』爲『窊邪』；《離騷》『載雲旗之委蛇』，又以爲旂之卷舒；張衡《西京賦》『聲清暢而逶[一一]蛇』，又以爲音之詰詘。隨文立解，屢變所適，又所謂連語無定義也。

〔一〕『當』，原訛作『尚』，據洪适《隸釋》卷十《童子逢盛碑》、洪邁《容齋五筆》卷九改。
〔二〕『迤』，洪适《隸釋》卷十《童子逢盛碑》、洪邁《容齋五筆》卷九作『池』。
〔三〕『委隋』，洪适《隸釋》卷五《漢成陽令唐扶頌》作『逶隨』。
〔四〕《後漢書・儒林傳》『方』前有『服』。
〔五〕『篇』，當作『注』。案：《莊子・田子方》無此文，郭象注：『槃辟其步，逶蛇其迹。』知出自注文，而有所改動。清胡承珙《毛詩後箋》卷二：『然諸書言「委蛇」者，如《莊子・田子方》篇「遺蛇其步」（《釋文》：「遺，本作逶。」）、《漢書・東方朔傳》「遺蛇其迹」（顔注：「遺蛇猶逶迤也。」）。』知駱氏所參或即此文，故因循致誤。
〔六〕《經典釋文》『本』後有『又』。
〔七〕『步』，當作『迹』，恐爲駱氏或刊刻者涉上而誤。
〔八〕『蜲』，當作『踒』。案：《易林・大壯之鼎》作『長尾踒蛇』，《師之咸》作『長尾委蛇』，《噬嗑之復》作『長尾蜲蛇』，此處既引《大壯之鼎》，則以作『踒蛇』爲是。下同。
〔九〕『嫷』，原訛作『蜲』，《方言》無『蜲』字，此注實在卷二『楚之外曰嫷』下，據改。
〔一〇〕案：洪邁《容齋五筆》卷九『委蛇字之變』條稱『此二字凡十二變』，洪适《隸釋》並無此語，駱氏誤。
〔一一〕『逶』，《文選・西京賦》作『蜲』。

楚辭義類疏證[一]

以《員輻》第一期本爲底本，以稿本參校

丁卯之歲，侍師北平。時方涉《楚辭》以教，泛濫衆家，無所宗主也。燕閒之暇，執本以問，乃知斯學綱領，昭若發矇，《義類》之作，造端於兹。講授四方，不離造次，循《爾雅》之條例，貫叔師之故訓，《沾補釋人》一篇，即用俞蔭甫氏《楚辭釋人》成稿。錯綜群言，依傍師説。崇朝作傳，既謝淮南之敏；禮堂問業，彌慚張逸之勤。

《楚辭》訓故，無不與《蒼》《雅》傅合。許君博訪周咨，嘗引以釋字義。《説文》『嫈』下曰：『女字也。《楚辭》曰：「女嫈之嬋媛。」賈侍中説：「楚人謂姊爲嫈。」』『蒦』或體『彠』下曰：『彠[二]，或从尋，尋亦度也。《楚辭》曰：「求矩彠之所同。」』『搴』下曰：『拔取也。南楚語。《楚辭》曰：「朝搴阰之木蘭。」』『顥』下曰：『白皃，从景頁。《楚辭》曰：「天白顥顥。」』『彈』下曰：『躲也。《楚辭》曰：「弜焉彈日。」』『菩』下曰：『草也。《楚辭》有菩蕭草。』今本《九辯》作『梧楸』，注亦以木釋之，則許、王所見本不同也。景純注《雅》，亦嘗於《釋天篇》引《離騷》云『攝提貞於孟陬』以證正月爲陬，又『蜺爲挈貳』注云：『蜺，雌虹也，見《離騷》。』『暴雨謂之涷』注曰：『《離騷》云「令飄風兮先驅，使涷雨兮灑塵」是也。』《釋草》『卷葹草』注云：『宿莽也。《離騷》云。』凡此皆引《楚辭》之文以爲證佐。蓋自王子朝奉周之典籍以奔楚，左史倚相能讀《墳》《典》《丘》《索》之書，豪傑之士，楚産北學，説周公、仲尼之道，江、漢以南，風氣日開。屈、宋詞賦，雖雜楚音，不乖《蒼》《雅》，故許、郭二氏有取焉爾。逮魏張揖踵古有作，依乎《爾雅》，《雅》之所略，悉著於篇。則經子成文，辭賦奇字，罔羅放失，品録加詳。而《楚辭》舊注，大半甄采，亦見叔師訓詁之精，言小學者莫能外也。兹編自爲義類，加之疏證，不能如王、郝之引申觸類，穿穴群書，惟推尋本字，甄

[一] 上海圖書館藏本後有墨筆增『改本』。
[二] 『彠』，稿本作『蒦』，《説文》同。

明通假，閒輯舊訓，略資證凭。二君所詳，亦無贅焉。聊以章句自憙，用成王氏一家之學，且資日課，敢云專業？既異景純之博物，又微稚讓之用諝，庶有達者，匡其謬焉。

釋詁上

孟、初、肇、本、倡、昔、古，始也。

孟、肇，《離騷》。初，《離騷》二見。本，《天問》。[一] 倡，《九章・悲回風》。昔，《離騷》、《天問》二見、《九章・抽思》。[二] 古，《九嘆・思古》。

《説文》：『始，女之初也。』始與胎同从義近。『胎，婦孕三月也。』語原於巳。巳，己也，『人懷妊，巳在中。象子未成形。』[三] 然則始者，人之初生，引申爲凡始。《釋名・釋言語》：『始，息也。』言滋息也。

○孟者，《爾雅・釋詁》《説文》並云：『長也。』《説文》孟古文𠈃與保古文𠈃同，孟、保古爲一語。保訓養，孟訓長，其義一也。長、養之義，引申爲長幼，爲始。《廣雅・釋詁》：『孟，始也。』《漢書・劉向傳》：『孟陬無紀。』孟康曰：『首時爲孟。』首亦始也。

○初者，《説文》：『初，裁衣之始也。』《爾雅・釋詁》：『初，始也。』

○肇者，肁之假借。《説文》：『肁，始[四]開也，从户从聿。』案：聿，『从聿，一聲[五]。』一，數之始也。通作肇。《爾雅・釋詁》：『肇，始也。』

○本者，《説文》：『木下曰本，从木，一在其下。』《廣雅・釋詁》：『本，始也。』《禮・大學》：『物有本末，事有終始。』事、物通言不別，終始、本末亦同義。《呂覽・孝行》『民之本教曰孝』注、《淮南》『本經』注並云：『本，始也。』

○倡者，唱之假借。《説文》：『唱，導也。』通作倡。《廣雅・釋詁》：『倡，始也。』[六]《吴語》：『大夫種乃倡謀。』韋注：『發

[一] 《員輻》本『本』一節在『倡』一節後，據稿本乙。
[二] 《員輻》本『《九章・抽思》』在『《天問》二見』前，據稿本乙。
[三] 案：『人懷妊』以下，在《説文》爲『包』之釋義。
[四] 《員輻》本、稿本『始』前均衍『户』，據《説文》删。
[五] 『一聲』，稿本作『从一』，《説文》作『一聲』，段玉裁改作『从聿一』。
[六] 案：《廣雅・釋詁》：『昌，始也。』王念孫注：『昌與倡通。』

始曰倡。』[一]

○昔者，《説文》：『昝，乾肉也，象殘肉，日以晞之。與俎同意。』引申爲久，《書・無逸》『昔之人無聞知』疏：『久也。』爲古，《詩・那》『自古在昔』傳：『古曰在昔。』久猶古也，古亦始也。《廣雅・釋詁》：『昔，始也。』

○古者，《説文》：『古，故也。从十口，識前言者也。』《廣雅・釋詁》：『古，始也。』初、昔、古爲始，義之常行。又具見《爾雅》《廣雅》。郝、王二家舉證已詳，今不復覼縷，以下仿此。

天、帝、皇、王、后、林、烝、上、日、陽、靈脩、荃、蓀，君也。

天，《九章・哀郢》。帝，《離騒》。皇，《離騒》《九嘆・愍命》《九思・逢尤》。王，《離騒》。后，《離騒》、《天問》三見、《九思・守志》。林，《天問》。烝，《九懷・危後》。上，《離騒》二見、《七諫・初放》《九思・怨上》。日，《九辯》《九嘆・惜賢》。陽，《九章・涉江》。靈脩，《離騒》二見、《九歌・山鬼》《七諫・哀命》《謬諫》《九嘆・逢紛》。靈，《離騒》《九思・逢尤》。荃，《離騒》。蓀，《九章・抽思》二見。

○天者，《説文》：『君，尊也。从尹，發號，故从口。』《逸周書・謚法》：『從之成群曰君。』《春秋繁露・滅國篇》：『君者，群也。』[二]

○天者，《左氏》宣四年《傳》：『君，天也。』《詩・桑柔》傳：『昊天斥王。』《爾雅・釋詁》：『天，君也。』

○帝者，《説文》：『帝，諦也。王天下之號也。』王注引《帝繫》：『德合天地稱帝。』《離騒》注。《白虎通・號》引《禮記・謚法》：『德象天地稱帝。』《爾雅・釋詁》：『帝，君也。』

○皇者，《説文》：『皇，大也。从自。自，始也。始皇者，三皇大君也。』《謚法》：『靜民則法曰皇。』《爾雅・釋詁》：『皇，君也。』

○王者，《説文》：『王，天下所歸往也。』《謚法》：『仁義所在曰王。』《爾雅・釋詁》：『王，君也。』

○后者，《説文》：『后，繼體君也。象人之形，施令以告四方，故厂之，从一口。發號者，君后也。』《爾雅・釋詁》：『后，君也。』

○林、烝者，《爾雅・釋詁》並云：『君也。』案：《説文》：『平土有叢木曰林。』《白虎通・五行》：『林者，衆也。』又訓君者，

[一] 案：二『倡』字，《國語・吴語》及韋昭注皆作『唱』。
[二] 案：《春秋繁露・滅國》：『君者，不失其群者也。』又《春秋繁露・深察名號》：『君者，群也。』駱氏或誤録篇名。

與君訓群同意。《詩・賓之初筵》『有壬有林』傳、《漢書・律曆志上》並云：『林，君也。』《爾雅・釋詁》又云：『烝，衆也。』烝訓衆，亦訓君，與林訓衆亦訓君同意。《詩・文王有聲》『文王烝哉』傳：『烝，君也。』朱駿聲曰：林訓君者，『〔假借〕爲臨。……《左》定八〔一〕《傳》「林楚」，《公羊》作「臨南」。』《説文通訓定聲》臨部第三。案：臨訓監臨，《論語・爲政》『臨之以莊則敬』皇侃疏：『臨者，以高視下之名。』則朱説臨爲林君之本字，似亦可從。黄先生曰：『《爾雅・釋詁》：「烝，君〔二〕也。」《説文》：「烝，火气上行也。」《書・多方》「不蠲烝」馬注：「升也〔三〕。」烝有升上之義，故引申訓〔四〕君。《廣雅・釋詁》：「上，君也。」』〔五〕案：師説直從烝本義求所以訓君，而不取烝訓衆、君訓群之説，尤爲確詁。

○上者，《説文》：『上，高也。』《廣雅・釋詁》：『上，君也。』

○日者，《廣雅・釋詁》：『日，君也。』《詩・柏舟》『日居月諸』傳：『日，君象也。』《公羊》昭二十五年《傳》『又雩者何』注：『日爲君。』

○陽者，《説文》：『陽，高明也。』《易・繫詞下》傳『陽一君而二民』注：『陽，君道也。』《春秋繁露・基義》：『君爲陽。』案：陽、日互訓，《詩・湛露》傳：『陽，日也。』《漢書・天文志》：『日，陽也。』陽之爲君，猶日之爲君也。

○靈脩者，王注：『靈，神也；脩，遠也。能神明遠見者，君德也，故以喻君。』《離騷》注。案：《説文》：『靈，靈巫以玉事神。从玉，霝聲。』或从巫作靈。『霝，雨零也。从雨，口口口象零形。』《廣雅》作霝：『空也。』見《釋詁》〔六〕引申爲聰明，从霝聲者有櫺，《説文》：『楯間子也。』令、霝聲通。《楚辭・九章・涉江》注：『船有窗牖曰舲。』〔七〕皆取空明義。霝衍爲靈，猶囱衍爲聰矣。爲神明，《楚語》：『古之巫聰明齋肅，精爽不貳。』即其義也。《説文》：『脩，脯也。』『脯，乾肉也。』乾義引申爲塵久，又引申訓遠。靈脩連文爲君，單言靈亦爲君也。《哀時命》又以靈皇連文。章公曰：『周名小國之相爲令，故楚以子男之國而置令尹〔八〕，其君亦得稱令。故屈原稱其君爲靈脩，即是令長。』自注：

〔一〕《員輻》本『八』後有『年』，稿本、《説文通訓定聲》均無，據删。
〔二〕『君』，原訛作『進』，據《爾雅・釋詁》與黄侃《爾雅音訓》改。
〔三〕《爾雅音訓》『馬注』後作『訓烝爲升』。
〔四〕『訓』，《爾雅音訓》作『爲』。
〔五〕案：此引文出自黄侃對《爾雅》之校語，又見黄焯輯《爾雅音訓》卷上。
〔六〕『見《釋詁》』，據上海圖書館藏《員輻》本駱氏墨筆所添補。
〔七〕案：《九章・涉江》王逸《章句》作：『舲船，船有窗牖者。』
〔八〕章太炎《太炎文録》後有『此實職也』。

『長字避淮南諱作脩，非其本文。長亦周時舊名。《天官·大宰》云：「乃施[一]於都鄙而建其長。」鄭云：「長謂食采邑者。」』《文録·官制索隱》。此又一説。

○荃、蓀者，王注：『荃，香草，以喻君。』《離騷》注。又曰：『蓀，香草也。以喻君。』《九章·抽思》注。案：《説文》有荃無蓀，蓀即荃之别字也。《莊子·外物》『忘荃』，《釋文》引崔音孫，《類篇》蓀亦作荃。《楚辭》以靈脩、荃、蓀喻君，本其方俗，猶《詩經》以昊天斥王，林、烝爲君也。

介、浩、廣、衍、朴、元、馮、壯、豐、曠、滂、假、隱、鴻、閎、魁、恢，大也。

介，《離騷》。　浩，《九歌·東皇太一》《少司命》。　廣，《九歌·大司命》。　衍，《天問》。　朴，《天問》《九章·懷沙》。　元、馮、壯，《天問》。　豐，《九章·懷沙》。　曠，《招魂》。　滂、假，《大招》。　隱，《哀時命》《九嘆·遠逝》。　鴻，《九嘆·逢紛》《離世》。　閎，《九嘆·遠逝》。　魁，《九嘆·憂苦》。　恢，《九懷·守志》。

《説文》：『大，天大，地大，人亦大，故大象人形。』籀文大，改古文大，亦象人形。

○介者，夰之假借。《説文》《方言》一並云：『夰，大也。』《説文》：『讀若蓋[二]。』通作介。《易·晉》六二『受兹介福』虞翻注：『介，大也。』

○浩者，《説文》：『浩，澆也。』段玉裁曰：『澆，當作沆，字之誤也。』案：《類篇》引澆作鐃，《禮·王制》注浩者多大之義。《書·堯典》傳：『浩浩，盛大也。』

○廣者，《説文》：『殿之大屋也。』《廣雅·釋詁》：『廣，大也。』

○曠者，《説文》：『明也。』引申訓空，《書·皋陶謨》『無曠庶官』傳：『曠，空也。』又引申訓大，《老子》『曠兮其若谷』注：『曠者，寬大也。』

○衍者，《説文》：『水朝宗於海也。从水从行。』引申訓大。《廣雅·釋詁》：『衍，大也。』

○朴者，樸之假借。《説文》：『樸，木素也。』《漢書·黄霸傳》注：『樸，大質也。』案：木素爲大，猶未成鹽之鹹池爲庰鹵。

[一]《太炎文録》及《周禮》後有『則』。
[二]『蓋』，原作『介』，據《説文》改。

《倉頡篇》：「庈〔一〕，大也。」《文選・魏都賦》注引。鹵之言樸魯也，魯鈍亦大義。《小爾雅・廣詁》〔二〕：「樸，叢也。」叢與大義亦近。

○元者，《爾雅・釋詁》《説文》並云：「始也。」《説文》：「元，从一从兀。」「兀，高而上平也。」高、大義近。《詩・六月》「元戎十乘」、《采芑》「方叔元老」傳並云：「大也。」《漢書・董仲舒傳》：「元者，辭之所謂大也。」

○馮者，畐之聲轉。《説文》：「畐，滿也。从高省，象高厚之形。讀若伏。」字別作偪。《方言》六：「偪，滿也。腹滿曰偪。」滿義引申爲大，猶浩訓饒，亦爲大也。馮、畐同聲，平、入通轉。

○壯者，《説文》：「壯，大也。」《方言》一：「秦晉之間，凡人之大謂之奘，或謂之壯。」

○豐者，《説文》：「豐，豆之豐滿者。」《易・象下》傳、《詩・豐年》傳並云：「豐，大也。」

○滂者，《説文》：「滂，沛也。」語衍於旁：「旁，溥也。」《爾雅・釋詁》《説文》並云：「溥，大也。」

○假者，嘏之假借。《説文》：「嘏，大遠也。」通作假。《爾雅・釋詁》：「假，大也。」

○隱者，殷之假借。《説文》：「作樂之盛稱殷。」引申之爲凡盛，又引申之爲大。《廣雅・釋詁》：「殷，大也。」《禮・喪大記》「主人具殷奠之禮」注：「殷，猶大也。」

○鴻者，《詩・鴻雁》傳：「大曰鴻，小曰雁。」《九罭》「鴻飛遵渚」箋：「大鳥也。」案：鴻从江聲，江从工聲。工，象人有規巨，《小爾雅・廣詁》：「巨，大也。」从工聲者有琟：「鳥肥大琟琟也。」有仜：「大腹也。」江本以大水得名，《釋名・釋水》：「江，公也，諸水流入其中，所公共也。」

○閎者，宏之假借。《説文》：「宏，屋恢〔三〕響也。」「恢，大也。」弘訓弓聲，亦與宏同从義通。

○魁者，顝之假借。《説文》：「顝〔四〕，大頭也。讀若魁。」通作魁。《史記・留侯世家》：「計魁梧奇偉。」《集解》引應劭曰：「魁梧，邱虚壯大也〔五〕。」《文選・吴都賦》「魁岸豪傑」劉注：「魁岸，大度也。」錢氏大昕謂《説文》所云「讀若」皆古書假借之例，不特寓其音，即可通其字。此類是也。

〔一〕「庈」，《文選》李善注引作「斥」。
〔二〕「《小爾雅・廣詁》」，《員輻》本作「《爾雅・釋詁》」，《爾雅》無此訓。上海圖書館藏《員輻》駱氏墨筆本添「小」而未改「釋」，據稿本、《小爾雅》改。
〔三〕「恢」，《説文》作「深」。
〔四〕「顝」，原訛作「魁」，稿本不誤，上海圖書館藏《員輻》本駱氏亦改正。
〔五〕「邱」，《史記集解》作「丘」；「也」，《史記集解》作「之意」。

極、迄、底、致、造、假、到、臻，至也。

極，《天問》二見、《九辯》。　迄、底，《天問》。　致，《九章・惜誦》。　造，《遠游》。　假，《招魂》。　到，《七諫・哀命》。　臻，《九懷・昭世》。

《説文》：「至，鳥飛從高下至地也。从一。一，地也[二]。」引申之，自外而來亦曰至。《字林》：「至，到也。」《文選・長笛賦》注引。《禮・樂記》注：「至，來也。」

○極者，《説文》：「棟也。」引申之爲中，爲高，爲遠，又爲至。《爾雅・釋詁》：「極，至也。」

○迄者，迄之形訛，訖之聲借。《説文》：「訖，止也。」止、至同義。通作迄。《爾雅・釋詁》：「迄，至也。」

○底者，《説文》：「止居也。一曰下也。」案：底之言氐，「氐，至也，从氏下箸一，一，地也。」从氐聲者有邸，「郡國舍也。」《漢書・文帝紀》注：「邸，至也。」有坻，「小渚也。」《爾雅・釋水》：「小渚曰沚。」沚之言止也。有抵，「擠也。」《廣雅・釋詁》：「至也。」有牴，「觸也。」亦與至近。

○致者，《説文》：「送詣也。」《廣雅・釋詁》：「至也。」《記・禮器》注：「致之言至也。」

○造者，《説文》：「就也。」就訓尤高，引申訓集。集之言亼也。集爲鳥飛下止，故造亦爲至也。

○假者，《説文》《廣雅・釋詁》並云：「至也。」通作格。《爾雅・釋詁》：「格，至也。」《説文》又有「假」：「至也。」

○到、臻者，《説文》《爾雅・釋詁》並云：「至也。」

逝、適、遂、徂、之、如，往也。

逝，《離騷》《九歌・湘夫人》。　適，《離騷》《九章・悲回風》。　遂，《天問》。　徂，《九章・懷沙》《九嘆・疾世》。　之，《九章・惜誦》。　如，《九章・涉江》《遠游》《九思・遭厄》。

○逝者，《説文》《爾雅・釋詁》並云：「往也。」《説文》：「往，之也。」《釋名・釋言語》：「往，暀也。歸暀於彼也。故其言之印頭以指遠也。」

○適者，《説文》：「適，之也。」《爾雅・釋詁》：「往也。」

[二]「一，地也」，《説文》作「一猶地也」。

○遂者，㒸之假借。《説文》：『㒸，從意也。』『從，隨行也。』隨行謂之㒸，已行亦謂之㒸，通作遂。《廣雅·釋詁》：『遂，往也。』《論語·八佾》：『成事不説，遂事不諫，既往不咎。』成事、遂事，即既往也。行、遂同義，故行亦爲往。《廣雅·釋詁》：『行，往也。』杜預《春秋經傳集解序》：『指行事以正褒貶。』又云：『附於二百四十二年行事。』皆謂往事也。

○徂者，《説文》：『𧻚，往也。』或作徂。《方言》一：『徂，往也。』

○之者，《説文》：『之，出也。』《詩·碩鼠》『誰之永號』箋：『之，往也。』

○如者，《説文》：『從隨也。』《小爾雅·廣詁》：『適也。』《春秋》桓三年：『公子翬如齊。』

吉、脩、臧、嘉、謹、佳、淑、祥，善也。

吉，《離騷》二見、《天問》。　脩，《離騷》。　臧，《天問》二見、《九章·懷沙》《九辯》。　嘉，《天問》《九嘆·愍命》《九思·守志》。　謹，《九章·懷沙》。

佳，《九章·惜往日》《大招》。　淑，《九章·橘頌》《遠游》《招魂》《哀時命》。　祥，《招魂》。

《説文》：『𠮛，吉也。从羊，與[一]義美同意。』

○吉者，《説文》《廣雅·釋詁》並云：『善也。』

○脩者，修之假借，《説文》：『修，飾也。』引申訓善，通作脩。《後漢書·張衡傳》『伊中情之信脩』注：『脩，謂自脩爲善也。』

○臧者，《説文》《爾雅·釋詁》並云：『善也。』

○嘉者，《説文》：『嘉，美也。』《爾雅·釋詁》：『嘉，善也。』

○謹者，《説文》：『謹，慎也。』引申訓善。

○佳者，《説文》《廣雅·釋詁》並云：『善也。』

○淑者，《説文》：『清湛也。』《爾雅·釋詁》：『善也。』案：善義即由清湛引申。《説文》又有『俶』，一曰『善也』，引《詩》曰『令終有俶』。

○祥者，《説文》：『福也。一云善。』《爾雅·釋詁》：『祥，善也。』

[一]《説文》『與』前有『此』。

娱、愉、怡、恬、媮、安、嘕、閑、聊，樂也。

娱，《離騷》三見、《九歌·東君》《九章·惜誦》《抽思》《懷沙》《招魂》、《大招》二見。　愉，《九歌·東皇太一》。　怡，《九章·哀郢》。　恬，《遠游》。　媮，《卜居》。　安，《招魂》。　嘕，《大招》。　閑，《大招》。　聊，《九思·怨上》。

《説文》：「樂，五聲八音總名。象鼓鞞，木，虡〔一〕也。」引申爲哀樂之樂。聞樂則樂，與喜从豈同意。《釋名·釋言語》：「樂，樂也。使人好樂之也。」

〇娱者，《説文》《廣雅·釋詁》並云：「娱，樂也。」通作虞。《易·中孚》：「虞吉。」《孟子》：「霸〔二〕者之民驩虞如也。」

〇愉、媮者，偶或悆之假借。《説文》：「偶，懽也。」悆下引《周書》「有疾不悆」，「悆，喜也。」通作愉。《爾雅·釋詁》：「愉，樂〔三〕也。」《廣雅·釋詁》：「愉，喜也。」又：「説也。」〔四〕《釋訓》：「愉愉，和也。」並與樂義近。又通作媮，《詩·東門之枌》「他人是愉」，《地理志》作「它人是媮」。又通作偷，《禮·表記》「君子……安肆日偷」注：「苟且也。」苟且亦謂懷安偷樂。

〇怡者，《説文》：「和也。」和、樂義近，語原於台。《説文》：「台，説也。」

〇恬者，《説文》：「安也。」安、樂義近。《方言》十三：「恬，靜也。」靜與樂義亦相因。

〇安者，《説文》：「竫〔五〕也，从女在宀下。」與寍从宀心皿、妥从爪女同意。引申訓樂。《釋名·釋言語》：「安，晏也。晏晏然和樂〔六〕，無動懼也。」晏、樂義同。

〇嘕之言嘘，《方言》十三：「嘘，樂也。」注：「嘘嘘，歡貌。音譽。」《廣雅·釋詁》：「嘘，樂也。」《釋訓》：「嘕嘕，喜也。」嘘、嘕並衎之後出字。《説文》：「衎，行喜皃。」《爾雅·釋詁》：「衎，樂也。」

〇閑者，閒之假借。《説文》：「閒，隙也，从門中見月〔七〕。」引申爲容暇，又引申爲樂，通作閑。《詩·十畝之間》「桑者閑閑兮」

〔一〕「虡」，原訛作「簴」，據《説文》改。
〔二〕「霸」，原訛作「王」，據《孟子》改。
〔三〕「樂」，原訛作「榮」，《爾雅》作「樂」，上海圖書館藏《員輻》本駱氏亦改正。
〔四〕案：《廣雅·釋詁》：「忿愉、兑、解，説也。」忿愉連文，駱氏拆爲單字。
〔五〕「竫」，《説文》作「靜」，駱氏殆據段玉裁注改。
〔六〕「樂」，《釋名》作「喜」。
〔七〕「从門中見月」，《説文》作「从門从月」。

傳：『男女無别往來之貌。』亦言樂也。

○聊者，僇、憀之假借。《説文》：『僇，一曰且也。』『憀，憀然也。』苟且即爲偷樂；憀然者，亦謂聊且如此也。《淮南·兵略訓》『吏民不相憀』注：『憀，賴也。』通作聊。《秦策》『百姓不聊生』注：『聊，賴也。』聲轉爲俚。《説文》《方言》三並云：『俚，聊也。』《廣雅·釋言》：『俚，賴也。』《漢書·季布欒布田叔傳》贊『其畫無俚之至耳』注：『賴也。』僇、憀、聊、俚、賴，並一聲之轉。

錫，賜也。詒、貽、遺、貺、施、予、暨、以，與也。

錫，《離騷》《九嘆·離世》。　詒，《離騷》《九章·惜誦》。　貽，《天問》。　遺，《九歌·湘君》《大司命》、《招魂》二見。　貺，《九章·悲回風》。　施，《九章·抽思》。　予，《招魂》二見。　暨，《九章·悲回風》。　以，《離騷》二見。

《説文》：『賜，予也。』通作錫。《爾雅·釋詁》：『錫，賜也。』《公羊》莊元年《傳》：『錫者何，賜也。』錫亦作賜。《書·禹貢》『錫土姓』，《史記·夏本紀》作『賜土姓』，錫、賜一假一正，而一爲所釋之字，一爲釋之之字。《爾雅·釋言》：『葵，揆也。』『甲，狎也。』亦此例。師説《爾雅》但據成文訓釋，不與他字書相應，是也。《九辯》『願賜不肖之軀而别離』，王以『气匄』爲訓。[一] 案：气之本字作氣，《説文》：『氣，饋客芻米也。』或作餼。『匄，气也。逯安説：亡人爲匄。』古語施受同辭，以物予人，亦謂之匄矣。

詒、貽、遺、貺、施、予爲賜與之與，暨、以爲與及之與。《爾雅》二義不嫌同條，於《釋詁》篇屢見之，嚴元照、王引之皆嘗發明其例矣。《説文》：『与，賜予也。一勺爲与。』通作與。《説文》：『與，黨與也。从舁从与。』引申爲及。《論語》『惟我與爾有是夫』，《釋文》：『與，及也。』

○詒、貽者，《爾雅·釋言》《説文》並云：『詒，遺也。』《説文》見『一曰』下。别作貽。《詩·斯干》，《釋文》：『詒，本作貽。』《雄雉》及《静女》，《釋文》又云：『貽，本作詒。』蓋詒、貽二字通用，詒爲正體，貽則詒之後出字耳。

○遺者，饋之假借。《説文》：『饋，餉也。』或从鬼作餽。《廣雅·釋詁》：『饋，遺也。』通作遺，又通作歸。《論語》『齊人歸女樂』，又『詠而歸』，《釋文》：『鄭本作饋。』『魯讀饋爲歸。』

○貺者，《爾雅·釋詁》：『賜也。』通作況。《魯語》：『況使臣以大禮。』《晉語》：『間父之愛而嘉其況。』韋注並云：『況，賜

[一] 案：王逸《章句》：『乞丐骸骨，而自退也。』與駱氏所引不同。

也。』〔二〕案：《說文》：『兄，長也。』引申訓兹益。《詩・桑柔》『倉兄填兮』傳：『兄，滋也。』《廣雅・釋言》：『兄〔三〕，滋也。』《召旻》『職兄斯引』傳：『兄，兹也。』滋假字，兹正字。兹益故爲賜與。『況，寒水也。』義別。从貝作貺，則後人以意製之俗字也。㚤，況字，本亦作兄，《說文》『㚤』下曰：『兄〔三〕，詈也。』謂加益之詞。〔四〕从仌作况，又況之訛體也。

○施者，貤之假借。《說文》：『貤，重次弟物也。』《廣雅・釋詁》：『貤，益也。』次第相承申緟，故爲益。是則貤之爲與，猶兄之爲與也。

○予者，《說文》：『推予也。象相予之形。』案予、与之別，与專指酒食，予兼百物。本章公說。義近而聲亦同。

○暨者，臮之假借。《說文》：『臮，衆詞與也。』通作暨。《爾雅・釋詁》：『暨，與也。』

○以者，與之聲轉。《詩・江有汜》一章『不我以，不我以』、二章『不我與，不我與』箋：『以猶與也。』《離騷》：『夫維聖哲以茂行。』王注：『獨有聖明之智，盛德之行。』又曰：『索藑茅以筳篿。』王注：『索，取也；藑茅，靈草也；筳，小折竹也。楚人名結草折竹以卜曰篿。』『言……取神草竹筳，結而折之，以卜去留。』二以字並訓與。玩王注自明也。

仍、逐、侍，從也。從、原，由也。

仍，《九章・悲回風》。逐，《九歌・河伯》。侍，《招魂》。從，《卜居》。原，《七諫・沈江》。

《說文》：『從，隨行也。从辵从从。』《詩・既醉》『從以孫子』箋：『隨也。』

○仍者，《說文》《爾雅・釋詁》並云：『因也。』《詩・常武》『仍執醜虜』傳：『仍，就也。』因與就一義，引申爲從。《說文》又有『扔』：『因也。』與仍聲義並同。

○逐者，《說文》：『追也。从走从豚省。』追、從義同。

○侍者，《說文》：『承也。』『承，奉也。』《孝經》『曾子侍』，《釋文》：『卑在尊者之側曰侍。』《倉頡篇》《華嚴經音義》下引：『侍，從也。』

〔二〕《晉語》及韋昭注兩『况』字皆作『貺』。
〔三〕『兄』，《廣雅・釋言》作『況』。
〔三〕『兄』，《說文》作『况也』。
〔四〕『㚤』以下，復見於段玉裁《說文解字注》兄下注，引文同，疑駱氏據段氏注文。

《說文》：『繇，隨從也。』孳乳爲遙：『行遙徑也。』字别作繇。《爾雅・釋詁》：『繇，道也。』通作由。《爾雅・釋詁》：『由，從也。』[一]

○原者，《說文》：『水泉本也。』水本謂之原，尋其本亦謂之原，引申訓由。

恒、典、本、終古、長，常也。

恒，《離騷》《天問》《招魂》《哀時命》。　典，《九嘆・思古》。　本，《九章・懷沙》。　終古，《離騷》《九歌・禮魂》《九章・哀郢》。　長，《離騷》《九歌・禮魂》。

《說文》：『常，下帬也。』或从衣作裳。《釋名・釋衣服》：『下曰裳。裳，障也，所以自障蔽也。』《文始》五曰：『常亦爲旗。《春官・司常》遍掌旗物，明非獨日月爲常。原注：此猶勿爲一切旗物之大名，非獨州里所建者也。其始蓋揚徵[二]，箸之[三]衣，後乃有備縿游者。故旗常、衣常一名也。』案：如章公說，常之引申義爲旗常，旗常有定數，故又引申爲法常，爲長久。《越語》『無忘國常』注：『典法也。』《易・象下傳》『未變常也』注：『恒也。』

○恒者，《說文》：『恒，常也。从心从舟，在二之間，上下一心，以舟施恒也。』《爾雅・釋詁》：『恒，常也。』《離騷》：『余獨好脩以爲常。』常當作恒，漢人避文帝諱改耳。如田常、常山之比。

○典者，《說文》：『典，五帝之書也。从冊在丌上。尊閣之也。莊都說：典，大冊也。』《爾雅・釋詁》：『典，常也。』

○本者，上文本始也。[四]《周禮・大司徒》『以本俗六安萬民』注：『本猶舊也。』案：舊、常同義，《淮南・泛論訓》『不必循舊』注：『常也。』

○終古者，上文古始也。[五]終之本字作冬，《說文》：『冬，四時盡也。』引申爲盡，《釋名・釋喪制》：『終，盡也。』爲畢，《周語》『庶人終

[一] 《爾雅・釋詁》：『由、從，自也。』
[二] 『徵』，原訛作『微』，據《文始》五改。
[三] 《文始》五後有『於』。
[四] 案：『上文』，疑爲『說文』之誤，然《說文》無此訓。《廣雅・釋詁》：『本，始也。』
[五] 案：『上文』，疑爲『說文』之誤，然《說文》無此訓。《廣雅・釋詁》：『古，始也。』

食」韋注：「畢也。」爲極，爲窮。並見《廣雅・釋詁》。終古猶言終始，有終有始，故爲常。《考工記》「則於焉〔一〕終古登阤也」注：「齊人之言終古，猶言常也。」

○長者，《説文》：「久遠也。从兀从匕。兀者，高遠意也。久則變化。亾聲。𠀐者，到〔二〕亾也。」徐鉉曰：「到亾，不亾也。久遠〔三〕之意。」《廣雅・釋詁》：「長，常也。」

則、度、榘、式、辟、像、儀、圖、類、制、罔、律、刑，法也。

則，《離騷》二見、《遠游》《大招》。　度，《離騷》《九章・抽思》《懷沙》。　榘，《離騷》。　式，《天問》《哀時命》。　辟，《九章・惜誦》《九嘆・思古》。　像，《九章・抽思》《橘頌》。　儀，《九章・抽思》《九嘆・遠逝》。　圖，《九章・懷沙》〔四〕。　類，《九章・懷沙》《遠游》。　制，《招魂》。　罔，《七諫・怨世》。　律，《九嘆・憂苦》。　刑，《九嘆・思古》。

《説文》：「灋，刑也。平之如水，从水；廌所以觸不直者去之，从去。法，今文省。」《釋名・釋典藝》：「法，逼也。人莫不欲從其志，逼正使有〔五〕限也。」《爾雅・釋詁》：「法，常也。」

○則者，《説文》：「等畫物也。」《爾雅・釋詁》：「法也。」

○度者，《説文》：「法制也。」《書・吕刑》：「度作刑，以詰四方。」馬注：「法度也。」

○榘者，《説文》：「巨，規巨也。从工，象手持之。」或从木矢作榘：「矢者，其中正也。」字又作矩。䂓从矩聲。《爾雅・釋詁》：「矩，法也。」

○式者，《説文》《廣雅・釋詁》並云：「法也。」《逸周書・謚法解》：「式，法也。」

○辟者，《説文》：「法也，从卩从辛，節制其辠〔六〕也。从口，用法者也。」《爾雅・釋詁》：「辟，法也。」

〔一〕「焉」，原作「馬」，據上海圖書館藏《員輻》本駱氏墨筆改。
〔二〕「到」，《説文》作「倒」，駱氏殆據段玉裁注改。下同。
〔三〕「久遠」，《説文》作「長久」。
〔四〕稿本後有「《遠游》」。
〔五〕《釋名》後有「所」。
〔六〕「辠」，原作「罪」，據《説文》、稿本改。

○像者，《説文》：『象也。』《易・繫辭下》傳：『象也者，像也。』象、像互訓。案：韓非曰：『人希見生象也，而得死象之骨，案其圖以想其生也。故諸人之所以意想者，皆謂之象也。』《解老》。故像衍於象，而爲想象擬則之義。《説文》：『像〔一〕，讀若養。』即俗式樣字所從出。

○儀者，《説文》：『度也。』《魯語》：『堯能單均刑法以儀民。』《周語》：『儀之於民。』韋注並注：『準也。』〔二〕《説文》：『準，平也。』法亦平之如水。

○圖者，《説文》：『畫計難也。从口从啚。啚，難意也。』《廣雅・釋詁》：『圖，度也。』度亦法也。

○類者，《方言》十三：『類，法也。』《説文》：『種類相似，唯犬爲甚。』故从犬。黄先生曰：『師説：「種類之類，由雷孳乳〔三〕，《釋魚》：『左倪不類。』《春官・龜人》：『西龜曰雷屬。』蓋類本作雷也。」説見《文始》二。《禮記》曰：「毋雷同。」喻如雷聲之發，先後無别也。俗人苟同而無是非，故曰雷同。原注：本《後漢・翟酺傳》注。許君類字説解雖爲古誼，而類自有語原，則非雷莫屬矣。』案：許説種類相似，似象也，類爲象，亦爲法，猶像爲象，亦爲法矣。

○制者，《説文》作㓡：『裁也。从刀未。未，物成有滋味，可裁斷。一曰止也。』古文㓡作𠛮，裁、止二義相因，引申爲禁，爲法。《越語》：『君行制，臣行意。』韋注：『制，法也。』

○罔者，《説文》：『网，庖犧所結繩以漁。从冂，下象网交文。』或作罔，隸變作罔。罔爲法，猶罪爲捕魚竹网，亦爲罰也。《吕覽・仲秋篇》『行罪無疑』高注：『罪，罰也。』

○律者，《説文》：『均布也。』《爾雅》：『法也。』又：『常也。』並見《釋詁》。『銓也。』《釋言》。律與類聲義亦通。《樂記》：『律小大之稱。』《史記・樂書》『律』作『類』。

○刑者，《説文》作荆：『罰辠〔四〕也。从刀从井。』引《易》曰：『井，法也。』《爾雅・釋詁》：『荆，法也。』

〔一〕『像』，據上海圖書館藏《貝輯》本駱氏筆迹、稿本增。
〔二〕案：《國語・魯語》：『堯能單均刑法以儀民。』韋昭注：『儀，善也。』
〔三〕『種類之類由雷孳乳』，章太炎《文始》二作：『故還隊孳乳爲類，種類相似也。』
〔四〕『辠』，原作『罪』，據《説文》、稿本改。

附録

此稿曩曾刊入《制言》雜志中，蓋駱君未完之作。前於舊笥檢得，爲之裝成一帙，以贈圖書館永保云。

一九五六年五月，潘景鄭記。

駱君所著《楚辭文句集釋》，已於一九卅七年七月刊入《制言》第四十四期。此稿擬爲續布，值抗戰驟至，《制言》停刊，不獲重爲刊傳，而稿並棄置故鄉，未及携滬。迨《制言》續刊，已無從檢改。而駱君行蹤亦末由通訊。前從故鄉叢殘中偶然拾得，已不能追憶。前跋致誤爲已刊，特更正之。

景鄭再記。[一]

[一] 潘景鄭二跋在稿本後，今附録之。案：駱氏此稿確曾刊入《制言》第十九期（1936 年 6 月 16 日出版），早於《楚辭文句集釋》（《制言》第四十四期），潘氏前跋未誤。

楚辭舊注考

以《制言》本爲底本，以《員輻》本參校

《楚辭》有注，肇始淮南，定經傳之稱，《漢書・賈誼傳》：「屈原，楚賢臣也，被讒放逐，作《離騷賦》。」《司馬遷傳》：「屈原放逐，乃賦《離騷》。」《揚雄傳》：「賦莫深於《離騷》。」據此，則《離騷》本稱《離騷賦》，以爲經者，蓋淮南作《傳》時所題。明風雅之繼，太史采之以入實録，淮南《離騷傳》，略見班孟堅《離騷序》，載《楚辭補注》卷一。《史記・屈原傳》「國風好色而不淫」已下至「與日月争光可也」[一]，即取《離騷》序傳之文。而孟堅謂「猶未得其正」，亦見班氏《離騷序》。蓋食時而就，創始之難也。《漢書・淮南王傳》：「安入朝，……（武帝）使爲《離騷傳》，旦受詔，日食時上。」《天問》一篇，自太史公口論道之，劉向、揚雄援用傳記，加之解説，而所闕者多；《楚辭章句・天問後序》語。賈逵、班固並釋《離騷》，改易前疑，義多乖異。《楚辭章句・叙》語。其書雖佚，然洨長説字，博問通人，考之於逵，凡引《楚辭》七見，而女部之嬃，明著「侍中説楚人謂姊爲嬃」，是即賈説《離騷》之遺文矣。孟堅之作，傳至晉世，猶多稱引。《文選・魏都賦》張載注引班固曰：「不變曰醇，不雜曰粹。」此釋《離騷》「三后純粹」也。叔師本醇作純，注：「至美曰純，齊同曰粹。」義略同。又：「班固曰：『晼，三十畝也。』」下文即引：「《離騷》曰：『既滋蘭之九晼。』」明其爲注文無疑矣。叔師注：「十二畝曰畹。或曰：田之長曰畹。」與班異解。《蜀都賦》劉逵注引：「《離騷》曰：『溢颺風兮上征。』」班固曰：「颺，疾也。」」溢當爲溘字之誤，今本「溘埃風余上征」，由王、班所見異也。又曰：「《楚辭》[二]「倚沼畦瀛」，王逸曰[三]：「瀛，澤

[一]《員輻》本「可也」後有「數語」。
[二]《文選・蜀都賦》劉逵注引「楚辭」後有「曰」。
[三]「曰」，《文選・蜀都賦》劉逵注引作「云」。

中〔一〕。」班固以爲畦。』此謂《楚辭》本作『倚沼瀛』，孟堅解之爲『畦』耳。今本《楚辭》作『倚沼畦瀛』。《文始》〔二〕四引先師黄氏曰：「據劉逵注〔三〕，是《楚辭》本作「倚沼瀛」，而孟堅解之爲「畦」，録者並書「畦瀛」，遂至文不比類。」則班氏所釋，兼晐《小招》。《楚辭補注》卷九曰：『李善以《招魂》爲《小招》，以有《大招》故也。』案：《小招》之名，實出張載注《魏都賦》『凍醴流澌』，慶善以爲崇賢之文〔四〕，誤也。凡張、劉所稱，皆其瓴金也。復有馬融亦注《離騷》，見《後漢書》本傳。而遺文不少概見。蓋《楚辭》舊注，存者僅矣。迨叔師據中壘之本，附以自作，爲注十七卷，則凡屈、宋篇章，以及賈生、小山以來摹擬之作，咸列譜録，訂班、賈之乖異，匡揚、劉之濛澒〔五〕，章决句斷，訓詳義顯，可爲成學治《楚辭》者要删。蓋舊注之匙者，都歸搴采；其不合者，雖亡，亦無足惜也。若夫朱、嚴貴顯，其説不傳；《史記·酷吏傳》：『買臣以「楚辭」與助俱幸。』《漢書·朱買臣傳》：『嚴助……薦買臣，（武帝）召見，説《春秋》，言「楚辭」。』又《地理志·吴地》：『淮南王安〔六〕都壽春，招賓客著書。而吴有嚴助、朱買臣，貴顯漢朝，……故世傳「楚辭」。』被公見徵，一誦與粥，《漢書·王褒傳》：『宣帝……徵能爲「楚辭」，九江被公召見誦讀。』又嚴本《七略》：『孝宣帝詔徵被公，見誦「楚辭」。被公年衰母老，每一誦，輒與粥。』諸如此類，固無譏焉。廿五年十二月，長沙駱鴻凱。

〔一〕《文選·蜀都賦》劉逵注引「中」後有「也」。
〔二〕《員輻》本「《文始》」前有「章公」。
〔三〕章太炎《文始》四引黄侃語，先引劉逵注文，「據劉逵注」者，乃駱氏以意概之，非黄氏原文。
〔四〕「之文」，《員輻》本作「語」。
〔五〕「濛澒」，《制言》本作「澒洞」，《員輻》本作「濛澒」。案：《楚辭章句·天問後序》稱劉向、揚雄「濛澒其説」，知駱氏用此語，故據改。
〔六〕《漢書·地理志》「安」後有「亦」。

楚辭文句集釋

以《制言》本爲底本，以湖南大學鉛印本、《員輻》本參校

楚辭文句集釋叙

自《風》《雅》寢聲，《楚辭》鬱起，叔師《章句》，發揮淹貫，紹統毛《傳》，承學守此弗畔，鑽仰焉窮。而最其大凡，無過數事：一曰訓詁，二曰名物，三曰故實，四曰句度。訓詁則取於《爾雅》《廣雅》，而所遺無多；郝、王二疏，即《楚辭》之正義也。名物則《蒼》《雅》之外，有《離騷草木》專書，而《經史證類本草》、近代吳其濬《植物名實圖考》，尤號淵椒。豹鼠既辨，彭蜞無惑，興諭之指，由以大明。故實則《楚辭》用事，大都出於傳記，多語神怪，《山海經》《歸藏》《淮南》諸書，斯其左證。雖難盡信，而質可輗迹。后羿彈日，見《天問》。言其善射與天時之旱也；十日代出，見《天問》《招魂》。言草昧之初地熱未散也。乃至女媧鍊五石，非關天地之虧殘；《列子·湯問篇》：「天地亦〔一〕物也，物有不足，故昔者女媧氏鍊五色以補其闕。」張湛注曰：「陰陽失度，三辰盈縮，是使天地之闕，不必形體虧殘也。女媧，神人，故能鍊五常之精，以調〔二〕和陰陽，使晷度順序，不必以器質相補〔三〕也。」共工觸不周，形其鑿山以堙水。《淮南·原道訓》：「昔共工〔四〕之力觸不周之山，使地東南傾。」高注：「共工，以水行霸於伏羲、神農間者。」豈真荒誕難稽者哉？《列子》張湛注有曰：「人形貌自有偶與禽獸相似者，古〔五〕聖人多有

〔一〕「亦」，原訛作「一」，據《列子·湯問篇》改。
〔二〕「調」，原訛作「謂」，據《列子·湯問篇》張湛注改。
〔三〕「補」，原訛作「備」，據《列子·湯問篇》張湛注改。
〔四〕「工」後原衍「氏」，據《淮南子·原道訓》、湖南大學本删。
〔五〕《列子·黄帝篇》張湛注後有「諸」。

奇表，所謂蛇身人面，非被鱗臆行，無有四支；牛首虎鼻，非戴角垂胡，曼頞解頷，亦如《相書》龜背、鵠步、鳶肩、鷹喙耳。』見《列子·黃帝篇》『庖犧氏、女媧氏、神農氏、夏后氏，蛇身人面，牛首虎鼻，此非有人之狀，而有大聖之德』注。此可以明神怪之質矣。句度則宜略解《詩經》之文法，始能剖析《楚辭》之詞言。《詩經》四言，而人心聲不盡與之同符，往往變易常行之文法，以就句中字數，故有足句，《周南·螽斯》：『宜爾子孫，振振兮。』孫字增詞，所以齊句。《邶風·匏有苦葉》：『濟盈不濡軌，雉鳴求其牡。』不字間語，亦以齊句。有變文，《鄘風·柏舟》：『母也天只，不諒人只。』先母後天，所以韻句。《齊風·伐檀》：『坎坎伐輻兮，寘之河之側兮，河水清且直猗。』直波曰徑，變徑言直，亦以韻句。有省文，《齊風·南山》『必告父母』傳：『必告父母廟。』《小雅·賓之初筵》『籥舞笙鼓』傳：『秉籥而舞，與笙[二]鼓相應也。』有倒文，《邶風·日月》『逝不相好』傳：『逝，逮也。』『不及我以相好。』此倒句。《豳風·七月》：『七月在野，八月在宇，九月在户，十月蟋蟀入我床下。』此倒序蟋蟀。有複文。《小雅·白駒》：『於焉逍遥。』於，於是也，焉，亦於是也。此語詞複用。《小弁》：『何辜於天，我罪伊何。』我罪伊何，即何辜也。此複句。儀徵、蘄春二師嘗爲發其例矣。《楚辭》變四爲六，而同體韻文，語詞句度亦自有條，不得以尋常文律相格。或者不察，以爲言必托數，經悉對文。高郵釋『五子用失乎家巷』，斥『失』字爲羨文；見《讀書志餘》下《楚辭·離騷》。五臣解『冠切雲之崔嵬』，指切雲爲冠號；見《文選·涉江》注，戴氏《音義》亦沿其説。蓋泥與上句『帶長鋏之陸離』作對，故有此失。斯非所謂『平流鼓其怒浪，靜樹震以驚飆』者乎？凱少承師訓，粗涉道津，訓詁諸耑，既放陳氏疏毛之例，纂《楚辭義類》《楚辭音》二編，犓得統緒。叔師注敷析文曲，精微朗暢，由繹者久，規爲是作，名曰《楚辭文句集釋》。離經辨志，聊示童蒙；設文立例，仍演師恉。長沙[三]駱鴻凱自叙。

楚辭文句集釋

倒文例

《離騷》：『憑不厭乎求索。』注云：『憑，滿也。言中心雖滿，猶復求索，不知厭飽也。』此倒句。

《離騷》：『攬茹蕙以掩涕兮，霑余襟之浪浪。』注云：『茹，柔軟也。霑，濡也。衣眦謂之襟。浪浪，流貌。言己自傷放在草澤，心悲泣下，霑濡我衣，浪浪

[二]『笙』，原訛作『鐘』，據《詩·小雅·賓之初筵》、湖南大學本改。
[三] 湖南大學本『長沙』前有『民國廿五年十二月』。

而流，猶引取柔軟香草，以自掩拭，不以悲放失仁義之則也。』此上下句倒置。

《離騷》：『斑陸離其上下。』注云：『斑，亂貌。陸離，分散也。俗人競爲讒佞，儔儔相聚，乍離乍合，上下之義，斑然散亂，而不可知。』此倒句。

《離騷》：『昔三后之純粹兮，固衆芳之所在。雜申椒與菌桂兮，豈維紉夫蕙茝。彼堯舜之耿介兮，既遵道而得路。』注云：『后，君也。謂禹湯文王也。』案：先言禹湯文王，後言堯舜，此倒序。

《離騷》：『湯禹儼而祗敬兮。』『湯禹嚴而求合兮。』二句先湯後禹，亦倒序。

《九章·懷沙》：『湯禹久遠兮。』同上。

《離騷》：『吾獨窮困乎此時也。』注云：『故獨爲時人所窮困也。』此倒句。

《離騷》：『豈珵美之能當。』注云：『豈當知玉之美惡乎？』此倒句。

《九歌·東皇太一》：『吉日兮辰良。』順言之當曰『良辰』。《九歌》起句無不韻者，此倒文相叶也。

《九歌·東皇太一》：『璆鏘鳴兮琳琅。』順言之當曰『璆琳琅兮鏘鳴』。注云：『璆、琳琅，皆美玉名也。靈巫……垂衆佩周旋而舞，動鳴五玉，鏘鏘而和，且有節度也。』此倒文就韻。

《九歌·湘君》：『蹇誰留兮中洲。』注云：『中洲，洲中也。』《詩·周南·葛覃》『施於中谷』傳：『中谷，谷中也。』疏云：『倒其言者，古人之語皆然。《詩》文多此類也。』

《九歌·湘夫人》：『與佳期兮夕張。』注云：『佳謂湘夫人也。言己……脩設祭具，夕早灑掃，張施帷帳，與夫人期歆饗之也。』此倒文就韻。

《天問》：『厥利維何，而顧菟在腹？』注云：『言月中有菟，何所貪利居月之腹而顧望乎？』此倒句。

《天問》：『何啓惟憂，而能拘是達？』注云：『言天下所以去益就啓者，以其能憂思道德，而通其拘隔。』此倒句。

《天問》：『何往營班祿，不但還來？』注云：『營，得也。班，遍也。言湯往田獵，不但驅馳往來也，還輒以所獲得禽獸，遍施祿惠於百姓也。』此上下句倒置。

《天問》：『吴光争國，久余是勝。』注云：『言大勝我也。』此倒句。

《招魂》：『網户朱綴，刻方連些。』注云：『網户，綺文鏤也。朱，丹也。綴，緣也。刻，鏤也。横木關柱爲連。言門户之楣，皆刻鏤綺文，朱丹其緣，雕鏤連木，使之方好也。』此倒文就韻。

《大招》：『魂乎徠歸，國家爲只。』注云：『爲國家作輔佐也。』此倒句。

《惜誓》：『樂窮極而不厭兮，願從容乎神明。』下句倒文。注云：『願復與神明俱游戲也。』案：文省與字，乎字足句。

省文例

《離騷》：『皇覽揆余初度兮。』注云：『皇，皇考也。』

《離騷》：『皇剡剡其揚靈兮。』又：『陟升皇之赫戲兮。』注並云：『皇，皇天也。』

《離騷》：『周論道而莫差。』注云：『周，周家也。』

《離騷》：『湯禹嚴而祇敬兮。』『摯咎繇而能調。』下句省得字。注云：『摯，伊尹名。得伊尹、咎繇，乃能調和陰陽而安天下也。』

《九歌·雲中君》：『華采衣兮若英。靈連蜷兮既留。』上句省飾字，下句省神字。注云：『乃使靈巫……衣五采華衣，飾以杜若之英，以自潔清也。』又云：『靈，巫也。』『言巫執事肅敬，奉迎導引，颜色矜莊，形體連蜷，神則歡喜，必留而止。』

《九歌·湘君》：『蹇誰留兮中洲。』省介詞於字。注云：『留，待也。言湘君蹇然難行，誰留待於水中之洲乎？』

《九歌·湘君》：『捐余玦兮江中，遺余佩兮醴浦。』並省介詞於字。注云：『設欲遠去，猶捐玦佩，置於水涯。』

《九歌·少司命》：『悲莫悲兮生別離，樂莫樂兮新相知。』上句省連詞與字，下句省介詞於字。注云：『人居世間……莫痛與妻子生別離。』『天下之樂，莫大於男女始相知之時也。』

《九歌·湘君》：『美要眇兮宜脩。』省連詞又字。注云：『要眇，好貌。脩，飾也。言二女……要眇而好，又宜脩飾也。』

《九歌·湘君》：『心不同兮媒勞，恩不甚兮輕绝。』又：『交不忠兮怨長。』並省連詞則字。注云：『婚姻所好，心意不同，則媒人疲勞而無功也。』『人交接初淺，恩不甚篤，則輕相與離絶。』又云：『交，友也。忠，厚也。言朋友相與不厚，則長相怨恨。』

《九歌·湘夫人》：『合百草兮實庭。』省介詞以字。注云：『合百草之華，以實庭中。』

《九歌·湘夫人》：『蓀壁兮紫壇。』又：『桂棟兮蘭橑，辛夷楣兮药房。』又《少司命》：『孔蓋兮翠旍。』注云：『以蓀草飾室壁，累紫貝爲室壇。』又云：『以桂木爲屋棟。』『木蘭爲榱。』『辛夷，香草，以作户楣。』『葯，白芷也。房，室也。』又云：『言司命以孔雀之翅爲車蓋，翡翠之羽爲旌旗。』

上舉三例，據注，句首句中並有省文。

《九歌·大司命》：『孰離合兮可爲。』注云：『己獨放逐離别，不復會合，不可爲思也。』省思字。

《九歌·山鬼》：『東風飄兮神靈雨。』注云：『東風飄然而起，則神靈應之而雨。』

《天問》：『伯禹愎鮌，夫何以變化？』上句有省文。注云：『禹，鮌子也。言鮌愚很，愎而生禹。』

《天問》：『何后益作革，而禹播降？』注云：『后，君也。革，更也。播，種也。降，下也。言啓所以能變更益，而代益爲君者，以禹平治水土，百姓得下種百穀，故思歸啓也。』

《天問》：『何聖人之一德，卒其異方？』注云：『聖人，謂文王也。卒，終也。言文王仁聖，能純一其德，則天下異方終皆歸之也。』

《九辯》：『忼慨绝兮不得。』上文『不得見兮心傷悲』，此不得亦言不得見也，省字就韻。

《招魂》：『經堂入奥，朱塵筵些。』注云：『朱，丹也。塵，承塵也。筵，席也。上則有朱畫承塵，下則有簟筵好席，可以休息也。』

《招魂》：『蘭膏明燭，華容備些。』注云：『容，貌也。言燃香蘭之膏，張施明燭，觀其鐙錠，雕鏤百獸，華奇好備也。』

《招魂》：『九侯淑女，多迅衆些。』注云：『淑，善。』『迅，疾也。言復有九國諸侯好善之女，多才長意，用心齊疾，勝於衆人也。』多下省才字。

《大招》：『煎鰿膗雀，遽爽存只。』注云：『遽，趣也。爽，差也。存，前也。言敕趣宰人，差次衆味，持之而前也。』

《大招》：『接徑千里，出若雲只。』注云：『言楚國境界，徑路交接，方千餘里，中有隱士，慕己徠出，集聚若雲也。』

錯綜成文例

《九歌·東皇太一》：『靈偃蹇兮姣服。』注云：『靈謂巫也。偃蹇，舞貌。姣，好也。服，飾也。』『言乃使姣好之巫，被服盛飾，舉足奮袂，偃蹇而舞。』

《九歌·東君》：『思靈保兮賢姱。』注云：『靈謂巫也。姱，好貌。言己思得賢好之巫，使與日神相保樂也。』

《天問》：『干協時舞，何以懷之？』注云：『干，求也。舞，務也。協，和也。懷，來也。言夏后相既失天下，少康幼小，復能求得時務，調和百姓，使之歸己，何以懷來之也。』

《招魂》：『光風轉蕙，泛崇蘭些。』注云：『光風，謂雨已日出而風，草木有光也。轉，摇也。』『泛，猶泛泛，摇動貌也。崇，充也。言天雨霽日明，微風奮發，動摇草木，皆令有光，充實蘭蕙，使之芬芳而益暢茂也。』

《招魂》：『砥室翠翹，挂曲瓊些。』注云：『砥，石名。翠，鳥名。翹，羽。』『挂，懸。曲瓊，玉鈎也。言内卧之室，以砥石爲壁，平而滑澤。以翠鳥之羽，雕飾玉鈎，以懸衣物也。』案：翠翹挂曲瓊者，曲言其形，瓊言其質，翠翹言其飾，挂言其用。

《招魂》：『蒻阿拂壁，羅幬張些。纂組綺縞，結琦璜些。』注云：『羅，綺屬。張，施也。言房内則以蒻席薄床，四壁及與曲隅，復施羅幬，輕且凉也。』『纂組，綬類。』『璜，玉名。言幬帳之細，皆用綺縞，又以纂組結束玉璜，爲帷帳之飾也。』

變文避複例

《離騷》：『偭規矩而改錯。背繩墨以追曲兮。』注云：『偭，背也。』案：上偭下背，避複文。

《九章·涉江》：『忠不必用兮，賢不必以。』注云：『以，亦用也。』

《九辯》：『雁廱廱而南游兮，鵾鷄啁哳而悲鳴。獨申旦而不寐兮，哀蟋蟀之宵征。』案：不言宵鳴，亦避複。

連類並稱例

《離騷》：『孰云察余之善惡。』惡字連類而言。注云：『誰當察我之善情而用己乎？』

《九章・悲回風》：『伴張弛之信期。』張字連類而言，之字足句。注云：『伴，俱也。弛，毀也。言己思君念國，而衆人俱共毀己，言內無誠信，不可與期也。』

《九辯》：『關梁閉而不通。』梁字連類而言。注云：『閽人承指，呵問急也。』

案：《楚辭章句叙》有云：『直若砥矢。』砥字亦連類而用。

反言若正例

《大招》：『舉傑壓陛，誅譏罷只。』注云：『壓，抑也。陛，階次也。』『言壓抑無德不由階次之人。』

《九嘆・怨思》：『傷壓次而不發兮。』注云：『壓，鎮壓也。次，失次也。』『自傷壓鎮失次，不得發揚其美德。』

正言若反例

《招魂》：『被文服纖，麗而不奇些。』注云：『不奇，奇也，猶《詩》云「不顯文王」，不顯，顯也。』

副詞冠句例

《離騷》：『紛吾既有此内美兮。』注云：『紛，盛貌。』『言己之生，内含天地之美氣，……與衆異也。』案：文本言吾既紛然有此内美也。下同。

又：『紛獨有此姱節。』又：『判獨離而不服。』注云：『判，别也。獨……守忠直，判然離别，不與衆同。』又：『溘吾游此春宫兮。』注云：『溘，奄也。春宫，東方青帝舍也。』『言己行游，奄然至於青帝之舍。』又：『忽吾行此流沙兮。』注云：『流沙，沙流如水也。』『言吾行忽然過此流沙。』

《九章・涉江》：『幽獨處乎山中。』幽，副詞。又：『懷信侘傺，忽乎吾將行。』忽乎，副詞。《抽思》：『牉獨處此異域。』牉，副詞。

《九辯》：『塊獨守此無澤兮。』本言獨塊然守此無澤。塊，副詞。

《哀時命》：『塊獨守此曲隅兮。』注云：『言己獨處山野，塊然守此山曲也。』

副詞單用等於重言例

《離騷》：『怨靈脩之浩蕩兮。』注云：『浩猶浩浩，蕩猶蕩蕩也。』又：『紛總總其離合兮。』紛猶紛紛。

《九歌·大司命》：『紛總總兮九州。』紛同上。《東君》：『杳冥冥兮以東行。』杳猶杳杳。《山鬼》：『杳冥冥兮羌晝晦。』杳同上。
《九章·涉江》：『深林杳以冥冥兮。』杳猶杳杳。《悲回風》：『穆眇眇之無垠兮，莽芒芒之無儀。』穆猶穆穆，莽猶莽莽。『藐蔓蔓之不可量兮，縹綿綿之不可紆。』藐猶藐藐，縹猶縹縹。『紛容容之無經兮，罔芒芒之無紀。』紛猶紛紛，罔猶罔罔。『軋洋洋之無從兮。』軋猶軋軋。『漂翻翻其上下兮，翼遥遥其左右。』漂猶漂漂，翼猶翼翼。『泛潏潏其前後兮。』泛猶泛泛。
《招魂》：『光風轉蕙，泛崇蘭些。』注云：『泛猶泛泛。』
《九懷·危後》：『泱莽莽兮究志。』泱猶泱泱。

上下詞同義異例

《離騷》：『余以蘭爲可恃兮，羌無實而容長。委厥美以從俗兮，苟得列乎衆芳。椒專佞以慢慆兮，榝又欲充乎佩幃。』又：『覽椒蘭其若茲兮，又況揭車與江離。』注云：『蘭，懷王少弟司馬子蘭。』『椒，楚大夫子椒也。』案：上文屢言椒、蘭，皆斥芳草，此獨以爲人名，上下詞同而義異。班孟堅《離騷序》譏『屈原露才揚己，……責數懷王，怨惡椒、蘭』，揚子雲《反離騷》亦曰『靈脩既信椒、蘭之唼佞兮，吾纍忽焉而不蚤睹』，並以椒、蘭爲人名，與王注同。又《七諫·哀命》：『惟椒、蘭之不反兮。』王注亦曰：『椒，子椒。蘭，子蘭也。』
《離騷》：『長余佩之陸離。』注云：『陸離，猶嵾嵯，衆貌也。』又：『斑陸離其上下。』注云：『陸離，分散也。』
《離騷》：『望瑶臺之偃蹇兮。』注云：『偃蹇，高貌。』又：『何瓊佩之偃蹇兮。』注云：『偃蹇，衆盛貌。』
《離騷》：『思九州之博大兮，豈惟是有其女。曰勉遠逝而無狐疑兮，孰求美而釋女。』上女喻臣，下女猶爾也。
《離騷》：『皇覽揆余初度兮。』注云：『皇，皇考。』『皇剡剡其揚靈兮。』注云：『皇，皇天。』
《九歌·雲中君》：『靈連蜷兮既留。』注云：『靈，巫也。』『靈皇皇兮既降。』注云：『靈，謂雲神。』
《九歌·大司命》：『紛吾乘兮玄雲。』注云：『吾，謂大司命。』『吾與君兮齋速。』注云：『吾，屈原自謂。』
《九歌·少司命》：『滿堂兮美人。』注云：『言萬民衆多，美人並會，盈滿於堂。』然則美人，萬民也。『望美人兮未來。』注云：『美人，謂司命也。』
《九歌·東君》：『思靈保兮賢姱。』注云：『靈，謂巫也。』『靈之來兮蔽日。』注云：『靈，言日神。』
《九章·涉江》：『露申辛夷，死林薄兮。腥臊並御，芳不得薄兮。』上薄，注云：『草木交錯。』下薄，注云：『附也。』

上下義同詞異例

《離騷》：『恐美人之遲暮。』注云：『美人，謂懷王。』『荃不察余之中情。』注云：『荃，香草，以喻君。』『言懷王不徐徐察我忠信之情。』『夫唯靈脩之故也。』注云：『靈，神也。脩，遠也。能神明遠見者，君德，故以喻君。言惟用懷王之故，欲自盡也。』

《九歌·湘夫人》：『帝子降兮北渚。』注云：『帝子，謂堯女也。降，下也。言堯二女娥皇、女英，隨舜不反，没於湘水之渚，因爲湘夫人。』『與佳期兮夕張。』注云：『佳，謂湘夫人。』『思公子兮未敢言。』注云：『公子，謂湘夫人。』『聞佳人兮召予。』注云：『予，屈原自謂。』『冀湘夫人有命召呼。』

一　人之詞中加曰字例

《離騷》：『索藑茅以筳篿兮，命靈氛爲余占之。曰兩美其必合兮，孰信脩而慕之。思九州之博大兮，豈惟是有其女。曰已下亦靈氛之詞，加曰以别更端。勉遠逝而無狐疑兮，孰求美而釋女。』

《九章·惜誦》：『吾使厲神占之兮，曰有志極而無旁。終危獨以離異兮，曰此曰亦更端詞也。君可思而不可恃。』

二　人之詞省曰字例

《離騷》：『女嬃之嬋媛兮，申申其詈予。曰鮌婞直以亡身兮，終然夭乎羽之野。汝何博謇而好脩兮，紛獨有此姱節。薋菉葹以盈室兮，判獨離而不服。衆不可户説兮，孰云察余之中情。世並舉而好朋兮，夫何煢獨而不予聽？』案：注自『衆不可户説』以下爲屈原之詞，而上省曰字。

《離騷》：『曰兩美其必合兮，孰信脩而慕之。思九州之博大兮，豈惟是有其女。曰勉遠逝而無狐疑兮，孰求美而釋女。何所獨無芳草兮，爾何懷乎故宇。』注云：『此皆靈氛之詞。』『世幽昧以眩曜兮，孰云察余之善惡。』注云：『屈原答靈氛。』

《離騷》：『皇剡剡其揚靈兮，告余以吉故。曰勉升降以上下兮，求榘矱之所同。湯禹嚴而求合兮，摯咎繇而能調。苟中情其好脩兮，又何必用夫行媒。説操築於傅巖兮，武丁用之而不疑。』自『説操築於傅巖』以下爲屈子之詞。注雖無明文，而揚子雲《反離騷》有云『纍既攀夫傅説』，知叔師意亦無異也。

《招魂》：『帝告巫陽曰：「有人在下，我欲輔之。魂魄離散，女筮予之。」巫陽對曰：「掌夢。上帝其命難從。若必筮予之，恐後之謝，不能復用。」』據注，『若必』以下亦巫陽之辭，而上省曰字。

句似同實異例

《離騷》：『畦留夷與揭車兮，雜杜衡與芳芷。』畦，名詞。注云：『五十畝爲畦。』

《離騷》：『百神翳其備降兮，九嶷繽其並迎。』注云：『翳，蔽也。繽，盛也。百神蔽日來下，舜又使九嶷之神紛然來迎。』案：翳動詞，繽副詞。注『翳，蔽』，蔽日也。《九歌·東君》：『靈之來兮蔽日。』

《九章·涉江》：『帶長鋏之陸離兮，冠切雲之崔嵬。』注云：『長鋏，劍名。』『崔嵬，高貌。言己内脩忠信之志，外帶長利之劍，戴崔嵬之冠，其高切青雲也。』案：切雲猶干雲也。《哀時命》：『冠崔嵬而切雲兮，劍淋離而從横。』

《九思·逢尤》：『思丁文兮聖明哲，哀平差兮迷謬愚。』注云：『丁，當也。文，文王。』『平，楚平王。差，吴王夫差也。』

數句連讀例

《卜居》：『將泛泛若水中之鳧乎，與波上下，偷以全吾軀乎？』將下三句連讀。

《九辯》：『憭栗兮若在遠行，登山臨水兮送將歸。』若下三句連讀。本言若在遠行，若登山，若臨水，若送將歸也。潘安仁《秋興賦》引而釋之曰：『夫送歸懷慕徒之戀兮，遠行有羈旅之憤。臨川感流以嘆逝兮，登山懷遠而悼近。彼四慼之疚心兮，遭一塗而難忍。嗟秋日之可哀兮，諒無愁而不盡。』

《九嘆·怨思》：『若龍逢之沈首兮，王子比干之逢醢。』若下二句連讀。

《九嘆·惜賢》：『若由夷之純美兮，介子推之隱山。晉申生之離殃兮，荆和氏之泣血。吴申胥之抉眼兮，王子比干之横廢。』若下六句連讀。

《九嘆·憂苦》：『聽玄鶴之晨鳴兮，於高岡之峨峨。』聽下二句連讀。

施受同辭例

《離騷》：『余雖脩姱以鞿羈兮。』據臧用中校删『好』字。注云：『鞿羈，以馬自喻。繮在口曰鞿，革絡頭曰羈。言爲人所係累也。』又云：『言己雖有绝遠之智，姱好之姿，然以爲讒人所鞿羈而係累矣。』

《離騷》：『雖九死其猶未悔。』注云：『雖以見過支解九死，終不悔恨。』

《離騷》：『吾獨窮困乎此時也。』注云：『故獨爲時人所窮困。』

偶句間奇句例

《九歌·東皇太一》：『揚枹兮拊鼓，疏緩節兮安歌。陳竽瑟兮浩倡。此句踦立。靈偃蹇兮既留，芳菲菲兮滿堂。』

《九辯》：『坎廩兮貧士失職而志不平，廓落兮羈旅而無友生。惆悵兮而私自憐。此句踦立。燕翩翩其辭歸兮，蟬寂漠而無聲。』

長句間短句例

《九章·涉江》：『余幼好此奇服兮，年既老而不衰。帶長鋏之陸離兮，冠切雲之崔巍。被明月兮珮寶璐。世溷濁而莫余知兮，吾方高馳而不顧。駕青虬兮驂白螭，吾與重華游兮瑶之圃。登崑崙兮食玉英，與天地兮比壽，與日月兮齊光。哀南夷之莫吾知兮，旦余濟乎江湘。』

又：『乘鄂渚而反顧兮，欸秋冬之緒風。步余馬兮山皋，邸余車兮方林。乘舲船余上沅兮，齊吴榜以擊汰。船容與而不進兮，淹回水而疑滯。』

《九辯》：『願銜枚而無言兮，嘗被君之渥洽。太公九十乃顯榮兮，誠未遇其匹合。謂騏驥兮安歸，謂鳳皇兮安栖？變古易俗兮世衰，今之相者兮舉肥。騏驥伏匿而不見兮，鳳皇高飛而不下。鳥獸猶知懷德兮，何云賢士之不處？』

《七諫·初放》：『高山崔巍兮，水流湯湯。死日將至兮，與麋鹿同坑。塊兮鞠，當道宿，舉世皆然兮，余將誰告？』

《九嘆·逢紛》：『赴江湘之湍流兮，順波凑而下降。徐徘徊於山阿兮，飄風來之洶洶。馳余車兮玄石，步余馬兮洞庭。平明發兮蒼梧，夕投宿兮石城。芙蓉蓋而菱華車兮，紫貝闕而玉堂。薜荔飾而陸離薦兮，魚鱗衣而白蜺裳。』

同義字複用例

《離騷》：『相觀民之計極。』注云：『相，視也。』案：相、觀同義。『聊逍遥以相羊。』注云：『逍遥、相羊，皆游也。』『覽相觀於四極兮。』覽、相、觀同義。『和調度以自娱兮。』和、調同義。『陟升皇之赫戲兮。』陟、升同義。

《九歌·湘君》：『聊逍遥兮容與。』注云：『逍遥，游戲也。』案：《離騷》《九嘆·思古》注並云：『容與，游戲也。』

《九章·惜誦》：『設張辟以娱君兮。』設、張同義。《懷沙》：『眴兮杳杳，孔靜幽默。』靜、幽、默同義。

《九辯》：『愴怳懭悢兮，薄寒之中人。』[一] 愴、怳、懭、悢同義。注云：『意不得也。』

《惜誓》：『二子擁瑟，而調均兮。』注云：『均亦調也。』

《招隱士》：『嶔岑碕礒兮，硱磳磈硊。』八字同義。注云：『山阜崱嶇。』『崔嵬嵯嵺。』

[一] 案：此二句疑以錯行而倒，《九辯》原作：『憯悽增欷兮，薄寒之中人，愴怳懭悢兮，去故而就新。』

複句例

《離騷》：『紛總總其離合兮，斑陸離其上下。』

又：『紛總總其離合兮，忽緯繣其難遷。』

《離騷》：『心猶豫而狐疑兮，欲自適而不可。』

又：『欲從靈氛之吉占兮，心猶豫而狐疑。』

《離騷》：『世溷濁而不分兮，好蔽美而嫉妒。』

又：『世溷濁而嫉賢兮，好蔽美而稱惡。』

《九章・思美人》：『憍吾以其美好兮，覽余以其脩姱。』

又：『憍吾以其美好兮，敖朕辭而不聽。』

《九章・橘頌》：『深固難徙，更壹志兮。』

又：『深固難徙，廓其無求兮。』

《大招》：『豐肉微骨，調以娱只。』

又：『豐肉微骨，體便娟只。』

《招魂》：『蘭膏明燭，華容備些。』

又：『蘭膏明燭，華鐙錯些。』

《招隱士》：『猨狖群嘯兮虎豹嗥，攀援桂枝兮聊淹留。』

又：『攀援桂枝兮聊淹留。虎豹鬥兮熊羆咆，禽獸駭兮亡其曹。』

《九嘆・離世》：『靈懷其不吾知兮，靈懷其不吾聞。』

又：『靈懷曾不吾知兮，即聽夫讒人之諛詞。』

語詞複用例

《離騷》：『閨中既以邃遠兮。』以猶已也。既、已複用。『乃遂焉而逢殃。』乃，於是；遂，於是；焉，亦於是也。而，猶乃也。

《天問》：『伯林雉經，維其何故？』維、其複用，並發端語。

《遠游》：『焉乃逝以徘徊。』焉，於是；乃，亦於是也。

《招魂》：『巫陽焉乃下招曰。』同上。

發句詞例

《離騷》：『攝提貞於孟陬兮，惟庚寅吾以降。』『惟草木之零落兮，恐美人之遲暮。』

案：惟字或作維[一]，作唯。《説文》：『唯，諾也。』蓋但取其聲气，故亦引申爲發語詞。《離騷》『夫唯靈脩之故也』注云：『唯，詞也。』[二]作惟、作維皆假借。

《離騷》：『世並舉而好朋兮，夫何煢獨而不予聽。』『夫孰非義而可用兮，孰非善而可服。』

案：夫爲彼之借。《説文》：『彼，往有所加也。』引申爲發語詞。《禮記·三年問》：『夫焉能相與群居而不亂乎？』《荀子·禮論篇》夫作彼。

《離騷》：『何桀紂之猖披兮，夫唯捷徑以窘步。』『指九天以爲正兮，夫唯靈脩之故也。』此夫唯連用。唯引申爲唯是。《文選·甘泉賦》李善注：『惟，是也。』[三]此言夫唯是靈脩之故也。

《九嘆·逢紛》：『伊伯庸之末冑兮，諒皇直之屈原。』

《九思·悼亂》：『伊余兮念茲。』注云：『伊，惟也。』

案：伊亦唯之借，伊、唯古音同讀限。

《九歌·少司命》：『夫人兮自有美子。』注云：『夫人，謂萬民也。』

案：夫亦彼之借。

已上發句用惟、唯字，夫字，伊字。

《離騷》：『羌内恕己以量人兮，各興心而嫉妒。』『余以蘭爲可恃兮，羌無實而容長。』

《九歌·大司命》：『羌愈思兮愁人。』《東君》：『羌聲色兮娱人。』

《九章·惜誦》：『吾誼先君而後身兮，羌衆人之所仇。』《抽思》：『羌中道而回畔兮，反既有此他志。』《思美人》：『因歸鳥而致辭兮，羌宿高而難當。』又：『獨歷年而離愍兮，羌憑心猶未化。』

[一] 『維』原作『惟』，據下文及《楚辭通論》『作維』改。

[二] 案：『唯，詞也』，王逸《章句》無此注。

[三] 案：《甘泉賦》無此注，而見於《東征賦》李善注。

《九辯》：『以爲君獨服此蕙兮，羌無以異於衆芳。』又：『願寄言夫流星兮，羌倏忽而難當。』

《七諫·怨世》：『遇厲武之不察兮，羌兩足以畢斫。』

案：《離騷》注云：『羌，楚人語詞，猶言卿，何爲也。』《九章·惜誦》注云：『羌，然辭也。』《九辯》注云：『羌，乃也。』〔一〕蓋羌本爲轉捩之詞，故又訓然、訓乃。羌或變言謇、言蹇，用之句中，又變言其，皆楚人語也。其本字當作其，《史記·高祖紀》《集解》引《風俗通》曰『沛人語初發聲好言其』是也。其又當作辺。《説文》：『辺，古之遒人以木鐸記詩言。从辵，从亓，亓亦聲。讀與記同。』蓋本標指之詞，引申以爲語詞。古書中其、厥通用，厥亦本作𠄌，《説文》鈎識者謂之𠄌，亦標指之詞也。

《九歌·雲中君》：『蹇將憺兮壽宮。』注云：『蹇，詞也。』《湘君》：『蹇誰留兮中洲。』注云：『蹇，詞也。』

《九章·惜誦》：『紛逢尤以離謗兮，謇不可釋。』注云：『謇，詞也。』《哀郢》：『鬱鬱而不通兮，蹇侘傺而含慼。』

《九辯》：『時亹亹而過中兮，蹇淹留而無成。』又：『蹇充倔而無端兮，泊莽莽而無垠。』又：『事亹亹而覬進兮，蹇淹留而躊躇。』

《七諫·謬諫》：『心悇憛而煩冤兮，蹇超搖而無冀。』注云：『蹇，詞也。』

《哀時命》：『車既弊而馬罷兮，蹇邅徊而不能行。』

《九嘆·遠逝》：『欲酌醴以娛憂兮，蹇騷騷而不釋。』

案：《離騷》『謇吾法夫前脩兮』『謇朝誶而夕替』，《九嘆·怨思》『蹇離尤而干詬』，注皆訓忠信，當與發端言謇、言蹇〔二〕者異。《哀時命》《九嘆·遠逝》篇二蹇字，注皆訓難，難亦詞之乃也。〔三〕

《離騷》：『曰鮌婞直以亡身兮，終然夭乎羽之野。』

《九章·思美人》：『固朕形之不服兮，然容與而狐疑。』

《九辯》：『收恢台之孟夏兮，然欿傺而沈藏。』《九辯》發端言然者六見。

案：然，正作嘫，《説文》：『嘫，語聲也。』引申以爲轉捩連詞，與乃同義。《離騷》『終然夭乎羽之野』注云：『乃殛之羽山，死於中野。』是王正訓然爲乃也。

《離騷》：『桀紂之常違兮，乃遂焉而逢殃。』

《九章·涉江》：『深林杳以冥冥兮，乃猨狖之所居。』

〔一〕案：『羌，乃也』，王逸《章句》無此注，見於《文選》六臣注《離騷》。

〔二〕『言蹇』原脱。案：《貝輻》本『謇』後有『言謇』，《楚辭通論》亦然，當爲『言蹇』之誤，據補改。

〔三〕已上發句用羌、蹇、謇字。

案：《說文》：『乃，曳詞之難也。』《公羊》宣公八年《傳》：『而者何？難也。乃者何？難也。曷爲或言而，或言乃？乃難乎而也。』何注：『言乃者內而深，言而者外而淺。』[一]

《九辯》：『離芳藹之方壯兮，余萎約而悲愁。』

案：此余非余我之余，乃發聲之詞。《說文》『余，語之舒』是也。《左》僖九年《傳》：『小白余敢貪天子之命。』余正用爲發端語。[二]

《九章・哀郢》：『順風波以從流兮，焉洋洋而爲客。』注云：『洋洋，無所歸貌。言己憂不知所踐，則聽船順風，遂洋洋遠客而無所歸也。』

《遠游》：『音樂博衍無終極兮，焉乃逝以徘徊。』注云：『遂往周流，究九野也。』

《公羊》宣六年《傳》何注：『焉者，於也。』案：於之言於是，王注以遂釋焉，遂，於是也。焉乃者，於是乃也。

又案：焉訓於，乃于之借。《說文》：『于，於也。』焉、於之通，猶閼之讀焉也。

《七諫・怨世》：『卒不得效其心容兮，安眇眇而無所歸薄。』注云：『薄，附也。言己放流，……東西眇眇，無所歸附也。』

案：安猶焉也，古音讀同，亦于之借。[三]

《九章・抽思》：『與余言而不信兮，蓋爲余而造怒。』注云：『責其非職，語橫暴也。』

《九嘆・思古》：『蓋見兹以永嘆兮，欲登階而狐疑。』

案：《漢書・郊祀志》颜注：『蓋，語詞[四]也。』蓋與盍通，盍者，曷之借。《說文》：『曷，何也。』引申以爲語辭。

《九歌・東皇太一》：『盍將把兮瓊芳。』注云：『盍，何不也。』

《爾雅・釋言》：『曷，盍也。』《廣雅・釋詁》：『曷、盍，何也。』案：《說文》：『曷，何也。』盍即曷之借字。緩言之爲盍，急言之爲何不。王氏《釋詞》疑王注『盍何不也』不字爲後人所加，乃不辨詞氣之有緩急也。[五]

助句詞例

《離騷》：『攝提貞于孟陬兮，惟庚寅吾以降。』

案：《說文》：『于，於也，象气之舒于。』《離騷》此于正用本誼。貞，當也。此言己生歲在攝提，當孟陬之月、庚寅之日也。《詩・邶風・柏舟》：『慍于群小。』宋玉《高

〔一〕已上發句用然字、乃字。
〔二〕已上發句用余字。
〔三〕已上發句用安、焉字。
〔四〕『語詞』，《漢書・郊祀志》作『發語辭』。
〔五〕已上發句蓋、盍字。

唐賦》：『既娩嫿于幽靜兮。』二于亦語詞。[一]

《離騷》：『日月忽其不淹兮，春與秋其代序。』二其字並語詞。忽下省然字。注云：『代，更也。序，次也。言日月晝夜常行，忽然不久；春秋往來，以次相代。言天時易過，人年易老也。』又：『雖萎絶其亦何傷兮，哀衆芳之蕪穢。』注云：『萎，病也。絶，落也。』『言己所種芳草當刈未刈，蚤有霜雪，枝葉雖蚤萎病絶落，何能傷於我乎？』又：『老冉冉其將至兮，恐脩名之不立。』注云：『七十曰老。冉冉，行貌。』『言人年命冉冉而行，我之衰老將以來至。』又：『苟余情其信姱以練要兮，長顑頷亦何傷。』注云：『苟，誠也。練，簡也。』『誠欲使我形貌信而美好，中心簡練而合於道要。』

案：上引其字皆語助無義，餘以類求。其，亓之借，説見上。[二]

《離騷》：『汩余若將不及兮，恐年歲之不吾與。』之，語詞。注云：『又恐年歲忽過，不與我相待，而身老耄也。』

案：之者，只之借。《説文》：『只，語已辭也。象气下引之形。』《楚辭》之字多爲語詞，亦與其通用。《離騷》：『高翱翔之翼翼。』之可易其；『苟余情其信芳。』其又可易之也。《書·舜典序》：『虞舜側微，堯聞之聰明。』言堯聞其聰明也；《康誥》：『孟侯朕其弟。』言朕之弟也，正以之、其通用。

又：『忽奔走以先後兮，及前王之踵武。』注云：『踵，繼也。武，迹也。冀及先王之德，繼續其迹而廣其基。』

案：踵，動辭，之字足句。司馬長卿《封禪文》：『率邇者踵武。』張平子《東京賦》：『踵二皇之遐武。』踵字用法準是。

又：『矯菌桂以紉蕙兮，索胡繩之纚纚。』之，語詞。注云：『胡繩，香草。纚纚，索好貌。言紉索胡繩，令之澤好，以善自約束。』

又：『高余冠之岌岌兮，長余佩之陸離。』二之，語詞。注云：『岌岌，高貌。』『陸離猶嵾嵯，衆貌。言己懷德不用，復高我之冠、長我之佩，尊其威儀，整其服飾，以異於衆也。』

又：『攬茹蕙以掩涕兮，霑余襟之浪浪。』與『索胡繩之纚纚』句法同。

又：『鳳皇翼其承旂兮，高翱翔之翼翼。』之，語詞。注云：『翼翼，和貌。言高飛翱翔，翼翼而和。』

《九嘆·離世》：『端余行其如玉兮，述皇輿之踵迹。』注云：『言思正我行，令之如玉，不匿瑕惡，以承述先王正治之法，繼續其業而大之也。』

案：此與《離騷》『及前王之踵武』句法同。

《九章·悲回風》：『登石巒以遠望兮，路眇眇之默默。』注云：『郢道遼遠，居僻陋也。』

案：此之，語詞，用與以[三]同。揚子雲《甘泉賦》：『夫何旟旐郅偈之旖旎也。』何平叔《景福殿賦》：『體洪剛之猛毅。』二之字用法準是。

《遠游》：『叛陸離其上下兮，游驚霧之流波。』注云：『蹈履雲氣，浮游清波也。』

[一] 已上助句用于字。
[二] 已上助句用其字。
[三] 『以』，《負輻》本作『而』。

案：此言上游驚霧，下游流波也。之，語詞，用與兮同。揚子雲《甘泉賦》：『抗浮柱之飛榱兮。』潘安仁《閒居賦》：『備千乘之萬騎。』二之字用法準是。

《九嘆》：『辭靈脩而隕志兮，吟澤畔之江濱。』

案：之字用法亦與上同，言吟澤畔兮江濱也。[一]

《離騷》：『冀枝葉之峻茂兮，願竢時乎吾將刈。』注云：『刈，穫也。言願待天時，吾將穫取收藏而饗其功也。』

案：《楚辭》此類乎字，用以暫緩音節，與《九歌》句中兮字用同。《説文》：『乎，語之餘也。』

又：『衆皆競進以貪婪兮，憑不厭乎求索。』注云：『憑，滿也。言中心雖滿，猶復求索，不知厭飽也。』

乎，亦語助，下省而字。

又：『悔相道之不察兮，延佇乎吾將反。』注云：『延，長也。佇，立貌。言長立而望，將欲還反，終己之志也。』

案：乎，語助。此與『願俟時乎吾將刈』句法同。

又：『不顧難以圖後兮，五子用失乎家巷。』注云：『兄弟五人，家居閭巷，失尊位也。』

案：乎爲助句之辭，家用爲動辭，乎上省尊字，下省而字。此承上句言，謂五子用失其尊位而家居於閭巷也。王念孫不達《楚辭》詞例，妄以失字爲衍文，巷讀《孟子》『鄒與魯鬨』之鬨，疑誤後生非淺矣。

又：『爾何懷乎故宇。』注云：『何必思故居而不去也。』

此乎亦語助，非介詞。

又：『靈氛既告余以吉占兮，歷吉日乎吾將行。』注云：『歷善日，吾將去君而遠行也。』

案：此亦與『願竢時乎吾將刈』句法同。

《九章·抽思》：『心鬱鬱之憂思兮，獨永嘆乎增傷。』注云：『哀悲太息，損肺肝也。』

《惜誓》：『臨中國之衆人兮，托回飆乎尚羊。』注云：『尚羊，游戲也。言托回風，遠行游戲也。』

《七諫·哀命》：『從水蛟而爲徒兮，與神龍乎休息。』注云：『自喻德如蛟龍而潛匿也。』

又：『念女嬃之嬋媛兮，涕泣流乎於悒。』注云：『於悒，增嘆貌也。』

上引諸文，乎字並語助無義，乎下省以[二]字。司馬長卿《上林賦》：『迴車而還，消搖乎襄羊。』武帝《吊李夫人賦》：『縹飄姚乎愈莊。』諸乎字用法準是。

《七諫·沈江》：『浮雲陳而蔽晦兮，使日月乎無光。』注云：『使君不聰明也。』

[一] 已上助句用之字。

[二] 『以』，《員輻》本作『而』。

此乎亦語詞，用與兮同。

《七諫·怨世》：『處湣湣之濁世兮，今安所達乎吾志。』注云：『言無有達我清白之志也。』

《哀時命》：『廓抱景而獨倚兮，超永思乎故鄉。』注云：『言己……長念楚國，心不能已，惝惘長思故鄉也。』

上引二乎字並語助，或以爲介辭，非也。〔一〕

《離騷》：『忳鬱邑余侘傺兮，吾獨窮困乎此時也。』

此余非余我，亦語之舒也，用與以同。

又：『曾歔欷余鬱邑兮，哀朕時之不當。』

余亦語辭。揚子雲《反離騷》曰：『雖增欷以於邑。』正摭此文而反之。

又：『駟玉虬以乘鷖兮，溘埃風余上征。』

《吳都賦》劉逵注引：「《離騷》曰：「溢（當作溘）飈風兮上征。」班固曰：「飈，疾也。」」此則孟堅本余作兮，爲語辭明矣。更以《遠游》『掩浮雲而上征』句比例，（王注：『溘猶掩也。』）知余用與而同。

《九章·惜誦》：『心鬱邑余侘傺兮，又莫察余之中情。』

此與《離騷》『忳鬱邑余侘傺兮』句法同。

《九章·涉江》：『乘舲船余上沅兮，齊吳榜以擊汰。』又：『入溆浦余儃佪兮，迷不知吾所如。』

二例並與《離騷》『溘埃風余上征』句法同。〔二〕

《離騷》：『羿淫游以佚畋兮，又好射夫封狐。』又：『固亂流其鮮終兮，浞又貪夫厥家。』又：『日康娛而自忘兮，厥首用夫顛隕。』

上引諸文，夫字並語助無義。或以爲介辭，非也。夫，彼之借，說見上。〔三〕

《離騷》：『資菉葹以盈室兮，判獨離而不服。』又：『閨中既以邃遠兮，哲王又不悟。』

《九章·涉江》：『鸞鳥鳳皇，日以遠兮。』

上引三文，以者，已之借。《說文》：『巳，巳也。四月，陽气已出，陰气已藏，萬物見，成文章。』故引申爲已過之誼。鄭注《禮記·檀弓》曰：『以與已字本同。』

〔一〕已上助句用乎字。
〔二〕已上助句用余字。
〔三〕已上助句用夫字。

《離騷》：『皇覽揆余初度兮，肇錫余以嘉名。』又：『既替余以蕙纕兮，又申之以攬茝。』

上引二文，以，語詞之用也。此本誼，《説文》：『㠯，用也。』以即㠯之訛變。

《離騷》：『夫維聖哲以茂行兮，苟得用此下土。』注云：『哲，智也。茂，盛也。』『言天下之所立者，獨有聖明之智、盛德之行，故得用事天下而爲萬民之主。』

又：『索藑茅以筳篿兮，命靈氛爲余占之。』注云：『索，取也。藑茅，靈草也。筳，小折竹也。』『言乃取神草竹筳，結而折之，以卜去留。』

上引二文，以猶與也，（《廣雅・釋詁》：『以，與也。』）即與之借。與有及義，故以亦有及義。

《離騷》：『忽奔走以先後兮，及前王之踵武。』注云：『言己急欲奔走先後，以輔翼君。』

又：『擥木根以結茝兮，貫薜荔之落蕊。矯菌桂以紉蕙兮，索胡繩之纚纚。』

上引二文，以猶而也。而者，乃之借。以爲連屬之詞，以、與聲通，亦用爲連屬之詞。

《離騷》：『衆女嫉余之蛾眉兮，謠諑謂余以善淫。』又：『鸞皇爲余先戒兮，雷師告余以未具。』

上引二文，以猶爲也。（《玉篇》：『以，爲也。』）即爲之借，以爲之省。《禮記・檀弓》曰：『昔者吾有斯子也，吾以將爲賢人也。』此以亦以爲之省。[一]

《離騷》：『步余馬於蘭皋兮，馳椒丘且焉止息。』又：『夏桀之常違兮，乃遂焉而逢殃。』

上引二文，焉並語助無義。焉，于之借，説見上。

《離騷》：『覽民德焉錯輔。』注云：『錯，置也。觀萬民之中有道德者，因置以爲君，使賢能輔佐，以成其志。』

案：王以因釋焉，因之言於是也。[二]

《天問》：『浞娶純狐，眩妻爰謀。』注云：『爰，於也。』又：『女歧縫裳，而館同爰止。』注云：『爰，於也。』又：『成湯東巡，有莘爰極。』注云：『爰，於也。』又：『昭后成游，南土爰底。』注云：『爰，於也。』又：『伏匿穴處，爰何云？』注云：『爰，於也。』

《九章・懷沙》：『曾傷爰哀，永嘆喟兮。』注云：『爰，於也。』

爰，於，《爾雅・釋詁》文。《説文》：『爰，从叉从于。引也。』又訓於者，即于之借。《説文》：『于，於也。』[三]

《九歌・山鬼》：『君思我兮然疑作。』注云：『言懷王有思我時，然讒言妄作，故令狐疑也。』

然，嗞之借，用與乃同，説見上。

[一] 已上助句用以字。
[二] 已上助句用焉字。
[三] 已上助句用爰字。

《九歌・山鬼》：『杳冥冥兮羌晝晦。』注云：『雖白晝，猶暝晦也。』

羌，其之借，實亡之借，說見上。〔一〕

《天問》：『反成乃亡，其罪伊何？』注云：『其罪維何乎？』

伊，維之借，說見上。

《離騷》：『殷宗用而不長。』注云：『殷宗遂絶，不得長久也。』

《九章・惜誦》：『鮌功用而不就。』注云：『鮌，堯臣，治水之功，以不成也。』

用，猶用是也。《一切經音義》七引《倉頡篇》：『用，以也。』王以遂釋用。《儀禮・燕禮》注：『遂，猶因也。』因、以義同。〔二〕

《九歌・東皇太一》：『吉日兮辰良，穆將愉兮上皇。』

右兮字間句。

《離騷》：『帝高陽之苗裔兮，朕皇考曰伯庸。』

右兮字殿句一。上下二句，上句句末用兮。

《九章・涉江》：『亂曰：鸞鳥鳳皇，日以遠兮。燕雀烏鵲，巢堂壇兮。』

《九章・橘頌》：『后皇嘉樹，橘徠服兮。受命不遷，生南國兮。』

右兮字殿句二。上下兩句，下句句末用兮。此亂辭體，《橘頌》全篇亦用之。

《九嘆・逢紛》：『嘆曰：揄揚滌蕩，飄流隕往，觸崟石兮。龍卬脟圈，繚戾宛轉，阻相薄兮。』

《九嘆・遠游》：『嘆曰：譔溪轇轕，雷動電發，馺高舉兮。升虚凌冥，沛濁浮清，入帝宫兮。摇翹奮羽，馳風騁雨，游無窮兮。』

右兮字殿句三。上下三句，末句句末用兮。此亦亂體。

《說文》：『兮，語所稽也。』語所稽，謂聲氣於此暫遏，非必意已。《離騷》上句之末例綴兮字，所以暫稽聲氣，非謂文義於此已具。《九歌》句中織兮，亦以暫作稽留，然後引聲而下也。

《離騷》：『余固知謇謇之爲患兮，忍而不能舍也。指九天以爲正兮，夫唯靈脩之故也。』

《玉篇》：『也，所以窮上成文也。』本乚之借，《說文》：『乚，反丂也。讀若呵。』即今俗語之啊也。

《招魂》：『魂兮歸來，去君之恒幹，何爲四方些。』

〔一〕 已上助句用然字、羌字。

〔二〕 已上助句用伊字、用字。

《廣雅·釋詁》：『些，詞也。』案：些即呰之形訛，嗟之聲變。《説文》：『訾，嗞也。』引申爲語詞，字別作嗟。《詩·節南山》『憯莫懲嗟』，即《十月之交》『胡憯莫懲』也。

《大招》：『青春受謝，白日昭只。春氣奮發，萬物遽只。』

《説文》：『只，語已詞也。』字亦作止。《詩·召南·草蟲》『亦既見止』『亦既覯止』傳曰：『止，詞也。』[二]

隔韻例

《離騷》：『長太息以掩涕隔韻兮，哀生民之多艱。余雖脩姱以鞿羈與涕韻兮，謇朝誶而夕替。』

《離騷》：『心猶豫而狐疑隔韻兮，欲自適而不可。鳳皇既受貽與疑韻兮，恐高辛之先我。』

《天問》：『圜則九重隔韻，孰營度之？惟茲何功與重韻，孰初作之？』

《天問》：『登立爲帝隔韻，孰道尚之？女媧有體與帝韻，孰制匠之？』

《天問》：『簡狄在臺隔韻，嚳何宜？玄鳥致詒與臺韻，女何嘉？』

《天問》：『干協時舞隔韻，何以懷之？平脅曼膚與舞韻，何以肥之？』

《天問》：『驚女采薇隔韻，鹿何佑？北至回水與薇韻，萃何喜？』

《九章·哀郢》：『發郢都而去閭隔韻兮，怊荒忽其焉極？楫齊揚以容與與閭韻兮，哀見君而不再得。』

《九章·抽思》：『曾不知路之曲直隔韻兮，南指月與列星。願徑逝而未得與直韻兮，魂識路之營營。』

《九章·悲回風》：『糾思心以爲纕隔韻兮，編愁苦以爲膺。折若木以蔽光與纕韻兮，隨飄風之所仍。』

《七諫》亂曰：『鸞皇孔鳳，日以遠隔韻兮，畜鳧駕鵝。雞鶩滿堂壇與遠韻兮，鼃黽游乎華池。』

《遠游》：『道可受兮不可傳隔韻，其小無内兮其大無垠。無滑而魂兮彼將自然與傳韻，壹气孔神兮於中夜存。』

錯[三]韻例

《九嘆·逢紛》：『亂曰：揄揚滌蕩，飄流隕往與蕩韻，觸崟石兮。龍卬脟圈，繚戾宛轉與圈韻，阻相薄與石韻兮。』

[二] 已上助句用兮、也、些、只字。

[三] 湖南大學本、《員輻》本前有『交』，《楚辭通論》亦有之。

《九嘆・遠游》：『亂曰：譬彼蛟龍，乘雲浮兮。泛淫澒溶與龍韻，紛若霧與浮韻兮。潺湲轇轕，雷動電發與轕韻，馺高舉與羽、雨韻兮。升虛凌冥，沛濁浮清與冥韻，入帝宫兮。摇翹奮羽，馳風騁雨與羽韻，游無窮與宫韻兮。』

助詞韻例

《九章・涉江》：『亂曰：鸞鳥鳳皇，日以遠兮。燕雀烏鵲，巢堂壇兮。遠、壇爲韻。露申辛夷，死林薄兮。腥臊並御，芳不得薄兮。薄、薄爲韻。陰陽易位，時不當兮。懷信侘傺，忽乎吾將行兮。當、行爲韻。』

右兮字韻例。

《漁父》：『滄浪之水清兮，可以濯我纓；清、纓爲韻。滄浪之水濁兮，可以濯我足。濁、足爲韻。』

古詩歌以助詞收句者，用韻俱在助詞上一字，其助辭則餘聲耳。自《虞書》『元首明哉』哉字，《左傳》『我有圃生之杞乎』乎字，《國策》『松耶柏耶』耶字皆然。而《三百篇》尤以此爲定式，凡兮、也、之、只、矣、而[一]、止、思、焉、哉、斯、且、忌、猗之類，皆不入韻。

右些字韻例。

《招魂》：『魂兮歸來，去君之恒幹，何爲四方些。舍君之樂處，而離彼不詳些。』方、祥爲韻。

凡以些字收句者，其用韻俱在些字上。

右些字韻例。

『青春受謝，白日昭只。春氣奮發，萬物遽只。冥凌浹行，魂無逃只。魂魄歸徠，無遠遥只。』昭、逃、遥爲韻。

右只字韻例。

凡以只字收句者，其用韻俱在只字上。

《離騷》：『余固知謇謇之爲患兮，忍而不能舍也。指九天以爲正兮，夫唯靈脩之故也。』舍、故爲韻。

右也字韻例。

凡以也字收句者，其用韻俱在也字上。

《離騷》：『何瓊佩之偃蹇兮，衆薆然而蔽之。惟此黨人之不諒兮，恐嫉妒而折之。』蔽、折爲韻。

《九嘆・逢紛》：『始結言於廟堂兮，信中塗而叛之。懷蘭蕙與衡芷兮，行中野而散之。』叛、散爲韻。

《天問》：『遂古之初，誰傳道之？上下未形，何由考之？』道、考爲韻。

右之字韻例一。

[一] 《員輻》本『而』後有『旃』。

此以之字收句而韻在之字上者。《天問》用之字皆然。

《離騷》：『索藑茅以筳篿兮，命靈氛爲余占之。曰兩美其必合兮，孰信脩而慕之？』二之字爲韻。

《九辯》：『甯戚謳於車下兮，桓公聞而知之。無伯樂之善相兮，今誰使乎譽之？罔流涕以聊慮兮，惟著意而得之。紛純純之願忠兮，妒被離而障之。』四之字爲韻。

《九辯》：『願皓日之顯行兮，雲蒙蒙而蔽之。竊不自聊而願忠兮，或黕點而污之。』同上。

《七諫·謬諫》：『伯牙之绝弦兮，無鍾子期而聽之。和抱璞而泣血兮，安得良工而剖之？』二之字爲韻。

《九嘆·惜賢》：『進雄鳩之耿耿兮，讒介介而蔽之。默順風以偃仰兮，尚由由而進之。』二之字爲韻。

右之字韻例二。

此以之字入韻者。《毛詩·棫樸篇》：『芃芃棫樸，薪之槱之。濟濟辟王，左右趣之。』正以兩之字爲韻，即其先例。

《九章·哀郢》：『外承歡之汋約兮，諶荏弱而難持。忠湛湛而願進兮，妒披離而障之。』持、之爲韻。

《九章·惜誦》：『竭忠誠以事君兮，反離群而贅肬。忘儇媚以背衆兮，待明君其知之。』肬、之爲韻。

《九章·思美人》：『勒騏驥而更駕兮，造父爲我操之。遷逡次而勿驅兮，聊假日以須旹。』之、旹爲韻。

《天問》：『湯出重泉，夫何辠尤？不勝心伐帝，夫誰使挑之？會鼂争盟，何踐吾期？蒼鳥群飛，孰使萃之？』尤、之、期、之爲韻。

右之字韻例三。

此單用之字而入韻者。《三百篇》如『其君也哉』『誰昔然矣』『人之爲言，胡得焉』，皆以助詞單韻而入韻，亦先例也。

《惜誓》：『黄鵠後時而寄處兮，鴟梟群而制之。神龍失水而陸居兮，爲螻蟻之所裁。夫黄鵠神龍猶如此兮，况賢者之逢亂世哉。』之、裁、哉爲韻。

右哉字韻例。

此以哉字入韻。《詩·北門》：『天實爲之，謂之何哉。』爲與何爲韻，之與哉亦爲韻也。

《天問》：『鴟龜曳銜，鮌何聽焉？順欲成功，帝何刑焉？』聽、刑爲韻。

右焉字韻例。

《天問》用焉字收句，皆以焉字上一字入韻。

《卜居》：『吾寧悃悃款款，朴以忠乎？將送往勞來，斯無窮乎？』忠、窮爲韻。

《漁父》：『吾聞之，新沐者必彈冠，新浴者必振衣；安能以身之察察，受物之汶汶者乎？寧赴湘流，葬於江魚之腹中。安能以皓皓之白，而蒙世俗之塵埃乎？』二乎字爲韻。

右乎字韻例。

《卜居》用乎字收句，皆以乎字上一字入韻；《漁父》二乎字則自爲韻。

重韻例

《離騷》：『思九州之博大兮，豈惟是其有女？曰勉遠逝而無狐疑兮，孰求美而釋女？』

《九章·涉江》：『露申辛夷，死林薄兮。腥臊並御，芳不得薄兮。』

《九辯》：『泬寥兮天高而氣清，寂廖兮收潦而水清。』

右一字連韻例。

古不忌重韻。《詩·谷風》『反以我爲讎』與『賈用不售』，《蕩》『下民之辟』與『其命多辟』，《蓼蕭》『孔燕豈弟』與『宜兄宜弟』，《民勞》『汔可小休』『以爲王休』，並章内同韻一字，而其義各别。其他且有韻重而義不異者，如《七月》第五章兩韻户字，《正月》第三章兩韻禄字，《十月之交》第六章兩韻向字，《卷阿》第六章兩韻多字，《閟宫》末章兩韻碩字，皆是。

《離騷》：『撫壯而棄穢兮，何不改乎此度。』

又：『背繩墨以追曲兮，競周容以爲度。』

《離騷》：『紛總總其離合兮，斑陸離其上下。』

又：『覽相觀於四極兮，周流乎天余乃下。』

又：『及余飾之方壯兮，周流觀乎上下。』

《離騷》：『不吾知其亦已兮，苟余情其信芳。』

又：『蘇糞壤以充幃兮，謂申椒其不芳。』

又：『恐鵜鴂之先鳴兮，使夫百草爲之不芳。』

又：『委厥美以從俗兮，苟得列乎衆芳。』

右一字叠見爲韻例。

《離騷》一篇，凡兩韻度字、暮字、素字、輔字、在字、茝字、悔字、離字、兹字、女字、故字、長字、余字、當字，三韻下字，四韻服字、芳字。此外短篇，如《懷沙》兩韻故字、質字，《思美人》兩韻詒字，《橘頌》兩韻喜字，《悲回風》兩韻芳〔一〕字、迹字、適字，《遠游》兩韻聞字、都字、門字、行字，《招魂》之亂兩韻先字，《大招》兩韻海字、盛字，《招隱士》三韻留字，《七諫・初放》兩韻壄字，《沈江》三韻傷字、兩韻望字，《哀命》兩韻路字，《謬諫》兩韻托字，《哀時命》兩韻容字，《九嘆・離世》兩韻游字，《怨思》兩韻情字，《憂苦》兩韻行字，《遠游》兩韻桑字，皆是。

續韻例

《離騷》：『女嬃之嬋媛兮，申申其詈予。曰鮌婞直以亡身兮，終然殀乎羽之野。』曰下二句，述女嬃之詞，而韻則與上連。

《離騷》：『曰勉遠逝而無狐疑兮，孰求美而釋女。何所獨無芳草兮，爾何懷乎故宇。』此靈氛之詞。『世幽昧以眩曜兮，孰云察余之善惡。』此原答靈氛之詞，與上文『爾何懷乎故宇』爲韻。

《招魂》：『上無所考此盛德兮，長離殃而愁苦。』以上代述屈原之辭。『帝告巫陽曰：「有人在下，我欲輔之。」』以下帝告巫陽之詞，而韻則與上連。

《詩・谷風篇》『習習谷風，維山崔嵬』與上章『棄予如遺』爲韻，《召旻篇》『池之竭矣，不云自頻』與上章『職兄斯引』爲韻。孔廣森《詩聲分例》曰：『詩之有章也，析之則節解句斷，通之原自一篇。每有意盡於此而聲絶於彼者，分章則從乎其意，畫韻則從乎其聲。故後章之首可以合前章之尾。非强鑿也。』

虛數例

《離騷》：『雖九死其猶未悔。』注云：『雖以見過支解九死，終不悔恨。』

案：九死，支解之刑，即下文之體解也。九，虛數。

《九章・惜誦》：『九折臂而成醫兮。』

案：《左》定十三年《傳》：『三折肱，知爲良醫。』三與九皆虛數。

孰語例

《離騷》：『心猶豫而狐疑兮。』

案：狐疑二字，合爲動詞，即言疑也，如蟬蛻、沙汰之比。

《九辯》：『願銜枚而無言兮。』注云：『意欲括囊而靜默也。』

〔一〕『芳』，原訛作『茅』，據《悲回風》改。

案：銜枚，官名。《周禮·秋官·序官》『銜枚氏』注：『止言語囂讙也。枚狀如箸，横銜之，爲之繣結於項。』此文銜枚，但用爲靜止義。枚叔《七發》：『銜枚檀桓。』李注：『銜枚，水無聲也。』用與此文同。

曩居北平，講授《楚辭》，民國十九、二十年間。有《楚辭句例》之釋，編入《楚辭通論講疏》中。頃加整比，勒爲是編，設文立例，大致與前同也。廿五年十二月，鴻凱識。[一]

[一] 此跋《制言》本、湖南大學本未載，據《員輻》本補入。

楚辭小學

以《師聲》創刊號本爲底本，《卮言》創刊號本爲參校本

民國三十四年十一月

往余仿陳氏疏毛之例，有《楚辭義類》之作。復自疏證，得《釋詁》《釋言》二篇而止。苦其繁重，又以王、郝及先師黄君《雅》疏已備，《楚辭》訓詁，義多相通。無竢[一]叠床架屋之爲，而説有忽於前脩。解或得於一己，輒爲詮明，以袪觝滯。凡書十有七卷，颜曰《楚辭小學》，蓋師懋堂詁《詩》之意云。

《離騷經》第一

王注：『離，别也；騷，愁也。言己放逐離别，中心愁思。』《説文》：『醨，薄酒也。讀若離。』酒薄則醨[二]澆質散，引申則凡離别字，皆醨之借也。錢辛楣謂《説文》稱『讀若』者往往爲經典通用字，醨讀若離，亦[三]其類。騷訓愁者，即愁之借字。子雲反《騷》，亦題其篇曰《畔牢愁》。《離騷》本稱《離騷賦》，以爲經者，蓋淮南作傳時所題，叔師本之，凡屈賦自《九歌》已下，大題皆曰『離騷』，蓋以《離騷》爲經，則此諸篇，皆其傳也。

[一]『竢』，原作『竣』，《卮言》本作『竢』，於義爲勝，據改。

[二]『則醨』，原作『醨則』，《卮言》本作『則醨』，於義爲勝，據改。

[三]『亦』，原作『求』，《卮言》本作『亦』，於義爲勝，據改。

帝高陽之苗裔兮

王注：『高陽，顓頊有天下之號。』此以所封國爲有天下之號，亦若帝堯封於唐，因以唐爲大號也。《續漢・郡國志》：『汴[一]之高陽城，高陽氏之虚也。』《白虎通・號篇》云：『高陽者，陽[二]明也，道德高明也。』

朕皇考曰伯庸

朕者，朁之轉語。《説文》：『朁，曾也。』「曾，詞之舒也。」本發聲之詞，引申以爲施身自謂。徐鉉曰：『今俗有朁字，蓋朁之訛。』案：凡自稱曰儍、咱、洒，又朁之聲轉字變也。王注：『伯庸，字也。』案：古者諱名不諱字，禮以王父字爲氏。

攝提貞于孟陬兮，惟庚寅吾以降

此第舉歲名之寅，《吕覽・叙意篇》：『維秦八年，歲在涒灘。』亦第舉歲名之申。惟《史記・曆書》『太初元年，名[三]焉逢，攝提格』，則兼舉歲陽歲名，則以黄帝定曆時以甲寅爲首，是年正得甲寅，故舉之。若彝常屬辭，則不然也。《説文》『包』字説解曰：『元氣起於子。男左行三十，女右行三十，俱立於巳，爲夫婦。裹妊於巳，巳爲子，十月而生。男起巳至寅，女起巳至申，故男年始寅，女年始申。』王注：『寅爲陽正，故男始生而立於寅；庚爲陰正，故女始生而立於庚。』其説正與許同。庚、申皆西方位也。亦見《淮南・汜論訓》高注。此屈子自詡其禄命之優也。《詩・小弁》『天之生我，我辰安在』傳：『辰，時也。』箋云：『謂六物之吉凶。』六物，歲、時、日、月、星、辰是也。辰，十二辰也，《詩》文言時，但舉一偏，《離騷》舉歲、月、日，不言時者，文從省耳。《九歌・東皇太一》：『吉日兮辰良。』則言日兼舉時矣。今日者卜命，兼用歲、月、日、時，蓋自周已然矣。屈子生年月日，自叔師注以爲寅年正月寅日，清江寧陳瑒據周曆推之，知屈子生於楚宣王二十七年戊寅建寅之月二十七日；儀徵劉先生又以夏曆推之，得屈子生於楚宣王二十七年正月二十一日。

王注：『于，於也。』案：《説文》：『于，於也，象气之舒于。』《離騷》此于，正用本，言之間也。貞之言丁，《釋詁》：『丁，當也。』屈子自謂當太歲在寅正月庚寅日生也。

[一]『汴』，《師聲》本作『汲』，《巵言》本作『汳』，據羅泌《路史》卷十七、陳立《白虎通疏證》卷二注引《續漢・郡國志》改。
[二]《白虎通》後有『猶』。
[三]《史記・曆書》『名』前有『歲』。

皇覽揆余初度兮

王注：『揆，度也。』案：揆度，讀如忖度之度；初度，法度之度也。

名余曰正則兮，字余曰靈均

正則，以釋名平之義；靈均，以釋字原之義，皆代語也。郭璞《江賦》：『悲靈均之任石。』此以靈均號屈子之始。隱侯《謝靈運傳論》，又其後也。劉向《九嘆》首篇：『原生受命於貞節兮，鴻水路有嘉名。齊名字於天地兮，並光明於列星。』又《靈懷篇》：『兆出名曰正則兮，卦發字曰靈均。』王注：『生有形兆，伯庸名我爲正則以法天，筮而卜之，卦得坤，字曰靈均以法地。』子雲《反離騷》亦曰：『正皇天之清則兮，度后土之方貞。』

紛吾既有此内美兮　紛獨有此姱節

《説文》：『份，文質備也。』二紛字並當從此。

扈江離與辟芷兮

王注：『扈，被也。楚人名被爲扈。』扈，幠之轉語也。《説文》：『幠，覆也。』覆、被義同，《方言》四：『帍裱謂之被巾。』帍即《離騷》之扈後起字也。王注：『辟，幽也。』蓋讀爲㕫[一]。芷者，茝之草變，以茝爲正。

汩余若將不及兮

王注：『汩，去貌，疾若水流也。』《説文》：『汩，治水也。』水治則流疾。

朝搴阰之木蘭兮

《説文》：『攓，拔取也。南楚語。《楚辭》曰：「朝攓阰之木蘭。」』又：『陛，高阜也[二]。』此搴[三]、阰之正字。

夕攬洲之宿莽

王注：『草冬生不死者，名曰宿莽。』《九章・思美人》注亦曰：『楚人名冬生草曰宿莽。』案：莽正作茻，『衆草也。』宿讀爲宿

[一]『㕫』，原作『辟』，《卮言》本作『㕫』，於義爲勝，據改。
[二]『高阜也』，《説文》作『升高階也』。
[三]『搴』，原作『攓』，《卮言》本作『搴』，於義爲勝，據改。

麥、宿草之宿，訓『久也』、《小爾雅・廣詁》。『留也』。《廣雅・釋言》。草經冬不枯，即久與留之義，故曰宿莽。《釋草》：『卷施草拔心不死。』郭注：『宿莽也，《離騷》云。』《類聚》八十一引郭氏《贊》云：『卷施之草，拔心不死。屈平嘉之，諷詠以此。取類雖邇，興有遠旨。』此則宿莽乃卷施之異名，故此文以與木蘭對舉。拔心不死，正王注冬生説也。

不撫壯而棄穢兮

《文選》五臣注劉良曰：『撫，持也。言持壯盛之年。』戴震曰：『此漢唐舊本無「不」字之證。』俞樾曰：『今《文選》亦有「不」字，蓋李善本與五臣異也。詳其文義，似以無「不」字爲長。』《爾雅・釋詁》：『憮，有也。』《廣雅・釋詁》：『撫，有也。』憮、撫皆當讀爲保有之保。此文撫壯，亦言保愛年華爾。

彼堯舜之耿介兮

王注：『耿，光也。介，大也。』《説文》：『熲，火光也。』『炯，光也。』『夰，大也。』此耿、介之正字。

來吾道夫先路　來違棄而改求

來、里音同。《説文》『相』重文作『梩』，比知來亦有㠯音。㠯，『用也』，見《説文》。亦由也。《詩》『君子陽陽』傳曰：『由，用也。』反覆相訓，㠯亦由也。『來吾道夫先路』，來猶由也；『來違棄而改求』，來猶用也。二來字如此釋文，語自明白。王注皆以爲往來之來，文義不免詰鞫矣。《詩・谷風》曰：『不念昔者，伊予來塈。』《桑柔》曰：『既之陰女，反予來赫。』《四牡》曰：『將母來諗。』《采芑》曰：『蠻荆來威。』《江漢》曰：『淮夷來求。』『淮夷來鋪。』此諸來字，皆㠯之聲轉，語詞之用也。王氏《釋詞》不明本字，概以是字訓之，稍疏。

雜申椒與菌桂兮，豈維紉乎蕙茝

菌者，薰之借字，菌桂猶芳蘭、申椒之比也。《説文》：『惠，仁也。』古文作𢡈，蕙字省古文𢡈爲之。蕙之言亦薰也，蕙、薰灰、魂對轉。

何桀紂之昌披兮

王注：『昌披，衣不帶貌。』昌猶襄也，《説文》：『漢令，解衣耕謂之襄。』解衣與不帶意同，今俗語言人懶散曰『拖衣靸朎』，正昌披之謂。襄从㱿聲，本娘母字。『師襄』，《七發》作『師堂』，亦舌音也。

恐皇輿之敗績

《左傳》莊公十一年：『大崩曰敗績。』案：新出三體石經僖公《經》『楚師敗績』，古文作逨，从辵，朿聲，速即籀文迹字逨。古言敗績，本謂敗駕。古者車戰，駕敗則轍亂，《傳》所謂『大崩』也，其字自應作速，而績爲借字。本餘杭章君説。

荃不察余之中情兮

《説文》：『荃，芥脃也。』《楚辭》之荃，吴仁傑據陶隱居説，以爲石菖蒲一類。字别作蓀，《九章·抽思》『數惟蓀之多怒』『蓀詳聾而不聞』是也。

夫惟靈脩之故也

王注：『靈，神也。』《説文》：『靈，巫以玉事神。』《國語·楚語》：『古之巫聰明齋肅，精神不貳。』[一] 故引申爲神明之稱。

初既與余成言兮

王注：『成，平也。言，猶議也。』案：成言猶平議也，《穀梁》隱公六年《傳》曰：『平之爲言，以道成也。』

余固知謇謇之爲患兮

王注引《易》『王臣謇謇』，今《易》作『蹇蹇』。《説文》：『蹇，跛也。』蹇者行之難，引申爲言之難，古無二字也。王注訓『忠貞』，亦難義。

畦留夷與揭車兮

許田曰頃，即畦之語變，如趌步作蹞步，趌讀若向[二]；耿黽《爾雅·釋魚》注。即鼃黽之類，皆齊、青對轉也。

王注：『畦，共呼種之名。』案：共字訛，當云『楚人呼種之名』。《本草拾遺》：『揭車味辛，生彭城，高數尺。』然則揭車之言揭舉也。

[一] 案：《國語·楚語》：『民之精爽不携貳者，而又能齊肅衷正……如是則明神降之，在男曰覡，在女曰巫。』駱氏蓋概言之。

[二] 『趌讀若向』，《説文》：『趌，讀若跬同。』此處疑有脱訛字。

雖萎絶其亦何傷兮

王注：『萎，病也。』案：《説文》：『痿，病也。』

憑不厭乎求索

王注：『憑，滿也。楚人名滿曰憑。』案：憑猶畐也，畐，滿也，憑、畐登、德對轉。下文『喟憑心而歷兹』、《九章·思美人》『羌憑心猶未化』『揚厥憑而不竢』、《九辯》『憑鬱鬱其何極』，注皆以『憤懣』爲訓。又：畐，滿之引申義也。《方言》二：『馮，怒也。楚曰馮。』郭注：『恚盛貌。』引《楚辭》『康回馮怒』，恚亦憤也。索，索之借字，《説文》：『索，入家搜也。』

羌内恕己以量人兮　**謇吾法夫前脩兮**

王注：『羌，楚人語詞也。猶言卿，何爲也。』案：卿何爲者，漢人語也，以今語釋古語，故云猶。《毛傳》：『糾糾，猶繚繚也。』『綢繆，猶纏綿也。』《説文》：『麗爾，猶靡麗也。』皆其例。羌本轉捩之詞，故《九章·惜誦》注又云：『羌，然詞也。』《廣雅·釋言》：『羌，乃也。』然、乃訓同。羌或變言慶，揚雄《反離騷》曰：『慶夭悴而喪榮。』班固《西都賦》曰：『慶鴻[一]規而大起。』卿何爲者，卿亦羌之變，皆楚語也。其本字當作甹，《説文》：『甹，迫也。』即勉强之正字，用爲語詞，亦與乃訓『曳詞之難』同意。

羌聲轉又作謇，作蹇。下文『謇吾法夫前脩兮』『謇朝誶而夕替』，二謇皆詞之乃也。王注以『忠信』釋之，失其義矣。《九歌》『蹇將憺兮壽宫』『蹇誰留兮中洲』、《九章》『謇不可釋』『蹇侘傺而含感』『蹇獨懷此異路』，其義亦與乃同，皆羌之語變也。

各興心而嫉妒

王注引《外傳》，見《莊子·秋水》，又《鹽鐵論·毁學篇》亦有是語。興心，猶言起意也。

老冉冉其將至兮

《説文》：『冉，毛冄冄也。象形。』蓋柔弱下垂之皃，故姌字從之，而説解訓弱。《詩·巧言》：『荏染柔木。』《毛傳》：『荏染，柔意也。』染即冉之借，老與柔弱相因，故此文以爲老之狀語。

[一] 『慶鴻』，《漢書·班固傳》《文選》均作『度宏』，李善注：『度或爲慶也。』

夕餐秋菊之落英

《説文》：『蘜，日精也，以秋華。』

長顑頷亦何傷

《説文》作『顑顲』，面黄不飽，又起行也。[一] 又有『歁』：『食不滿也。讀若坎。』『歁』：『欲得也。讀若貪。』皆與『顑顲』同語。

貫薜荔之落蕊

《爾雅·釋草》：『薜，牡蘩。』郭注：『未詳。』《釋文》以爲即薜荔也。[二] 蕊者，甤、縈之後起字。《説文》：『甤，草木實甤甤也。』『縈，豕也。』

索胡繩之纚纚

《説文》：『纚，冠織也。』謂韜髮之緇帛，廣終幅，長六尺，漢亦謂之幘梁。見《士冠禮》注。此文用爲狀語，取約束義。胡繩即《爾雅·釋草》所稱『傳横目』，郭注云：『一名結縷，俗謂之鼓箏草。』案：今長沙鄉俗又呼『絆根草』。

願依彭咸之遺則

屈賦『彭咸』凡七見。《離騷》兩見、《九章·抽思》一見、《思美人》一見、《悲回風》三見。俞樾曰：『彭咸事[三]無可考，特以屈子云「願依彭咸之遺則」，而屈子固投水[四]死者，故謂彭咸亦投水而死。竊恐其誣古人矣。』今案：《悲回風》曰：『凌大波而流風兮，托彭咸之所居。』是彭咸投水，屈賦相已明言之。劉向《九嘆·離世》曰：『九年之中不吾反兮，思彭咸之水游。』是漢人説彭咸投水，又不自叔師始矣。屈子是時死志已決，而猶回車復路，退脩初服，往觀四荒，詢占訊巫，周流上下，至於僕悲馬懷，而後卒從彭咸。班固以爲懟懟，不亦過乎？

[一] 『面黄不飽，又起行也』，《説文》作『飯不飽，面黄起行也』。
[二] 案：《經典釋文》《楚辭釋文》均未見此注。
[三] 俞樾《讀楚辭》後有『實』。
[四] 俞樾《讀楚辭》後有『而』。

長太息以掩涕兮至謇朝誶而夕替

誶从㐫聲，㐫，没部字，艱在痕部，痕、没平入爲韻。

臧庸《拜經日記》曰：『（王注）「绝遠之智」釋「脩」字，「姱好之姿」釋「姱」字，不言「好脩」。』好字因下文多言『好脩』而衍。

既替余以蕙纕兮

王注：『繮在口曰鞿。』案：《説文》無鞿，鞿即羈之轉聲字變。

《説文》：『纕，援臂也。』引申其義爲『纕卷』。《廣雅·釋器》曰：『絭謂之纕。』王注此文以『佩帶』釋之，義與絭同。

雖九死猶未悔　**雖體解吾猶未變兮**

九死，支解之刑也。春秋謂之轘。《左傳》桓公十一年：『轘高渠彌。』又宣公十一年：『殺夏徵舒，轘諸栗門。』襄公二十二年：『轘觀起於四竟。』《釋名》：『車裂曰轘。轘，散[二]也，支體分散也。』戰國之刑，則楚曰支解，秦曰車裂。《韓非·奸劫弒臣篇》曰：『商君之所以車裂於秦，吴起之所以支解於楚。』下文『雖體解吾猶未變兮』，體解亦言九死也。

衆女嫉余之蛾眉兮

蛾眉，猶娥媚、娥媌也。《詩·碩人》『娥眉』但爲好貌，故傳、箋皆無説。颜師古注《漢書》，始謂『娥眉形若蠶娥眉[三]』，失之鑿矣。

固時俗之工巧兮

王注：『言今世之工，才知强巧。』《九辯》：『何時俗之工巧兮，背繩墨而改錯。』王注亦曰：『夫繩墨者，工之法度。』然則工即工師也，工、巧二文不當連讀。

偭規矩而改錯

《説文》：『偭，鄉也。《少儀》曰：「尊壺者偭其鼻。」』案：偭从面聲，面鄉人則背於己，故偭兼鄉、背二義。

[二]『散』，原訛作『體』，據《釋名》改。
[三]二『娥』，《漢書·揚雄傳》颜師古注皆作『蛾』。

忳鬱邑余侘傺兮

忳，猶悖也。《爾雅・釋訓》：『悖悖，憂也。』鬱邑，猶鬱壹也。鬱悒，『芳草合釀。』壹，『壺，壺不得泄。』引申爲憂思貌。

王注：『侘傺，失志貌。侘，猶堂堂，立貌。楚人名住曰傺。』案：《九章・惜誦》注亦云：『傺，住也。』《九辯》注又云：『楚人謂住曰傺。』依住、立之義，當爲躇峙之轉語。《說文》：『峙，躇也。』『躇，峙躇不前也。』[一] 與此同語者復有趙趍、篙箸、痔儲諸文，其語根皆原於彳亍。

寧溘死以流亡兮

《說文》：『瘟，讀若掩。』是盇聲、奄聲平入相通。奄訓覆，則有閉藏義，《周官序[二]》注：『奄[三]，精氣閉藏者。』說解又曰『欠也』，則有奄息義，故此文以爲死之狀語。

忍尤而攘詬

攘詬、忍尤相承無二義，攘讀爲含、爲容，聲轉並通，王注依字訓『除』，失之。

伏清白以死直兮

伏讀爲裒。《說文》：『裒，褒也。』包、伏聲通，如包犧即伏羲、《方言》『伏鷄曰抱』之類。

馳椒丘且焉止息

《初學記・地理部》引《釋名》：『山頂曰冢，亦曰巔[四]，亦曰椒。』然則椒，山顛也。漢武帝《李夫人賦》：『釋輿馬於山椒兮，奄脩夜之不暘。』謝莊《月賦》：『菊散芳於山椒。』皆此義也。其本字當作就。《說文》：『就，尤[五]高也。从京从尤。尤，異於凡也。』尤、高義與山顛合。

[一] 原文訛作『躇，峙也。』『峙，躇峙不前也。』據《說文》改。
[二] 『序』後原衍『官』，據《周禮序》删。
[三] 『奄』後原衍『人』，據《周禮序》删。
[四] 『顛』，《初學記》作『巔』。
[五] 案：《說文》：『就，就高也。』段玉裁注以『就』字衍文，駱氏亦誤衍『尤』字。

集芙蓉以爲裳

芙蓉者，蒪甬之別字。《説文》：『蒪，蕚葉布。讀若傅。』『甬，草木華甬甬[一]也。』甬對轉侯，則爲敷蕍、敷蘛。見左太冲《吴都賦》。侯旁轉模，又爲扶輿，皆狀蕚開。

高余冠之岌岌兮

《説文》無岌，實眚之別字：『眚，危高也。讀若臬。』曷、合二部相轉，猶盇从太聲、世從卅聲也。

長余佩之陸離

陸離，猶犖麗也。犖駁麗爾，故爲參差衆貌。

佩繽紛其繁飾兮，芳菲菲其彌章

《説文》：『闠闠，鬥連結，相[二]牽也。』此繽紛正字。菲菲，猶芬芬也，灰、痕對轉語。

豈余心之可懲

懲與上荒、章、常爲韻，登、唐旁轉，猶強从弘聲、夢讀若萌也。或謂常當爲恒，漢人避文帝諱改耳，如田常、常山之比，非是。

女嬃之嬋媛兮

《説文》：『嬃，女字也。』引此文。又云：『賈侍中説，楚人謂姊曰嬃。』尋須女之言諝，《説文》：『諝，知也。』《周官》《詩》皆假胥爲之。《天官》『胥十有二人』注：『胥讀[三]諝，謂其有才知爲什長。』《秋官》『象胥』注：『胥，其有才知者也。』《小雅・桑扈》『君子樂胥』箋云：『有才知之名。』《正義》曰：『天文有須女，屈原之姊名女須。』又引《鄭志》答冷剛云：『須，有才知之稱，故屈原之姊以爲名。』《易・歸妹》『以須』鄭注亦云：『須，有才知之稱。』皆諝之假借也。『嬋媛』，《釋文》：『一本作撣援。』《説文》：『撣，提持也。』義猶牽持。『援，引也。』通以常語，猶言纏綿爾。

[一]《説文》後有『然』。
[二]段玉裁《説文解字注》『相』前有『繽紛』。案：《説文》：『闠，鬬連結闠紛相牽也。』段玉裁注有所改動，駱氏殆據段氏。
[三]《周禮》後有『如』。

終然夭乎羽之野

然之言焉也，終然，猶《詩》言『終然允臧』也。《堯典》：『殛鯀於羽山。』《鄭志》答趙商云：『放居東夷[一]，至死不得反於朝。』《記·祭法》疏引。《史記·堯紀》亦云：『殛鯀於羽山，以變東夷。』謂變東夷之俗於中國。蓋殛之言極也，投之極邊之地，故謂之極。《漢書·地理志》東海郡祝其縣：『《禹貢》：羽山在南，鯀所殛。』山在今山東剡城縣東北十七里。

薋菉葹以盈室兮

以，猶已也，已，既也。下文『閨中既以邃遠兮』，以字義同。

汝何博謇而好脩兮至判獨離而不服

節與服屑、德合韻，猶《詩·山有樞》三章漆、栗、食、瑟、日、室爲韻，《鳲鳩》首章子德之平、室爲韻，《文王有聲》三章減、匹爲韻也。《説文》『鰂』或作『鯽』、『閾』或作『閪』、『皕』讀若秘、『痴』讀若洫，並此二部相通之證。朱駿聲《離騷注》改節爲飾，由昧於此也。

衆不可户説兮至夫何煢獨而不予聽

據王注，四語爲屈原見詈自傷。一説亦女嬃之詞，余者，代原自余，予則女嬃自謂，義亦通。女嬃意非勸原弃嬰媚世，但謂忠直見棄，人事之常，焉用憤嫉爲耶？

喟憑心而歷茲

王注：『歷，數也。』案：歷，䝨之借，下文『歷吉日乎吾將行』，義同。歷、䝨齊、歌旁轉。

啓《九辯》與《九歌》兮，夏康娱以自縱

此本責啓之詞，叔師引《左傳》釋之，非是。《山海經·大荒西經》曰：『夏后開……上三嬪於天，得《九辯》與《九歌》以下。開焉得始歌《九招》。』郭注曰：『皆天帝樂名也，開登天而竊以下用之也。《開筮》曰：「昔彼九冥，是與帝《辯》同宫之序，是爲[二]

[一]『夷』，《鄭志》作『裔』。
[二]『爲』，《山海經箋疏》作『謂』。

《九歌》。」又曰：「不得竊《辯》與《九歌》以國於下。」義具見《歸藏》也。」案：開即啓也，漢景帝諱啓，古書啓、開因是而亂。又《海外西經》曰：「大樂之野，夏后啓於此儛九代。」《天問》亦曰：「啓棘賓帝，作商者誤。《九辯》《九歌》。」

戴震曰：「夏之失德也，康娱自縱以致喪亂。康娱二字連文。」案：康娱連讀是也，夏當讀爲寬假之假。《釋名》：「夏，假也。」即暇豫之義。

五子用失乎家巷

朱駿聲曰：「五子，太康、仲康、武觀等五人也。《左》[一]昭元年[二]《傳》：「夏有觀扈。」《楚語》：「啓有五觀。」……《周書・嘗麥解》云：「其在啓之五子，忘伯禹之命，假國無正，用胥興作亂，遂凶厥國。皇天哀禹，賜以彭壽，思正夏略。」《竹書紀年》云：「啓十一年放季子武觀於西河，十五年武觀以西河叛。彭伯壽征西河，武觀來歸。」……是啓之第五子嘗封於觀，……亦[三]曰武[四]觀，非《書序》《離騷》所謂五子總言昆弟五人者。案：王符《潛夫論・五德志篇》云：「太康、仲康更立，兄弟五人皆有昏德，不堪帝事，降須洛汭。」夏都，今山西解州夏縣。羿之亂，太康避居洛汭，今河南陳州府太康縣。……家衖，即《爾雅》所云「宮中衖謂之壼」，言失河北之家，而居河南也。」案：朱氏説是，惟「家巷」宜依王注釋爲「家居閭巷」。家子名詞動用，乎，言之間也。五子用失乎家巷，謂五子用失其國而居於閭巷也。

羿淫游以佚畋兮

淫，亦游也，蓋冘字之借。《説文》：「冘，冘冘[五]，行皃。从人出冂。」《説文音隱》音淫，今羼入説解正文。

后辛之菹醢兮，殷宗用而不長

王注「菹醢」以斥比干、梅伯，《惜誓》亦曰：「梅伯數諫而至醢。」案：《吕覽・行論》曰：「紂爲無道，殺梅伯而醢之，殺鬼侯而脯之，以禮諸侯於廟。」《韓非・難言》曰：「翼侯炙，鬼侯腊，比干剖心，梅伯醢。」《淮南・俶真訓》曰：「紂……醢鬼侯之女，

〔一〕朱駿聲《離騷賦補注》「左」前有「考」。
〔二〕《離騷賦補注》無「年」。
〔三〕「亦」，《離騷賦補注》作「故」。
〔四〕「武」，《離騷賦補注》作「五」。
〔五〕「冘冘」，《説文》作「淫淫」，駱氏殆據段玉裁注改。

菹梅伯之骸。』梅伯事不見《史記》，故具引之。

皇天無私阿兮

王注：『竊愛爲私，所私爲阿。』案：《説文》：『阿，一曰曲𠂤也。』《詩·考槃》傳：『曲陵曰阿。』阿與竵一語。私阿，猶言曲也。

覽民德焉錯輔

如王注。焉之言因也；錯宜從措，措，置也。

阽余身而危死兮

《説文》：『阽，壁危也。』『厃，仰也。从人在厂上。』二字音義並同。師古《漢書》文注『阽，近邊欲墮之意』〔二〕是也。《爾雅·釋詁》：『幾、殆，危也。』危死，猶言幾死。

覽余初其猶未悔

余初曰素志。王注釋爲『初世伏節之賢士』，失之。

哀朕時之不當

當有對、偶之義，不當猶言不對、不偶爾。

攬茹蕙以掩涕兮，沾余襟之浪浪

茹，女之借；茹蕙，猶《詩》言『女桑』也。王注：『衣眦謂之襟。』《爾雅·釋器》文。

風余上征

溘，猶盍也，二字並從盇聲。盍，覆也。『盍埃風』，即《莊子》所謂『九萬里風斯在下矣』。

欲少留此靈瑣兮

《説文》：『𨷲，門户青𨷲牕也。』此靈瑣正字。古詩『交疏結綺窗』，疏亦𨷲也。

〔二〕案：此注爲如淳注，非顔師古注。

日忽忽其將暮　時曖曖其將罷

忽忽，即曶曶也。曶同宴也。王注訓爲『忽去』，非是。曖曖即藹、薆、僾之别字。『藹，蓋也。』『薆，蔽不相見也。』『僾，仿佛也。』時曖曖，猶言日忽忽也。王注訓爲『時世昏昧，無有明君』，亦失之。

望崦嵫而勿迫

崦嵫得義於焉茲，並黑色之義，故以名日所入山。

折若木以拂日兮，聊逍遥以相羊

《説文》：『叒，日初出東方湯谷所登榑桑。叒木也。』若木字宜從此。

《釋文》：『逍遥，一本作須臾。』案：逍遥即須臾之轉聲字變，相羊之言像惕也。《説文》：『像，放也。』『惕，放也。』並『徒朗切』，蓋一字之異體。然象本齒音斜母，與相聲近；易、羊皆喻母字，由喻轉定，乃呼『徒朗』。古聲喻、定相通，此其證歟？凡《惜誓》之『尚羊』、《九嘆・思古》之『倘佯』、《詩》『君子陽陽』傳曰『陽陽，無所用[二]心也』、《宛丘》『子之湯兮』傳曰『湯，蕩也』，皆以惕像爲本字。《方言》：『惕，游也。江沅之間謂戲爲媱，或謂之惕。』然則像惕本楚語也。

雷師告余以未具

王注：『雷爲諸侯，以興於君。』此義見於《易・震卦》，辭曰：『震驚百里，不喪匕鬯。』《正義》引先儒云：『雷之發聲，聞乎百里。故古帝王制國，公侯地方百里，故以象焉。』又《記・王制》『公侯田方百里』，《正義》引《援神契》云：『王者之後稱公，大國稱侯，皆千乘。象雷震[三]百里，是取法於雷也。』

飄風屯其相離兮，帥雲霓而來御

屯，即𠂤之對轉。徐鉉曰：『𠂤，俗作堆。』

霓，有虹霓、雲霓之分。虹霓者，《説文》所云『屈虹青赤』、《爾雅・釋天》『霓爲挈貳』；雲霓，則《説文》『一曰白色陰氣』、《釋天》『弇日爲蔽雲』是也。郭注云：『即暈氣，五彩覆日。』

〔二〕《毛詩正義》後有『其』。

〔三〕『震』後原衍『驚』，據《禮記正義》删。

吾令蹇脩以爲理

《國語·周語》：『行理以節逆之。』《左傳》兩言『行李』。襄八[一]年，又昭十三年。理、李字異音同，並謂使人通聘問者。此文下又云『理弱媒拙』，《九章·抽思》《思美人》亦皆以理、媒並舉。據《國語》賈注：『理，吏也。』『小行人也。』孔晁亦曰：『理[二]，行人之官。』

忽緯繣其難遷

緯繣，猶乖也，《説文》『乖』『乖』並訓『戾』。

夕歸次於窮石兮

王注引《淮南子》，見《墜形篇》。高誘曰：『窮石，山名也，在張掖。北塞外[三]。』《史記·夏本紀》，《正義》引《括地志》曰：『蘭門山，一名合黎，一名窮石山。在甘州删丹縣西南。』案：此與后羿所遷之窮石無涉，據《元和志》河南道滑州衛南縣：『故鉏城在縣東十五里，《左傳》「后羿自鉏遷於窮石」是也。』洪興祖牽合説之，非是。

望瑶臺之偃蹇兮，見有娀之佚女

《廣雅·釋訓》：『偃蹇，夭矯也。』王氏《疏證》云：『此叠韻之轉。』案：偃之言㫃，『㫃者，旌旗之斿，㫃蹇之皃。』蹇猶騫也，騫，舉也。故此文以狀高，《九歌·東皇太一》以狀舞。

王注：『佚，美也。』案：佚讀爲偞。《説文》：『宋、衛之間謂華偞偞。』《方言》二：『偞，容也。自關而西，凡美容……或謂之偞。宋、衛曰偞。』偞與佚皆喻母字。

[一]『八』前原衍『十』，據《春秋左傳正義》删。
[二]案：『理』，《春秋左傳正義》引孔晁注作『行李』。
[三]『外』，《淮南子》高誘注作『水也』。

吾令鴆爲媒兮

王注『運日』爲『運目』之訛。運，旋也。鴆鳥以目旋而孕，不待合而生子，與鵁鶄以睛[一]交而孕者爲同類。本邵瑞彭《梧丘雜札[三]》說。

心猶豫而狐疑兮

猶豫，雙聲，本冘臾之轉。『冘，从人出冂。』人出冂行，自遠視之，似不行也。『臾，臾曳也。』冘轉東則爲容與，猶今韻芃、風等字入一東也。容對轉蕭，則爲『猶豫』矣。師古説殊附會。

哲王又不寤

如王注。哲王，古明智之王也；又之言猶也，猶，尚也。

余焉能忍與此終古

《考工記》鄭注：『齊人之言終古，猶言常也。』案：古，始也；終古，猶言終始，終始則有常義。

索藑茅以筳篿兮，命靈氛爲余占之

藑茅非《釋草》『葍藑茅』之旋葍花，蓋菁茅也。《史記・封禪書》：『一茅三脊，所以爲藉。』孟康曰：『謂靈茅也。』《禹貢》菁茅亦荆州所貢。又《水經・湘水》注引《晉書・地道志》，言零陵郡桂陽縣『有香茅，氣甚芬芳[三]，貢[四]之以縮酒』。此文所稱藑茅，蓋即此類。重之故曰藑，藑之言瓊也。篿者，㪿之轉語。《説文》：『楚人謂卜問吉凶曰㪿，从又持祟。讀若贅。』今通語則從舌頭音讀如對，謂之對課，呼卦爲課，齊轉歌也。以猶與也，言取靈草與折竹，命靈氛占之也。

《説文》：『氛，祥氣也。』祥，兼吉凶言之。

[一] 『睛』，原作『晴』。邵瑞彭《釋運目》（《國學週刊》第十一期，1933 年 8 月 1 日出版；《河南圖書館館刊》第四册，1934 年 12 月 1 日出版）亦作『晴』，然其後稱『精、睛字通』，下亦引『睛交』，知前作『晴』者乃形近而誤，《禽经》（见宋本《百川學海》）亦作『睛』。故徑改。

[三] 『札』，原作『記』。據《中國叢書綜録》，浙江圖書館藏《邵次公遺書》稿本中有《梧丘雜札》一卷，據改。邵瑞彭稿本暫未見，此釋復見其《釋運目》一文。

[三] 『芳』，《水經注》作『香』。

[四] 《水經注》『貢』前有『言』。

豈唯是有其女　孰求美而釋女

上女喻臣，下女猶爾也。釋，舍也。

何所獨無芳草兮

何所，猶何處也。所从户聲，處从虍聲；户匣母，虍曉母，聲有清濁耳。或言何許，許亦處也。

豈珵美之能當

《考工記·玉人》《玉藻》『天子搢珽』，鄭注並引《相玉書》曰：『珽，玉六寸，明自炤。』與王注此文所引大同。《玉藻》注又云：『此亦笏也，謂之爲[一]珽。珽之言珽然無所屈也。或謂之大圭。』《説文》亦曰：『珽，大圭，長三尺，杼上終葵首。』此文作珵，則珽之別字也。

《方言》：『黨、曉、哲，知也。楚謂之黨。』今通語音轉爲董，俗作懂，實詳之聲轉語變也。詳，科母字，於古聲讀舌頭端透足母。詳，悉也。此文『豈珵美之能當』，當即黨也，謂對珵玉之美而愈莫能詳也。《七發》廣陵觀潮有云『訇殷[二]匈礚，軋盤涌裔，原不可當』，當亦黨也，謂海潮旁濞[三]，天日爲昏，自遠視之，有不得托也。廣陵楚境，枚叔楚人，故亦用楚語入文矣。

蘇糞壤以充幃兮

王注：『蘇，取也。』案：《説文》：『穌，把取禾若也。』若即箬也。此蘇取正字。

懷椒糈而要之

《説文》：『齎財卜問曰[四]貶。讀若所。』『糈，糧也。』古者卜筮，兼用貝米。《詩·小宛》曰：『握粟出卜。』《山海經·南山經》曰：『䳕山之首……凡十山……其祠之禮……糈用稌米。』郭注：『糈，祀神之米名。』《淮南·説山訓》曰：『巫之用糈。』高注：『糈米所以享神。』

[一]《禮記正義》無『爲』。
[二]『殷』，《文選·七發》作『隱』。
[三] 案：『旁濞』，疑當作『滂濞』。《上林賦》有『滂濞沆溉』，駱氏或即取於此。
[四]『曰』，《説文》作『爲』。

百神翳其備降兮至告余以吉故

王注：『翳，蔽也。』案：蔽，蔽日也。《九歌·東君》曰：『靈之來兮蔽日。』剡剡猶焱焱。《説文》：『焱，火華也。』吉故，吉事也。

迎、故模、唐對轉爲韻，猶《詩·周頌·桓》家之韻王、方，《樂記》廣之韻旅。鼓武，雅語古下也，戴震注易迎爲訝，非是。

曰勉升降以上下兮至摯咎繇而能調

篗，《説文》作䉶，引《楚辭》此文。同、調東、蕭對轉爲韻。《詩·車攻》篇：『決拾既佽，弓矢既調。射夫既同，助我舉柴。』柴與佽韻，同與調亦韻也。《七諫·謬諫》：『不量鑿而正枘兮，恐榘篗之不同。不論世而高舉兮，恐操行之不調。』亦以同、調合韻。蓋東、蕭雖非正對轉，而由侯轉蕭，亦近於對轉矣。更以聲類言之。此二字皆入定紐，同从冃从口，實亦兼冃聲。冃在蕭部，同从冃，亦兼聲，則讀調者其本音，而讀今音者，乃變音也。顧寧人乃謂是方言，不亦誣乎？充从育聲，充東而育蕭。育从肉聲，肉蕭部字。銅从同聲，《漢志》亦从紂讀。《地理志》『鮦陽[一]』注：『鮦音紂。』又何疑於同、調共韻哉！

説操築於傅巖兮

《反離騷》有曰：『纍既攀夫傅説兮，奚不信而遂行？』據此，是『説操築於傅巖』已下，子雲以爲屈子辭也。今從之。

甯戚之謳歌兮，齊桓聞以該輔

《説文》：『晐，備也。』[二]《九章·惜往日》曰：『吕望屠於朝歌兮，甯戚歌而飯牛。』亦以二事並舉。

恐鵜鴂之先鳴兮

王注：『鵜鴂一名買鶬，常以春分鳴。』案：鵜鴂即子巂也。《爾雅》《説文》皆謂之『巂周』。然鵜本當作鴺，古文雉字也，今謂之杜鵑。鵜鴂之鳴，太氏在春。其異説者，《文選·思玄賦》李注引服虔曰：『鶗鴂一名鵙，伯勞也。順陰[三]氣而生，賊害[四]之鳥也。』

[一]『陽』後原衍『曰』，據《漢書·地理志》删。

[二]案：《説文》此字所釋不同，疑『晐』爲『晐』之訛。《説文》：『晐，兼晐也。』段玉裁注引韋昭云：『晐，備也。』駱氏所據殆出於此。

[三]案：《文選·思玄賦》李善注引服虔『陰』後原有『陽』，胡克家《文選考異》以爲衍文。

[四]『害』，原訛作『室』，據《文選·思玄賦》注改。

王逸以爲春鳥〔二〕，繆也。』立夏鳴者，《漢書・揚雄傳》顔注：『鶗鴂……常以立夏鳴。鳴則衆芳皆歇。』秋分鳴者，《文選・思玄賦》舊注是也。春分鳴、秋分亦鳴者，《廣韻》云『鶗鴂……春分鳴〔三〕則衆芳生，秋分鳴則衆芳歇』是也。今從叔師説。

衆薆然而蔽之

《説文》：『薆，蓋也。』『箋，蔽不見也。』『僾，仿佛也。』並薆之正字。

余以蘭爲可恃兮至椴又欲充夫佩幃

王注：『蘭，懷王少弟司馬子蘭也。』『椒，楚大夫子椒也。』案：史説〔三〕令尹子蘭乃懷王少子，《漢書》人表有司馬子椒，與叔師説小異。或疑此文椒、蘭不得爲人名。然據《新序・節士篇》，謂張儀賄上官、靳尚、子蘭、子椒，内及鄭袖，同譖屈原。是此文直指椒、蘭之名以庰其非，爲有由矣。東方朔《七諫・哀命》曰：『惟椒、蘭之不反兮，魂迷惑而不知路。』子雲《反離騷》曰：『靈脩既信椒、蘭之唼佞兮，吾纍忽焉而不蚤睹。』孟堅《離騷序》亦謂屈子『責數懷王，怨惡椒、蘭』，疑其太過。是則漢人説《楚辭》此文，殆無不以椒、蘭爲人名者。善乎顧寧人之言曰：『詩之爲教，雖主於温柔敦厚，然亦有直斥其人而不諱者。如曰：「赫赫師尹，不平謂何？」如曰：「赫赫宗周，褒姒滅之。」如曰：「皇父〔四〕卿士，番維司徒〔五〕，家伯冢宰，仲允膳夫，聚子内史，蹶維趣馬，楀維師氏，艷妻煽方處。」如曰：「伊誰云從，維暴之云。」則皆直斥其官族名字，古人不以爲嫌也。《離騷〔六〕》：「余以蘭爲可恃兮，羌無實而容長。」王逸《章句》：「謂懷王少弟司馬子蘭。」「椒專佞以慢慆兮。」《章句》：「謂楚大夫子椒。」……近於《十月之交》詩人之義矣。』

《詩・大東》曰：『鞙鞙佩璲，不以其長。』鄭箋云：『居其官職，非其才之所長也。徒美其佩而無其德，刺其素餐。』此文『羌無實而容長』，亦《大東》詩人之義。

『委厥美以從俗兮。』王注：『委，弃也。』案：《説文》：『㛂，鷙鳥食已，吐其皮毛如丸。讀若骫。』此委弃正字。

〔二〕『鳥』，原訛作『鳴』，據《文選・思玄賦》注改。
〔三〕『鳴』，原訛作『鳥』，據《廣韻》改。
〔三〕案：『史説』，疑當作『《史記》』。
〔四〕『父』，原作『甫』，據《日知録》改。
〔五〕『司徒』，原訛作『師次』，據《日知録》改。
〔六〕案：《日知録》『離騷』前有『楚辭』。

惟玆佩之可貴兮至芬至今猶未沬

沬猶㫚也，『㫚，尚冥也。』《說文》。亦猶晦也，『晦，冥也。』《爾雅·釋言》。玆、沬爲韻，咍、灰旁轉，於《詩》則《桑柔》三章疑、資、維、階爲韻，《玄鳥》里、止、海、祈爲韻，《楚辭·九辯》亦以冀咍之平。與欷没之平。韻，《七諫·謬諫》驥、襄、冀亦同韻，皆其類也。旁證許書，緈、綦同字，圮、酵一文，息从自聲，㑹亦作胏，若斯之類，遽數難終。段君脂、之爲三，矜爲獨得，介畫謹嚴，凡義有難通者，往往改古就我，或則諱而不言，所以來江沅之諍難也。

精瓊爢以爲粻

《說文》：『爢，碎也。』粻作糧。

吾將遠逝以自疏

《史記·屈原列傳》：『自疏濯淖污泥之中。』自疏字本此。

邅吾道夫崑崙兮，路脩遠以周流

王注：『邅，轉也。楚人名轉曰邅。』案：邅之言展也，《說文》作『䁠』；崑崙則崐崘之對轉語；周流即糾繚也，謂路迂回。王注失之。

揚雲霓之晻藹兮，鳴玉鸞之啾啾

晻、藹雙聲，藹亦薆、僾、𦼮[一]《說文》訓蓋。諸字之借。《說文》：『鑾，人君乘車，四鑣八鑾，鈴象鸞鳥之聲，和則敬也。』玉鸞字當從此。王注『鸞著於衡』，用韓、魯詩説也。見《記·經解》鄭注引《韓詩内傳》及《續漢·輿服志》所引魯詩。毛傳則云：『在軾曰和，在鑣曰鸞。』《蓼蕭》傳。《續漢·輿服志》注引《五經異義》曰：『詩云「八鸞鎗鎗」，則一馬二鸞也。又曰「輶車鸞鑣」，知非衡也。』《左傳》桓二年《正義》云：『鸞若在衡，衡惟兩馬，安得置八鸞？以此知鸞必在鑣。』案：《異義》、孔疏所駁是也。

鳳皇翼其承旂兮，高翱翔之翼翼

《說文》：『𨗨，趨進𨗨如也。』翼字宜從此。

〔一〕『𦼮』，原作『藹』，據《說文》改。

忽吾行此流沙兮

王注引《尚書》曰：『餘波入於流沙。』案：《漢書·地理志》張掖郡居延縣原注曰：『居延澤在東北，古文以爲流沙。』《禹貢》山水澤地所在篇與《志》合，注曰：『澤在縣故城東北，……形如月生五日，弱水入流沙，沙與水流行也。』朱駿聲謂在今甘肅嘉峪關外燉煌縣西境白龍堆之西，近是。

齊玉軑而並馳

《說文》：『軑，車輨也。』『輨，轂耑錔也。』『錔，以金有所冒也。』案：輨之言關，軑之言締也。《方言》：『關東西謂之輨[一]，南楚曰軑。』然則軑亦楚語也。

載雲旗之委蛇

委蛇以狀雲旗，宜爲檹施、倚後之轉語。《說文》：『檹，木檹施也。』『移，禾[二]倚移也。』聲轉爲猗儺、阿那、旖旎，皆柔順下垂皃。

神高馳之邈邈

《說文》：『皀，望遠合也。』『杳，冥也。』『窅，冥也。』『窈，深遠也。』並得爲邈之正字。

奏《九歌》而舞《韶》兮

洪《補注》曰：『《山海經》曰：「夏后開始歌《九招》。」開即啓也。《竹書》：「夏后啓舞《九韶》。」』案：洪引是也。王注於《九辯》《九歌》則曰『禹樂』，《九韶》亦引《尚書》，洪氏因疑叔師不見《山海經》。不知漢人箸書，折衷六藝，自子長已然，故曰：『《山經》怪物，不敢言之。』[三]見《大宛傳》贊。孟堅爲《離騷經》作章句，亦第博采經傳本文，且譏屈子『多稱崑崙[四]宓妃虛無之語，

[一] 『關東西謂之輨』，《方言》九作『關之東西曰輨』。

[二] 《說文》後有『相』。

[三] 『山經怪物，不敢言之』，《史記·大宛列傳》作『至《禹本紀》《山海經》所有怪物，余不敢言之也』。

[四] 班固《序》後有『冥婚』。

非[一]法度之正，經義所載』。然則叔師之注，但憑經訓，不侈語怪，亦漢師家法然也，豈闚聞見之博隘乎？

陟升皇之赫戲兮

戲，昕之借字。《説文》：『昕，旦明，日將出也。讀若希。』又：『煒，盛赤也。』『煇，光也。』『暉，光也。』音義並同。

亂曰云云

《國語・魯語》：『閔馬父曰：「昔正考父校商之名頌十二篇於周大師。以《那》爲首，其輯之亂曰『自古在昔』云云。」』韋注：『輯，成也。凡作篇章，篇義既成，撮其大要爲亂辭。詩者，歌也，所以節儛者也。如今三[二]節儛矣，曲終乃更變章亂節，故謂之亂也。』詳騷賦篇末皆有亂辭，亦猶詩之亂也。《樂記》：『武亂皆坐，周、召之治也。』鄭注：『亂，謂失行列。』《記》又云：『行其綴兆，要其節奏，行列得正焉，進退得齊焉。』若然，亂則行列不必正，進退不必齊。騷賦之末，繁音促節，其句調韻脚，與前文大異，亦失行列進退之意也。

《詩》『已焉哉』兩見，鄭箋於《北門》釋之曰『自決』，於《氓》曰『謂此不可奈何，死生自決之辭』，與王注意同。

《離騷經》第一終

[一] 班固《序》『非』前有『皆』。
[二] 『三』，原訛作『二』，據《國語》韋昭注改。

參校書目

駱鴻凱：《楚辭論文》，國立北京師範大學校鉛印本，中國科學院國家科學圖書館藏（《楚辭文獻叢刊》第70册影印）。

駱鴻凱：《離騷論文》，國立北平師範大學鉛印本，北京聚魁堂裝訂講義書局合訂本《楚辭》附，山東大學圖書館藏。

駱鴻凱：《離騷論文》，國立湖南大學鉛印本，湖南圖書館藏。

駱鴻凱：《楚辭章句徵引楚語考》，《師大國學叢刊》第一卷第二期。

駱鴻凱：《楚辭書目》，國立北平師範大學鉛印本，北京聚魁堂裝訂講義書局合訂本《楚辭》附，山東大學圖書館藏。

駱鴻凱：《楚辭書目》，國立北平師範大學鉛印本，《楚辭通論》附（《楚辭要籍選刊》第16册影印）。

駱鴻凱：《楚辭書目》，《辭賦史》附，民國間（1932—1949），首都圖書館藏。

駱鴻凱：《楚辭通論》，國立北平師範大學鉛印本（《楚辭要籍選刊》第16册影印）。

駱鴻凱：《楚辭通論》，國立北平師範大學鉛印本，北京聚魁堂裝訂講義書局合訂本《楚辭》附，山東大學圖書館藏。

駱鴻凱：《楚辭通論》，《辭賦史》附，首都圖書館藏。

駱鴻凱：《楚辭通論》，湖南大學鉛印本，南京圖書館藏。

駱鴻凱：《楚辭連語釋例附楚辭雙聲疊韻疊字譜》，《湖南大學期刊》第八期。

駱鴻凱：《楚辭義類疏證》，稿本，上海圖書館藏（《楚辭文獻叢刊》第70册影印）。

駱鴻凱：《楚辭義類疏證》，《制言》第十九期。

駱鴻凱：《楚辭義類疏證》，《員輻》第一期。

駱鴻凱：《楚辭舊注考》，《員輻》第二集。

駱鴻凱：《楚辭舊注考》，《制言》第三十四期。

駱鴻凱：《楚辭文句集釋》，《員輻》第二集。
駱鴻凱：《楚辭文句集釋》，湖南大學鉛印本，湖南圖書館藏。
駱鴻凱：《楚辭文句集釋叙》，《制言》第三十四期。
駱鴻凱：《楚辭文句集釋》，《制言》第四十四期。
駱鴻凱：《楚辭小學》，《巵言》創刊號。
駱鴻凱：《楚辭小學》，《師聲》創刊號。

［清］阮元校刻：《十三經注疏》，北京：中華書局，1980 年。
［清］王筠：《毛詩重言》，《續修四庫全書》第 69 册影印中國科學院圖書館藏清咸豐二年（1852）賀蓉等刻本，上海：上海古籍出版社，1996 年。
［清］孔廣森著：《詩聲類附詩聲分類》，北京：中華書局，1983 年。
［清］胡承珙撰，郭全芝校點：《毛詩後箋》，合肥：黄山書社，2014 年。
［清］邵晉涵撰，李嘉翼、祝鴻杰點校：《爾雅正義》，北京：中華書局，2017 年。
黄侃著，黄焯輯，黄延祖重輯：《爾雅音訓》，北京：中華書局，2007 年。
華學誠匯證，王智群等協編：《揚雄方言校釋匯證》，北京：中華書局，2006 年。
［漢］許慎撰，［宋］徐鉉校定：《説文解字》（附音序、筆畫檢字），北京：中華書局，2013 年。
［漢］許慎撰，［清］段玉裁注：《説文解字注》，上海：上海古籍出版社，1981 年。
［清］朱駿聲編著：《説文通訓定聲》，北京：中華書局，1984 年。
任繼昉：《釋名匯校》，濟南：齊魯書社，2006 年。
遲鐸集釋：《小爾雅集釋》，北京：中華書局，2008 年。
［清］王念孫：《廣雅疏證》，北京：中華書局，2004 年。
［唐］陸德明撰，黄焯彙校，黄延祖重輯：《經典釋文彙校》，北京：中華書局，2006 年。
［清］紀容舒：《唐韻考》，《畿輔叢書》本。

參校書目

《大廣益會玉篇》，《四部叢刊初編》縮印建德周氏藏元本。
［宋］司馬光：《類篇》，上海：上海古籍出版社，1988 年。
［唐］釋元應撰：《一切經音義》，《叢書集成初編》據《海山仙館叢書》本影印，上海：商務印書館，1936 年。
［清］王引之撰，李花蕾校點：《經傳釋詞》，上海：上海古籍出版社，2016 年。
章太炎撰，殷孟倫校點：《文始》，上海：上海人民出版社，2014 年。
［漢］司馬遷撰，［南朝宋］裴駰集解，［唐］司馬貞索隱，［唐］張守節正義：《史記》，北京：中華書局，2014 年。
［漢］班固撰，［唐］顔師古注：《漢書》，北京：中華書局，1962 年。
［南朝宋］范曄撰，［唐］李賢等注：《後漢書》，北京：中華書局，1965 年。
黃懷信、張懋鎔、田旭東：《逸周書彙校集注》，上海：上海古籍出版社，2007 年。
楊伯峻編著：《春秋左傳注》，北京：中華書局，2009 年。
徐元誥撰，王樹民、沈長云點校：《國語集解》，北京：中華書局，2002 年。
［晉］皇甫謐：《帝王世紀》、［宋］羅泌《路史》，《叢書集成初編》據《指海》本、《歷代小史》本排印，上海：商務印書館，1936 年。
袁珂：《山海經校注》（最終修訂版），北京：北京聯合出版公司，2014 年。
倫明著，雷夢水校補：《辛亥以來藏書紀事詩》，上海：上海古籍出版社，1990 年。
［宋］洪适：《隸釋 隸續》，北京：中華書局，1985 年。
程樹德撰，程俊英、蔣見元點校：《論語集釋》，北京：中華書局，1990 年。
［清］焦循撰，沈文倬點校：《孟子正義》，北京：中華書局，1987 年。
［清］王先謙撰，沈嘯寰、王星賢點校：《荀子集解》，北京：中華書局，1988 年。
［清］蘇輿撰，鍾哲點校：《春秋繁露義證》，北京：中華書局，1992 年。
王利器：《鹽鐵論校注》（定本），北京：中華書局，1992 年。
［漢］劉向撰，趙善論疏證：《説苑疏證》，上海：華東師範大學出版社，1985 年。
［漢］劉向編著，石光瑛校釋，陳新整理：《新序校釋》，北京：中華書局，2001 年。

［清］陳立：《白虎通疏證》，北京：中華書局，1994 年。
［三國魏］王肅撰，廖名春、鄒新明點校：《孔子家語》，沈陽：遼寧教育出版社，1997 年。
［宋］項安世：《項氏家説》，《叢書集成初編》據《聚珍版叢書》本排印，上海：商務印書館，1935 年。
［清］臧庸：《拜經日記》，北京：國家圖書館出版社，2011 年。
［清］王念孫：《讀書雜志》，北京：中國書店，1985 年。
樓宇烈：《老子道德經注校釋》北京：中華書局，2008 年。
楊伯峻：《列子集釋》，北京：中華書局，1979 年。
［清］郭慶藩撰，王孝魚點校：《莊子集釋》，北京：中華書局，1961 年。
［清］王先慎撰，鍾哲點校：《韓非子集解》，北京：中華書局，1998 年。
許維遹撰，梁運華整理：《吕氏春秋集釋》，北京：中華書局，2009 年。
劉文典撰，馮逸、喬華點校：《淮南鴻烈集解》，北京：中華書局，1989 年。
［宋］宋祁：《宋景文公筆記》，［宋］左圭編：《百川學海》，《中華再造善本》影印國家圖書館藏宋刻本，北京：北京圖書館出版社，2004 年。
［宋］史繩祖：《學齋占畢》，《叢書集成初編》（補印本）據《百川學海》本排印，上海：商務印書館，1939 年。
［宋］王應麟著，［清］翁元圻等注，欒保群、田松青、吕宗力校點：《困學紀聞》（全校本），上海：上海古籍出版社，2008 年。
［宋］洪邁撰，孔凡禮點校：《容齋隨筆》，北京：中華書局，2005 年。
［明］顧炎武著，陳垣校注：《日知録校注》，合肥：安徽大學出版社，2007 年。
［清］桂馥撰，趙智海點校：《札樸》，北京：中華書局，1992 年。
章太炎：《國故論衡》，北京：商務印書館，2010 年。
［漢］焦延壽撰，徐傳武、胡真校點集注：《易林彙校集注》，上海：上海古籍出版社，2012 年。
俞樾著，李天根輯：《諸子平議補録》，北京：中華書局，1956 年。
劉師培：《古曆管窺》，《國粹學報》第七十四、七十五期，1911 年。
［唐］歐陽詢等編：《藝文類聚》，上海：上海古籍出版社，1982 年。

[唐] 徐堅等：《初學記》，北京：中華書局，1962年。
黃靈庚疏證：《楚辭章句疏證》，北京：中華書局，2007年。
[宋] 洪興祖撰，白化文等點校：《楚辭補注》，北京：中華書局，1983年。
[宋] 朱熹撰，蔣立甫校点：《楚辭集注》，上海：上海古籍出版社，2001年。
《楚辭集注》，清乾隆五十三年（1788）聽雨齋刻套印本，天津圖書館藏。
[明] 陸時雍：《楚辭疏》，《續修四庫全書》第1301冊影印復旦大學圖書館藏明緝柳齋刻本，上海：上海古籍出版社，2002年。
[明] 陳第：《屈宋古音義》，《楚辭文獻集成》第19冊影印，揚州：廣陵書社，2008年。
[明] 蔣之翹：《七十二家評楚辭》，《楚辭文獻集成》第22冊影印明天啓六年（1626）忠雅堂刻本，揚州：廣陵書社，2008年。
[清] 周拱辰：《離騷草木史》，《續修四庫全書》第1302冊影印上海圖書館藏清初聖雨齋刻嘉慶八年（1803）印本，上海：上海古籍出版社，2002年。
[清] 錢澄之：《莊屈合詁》二卷，《四庫全書存目叢書》子部第164冊影印華東師範大學圖書館藏清康熙斟雉堂刻本，濟南：齊魯書社，1995年。
[清] 屈復：《楚辭新注》，《關中叢書》第七集，民國間《陝西通志》館排印本。
[清] 戴震著，褚斌杰、吳哲賢點校：《屈原賦注》，北京：中華書局，1999年。
[清] 王邦采：《離騷彙訂》，《楚辭文獻集成》第12冊影印清光緒二十六年（1900）廣雅書局刊本，揚州：廣陵書社，2008年。
[清] 蔣驥：《山帶閣注楚辭》，上海：上海古籍出版社，1958年。
[清] 龔景瀚：《離騷箋》二卷，《楚辭文獻集成》第15冊影印清光緒三年（1877）崇文書局刻《三十三種叢書》本，揚州：廣陵書社，2008年。
[清] 朱駿聲：《離騷補注》，《朱氏群書》，清光緒八年（1882）臨嘯閣刊本。
[清] 陳瑒：《屈子生卒年月考》，《楚辭》七卷首末二卷附，清光緒二年（1876）黎陽端木氏仿巾箱本刻本，南京圖書館藏。
[明] 楊慎：《升庵集》，《景印文淵閣四庫全書》第1270冊，臺北：臺灣商務印書館，1986年。
[清] 錢大昕：《潛研堂文集》，陳文和主編：《嘉定錢大昕全集》，南京：江蘇古籍出版社，1997年。
章太炎：《太炎文録初編》，上海：上海人民出版社，2014年。

［南朝梁］蕭統編，［唐］李善注：《文選》，上海：上海古籍出版社，1986 年。
［清］嚴可均輯：《全上古三代三國秦漢三國六朝文》，北京：中華書局，1958 年。
范文瀾注：《文心雕龍注》，北京：人民文學出版社，1958 年。
［宋］嚴羽著，郭紹虞校釋：《滄浪詩話校釋》，北京：人民文學出版社，1983 年第 2 版。
［元］祝堯：《古賦辨體》，明嘉靖十一年（1532）刻本，國家圖書館藏。
［明］王世貞著，羅仲鼎校注：《藝苑巵言校注》，濟南：齊魯書社，1992 年。
［清］沈德潛：《説詩晬語》，［清］葉燮、［清］沈德潛著，孫之梅、周芳批注：《原詩・説詩晬語》，南京：鳳凰出版社，2014 年。
［清］孫梅著，李金松校點：《四六叢話》，北京：人民文學出版社，2010 年。
［清］劉熙載撰，袁津琥校注：《藝概注稿》，北京：中華書局，2009 年。
［元］陶宗儀纂，張宗祥校：《説郛》，北京：中國書店影印涵芬樓 1927 年刻本，1986 年。